이 죽일 놈의 바카라

GREATEST PLAYER
BACCARAT Legend

이 죽일 놈의

바카라

오현지 장편 소설

THE GAMBLER

팩토리나인

목차

일러두기
- 저자 고유의 문체를 살리기 위해 규범 표기를 따르지 않은 표현이 일부 존재하며, 사투리 및 비속어와 은어가 포함되어 있습니다.
- 독자분들의 이해를 돕기 위하여 각주로 게임에 대한 룰을 간단하게 설명했으나, 이는 도박 권장을 위한 것이 아닌 소설을 좀 더 쉽게 이해하기 위함입니다.
- 한국도박문제관리센터 (대표전화: 02-740-9000)

사는 게 지루했다. 내가 굳이 노력하지 않아도 알아서 흘러가는 뻔한 인생이 답답했다.

쳇바퀴 굴러가듯 반복되는 일상에 나의 특별한 무엇인가는 이미 빛바랜 지 오래. 한 번씩 찾아오는 새로운 일에도, 그것이 곧 시들해지는 데에는 오래 걸리지 않았다.

어려서부터 유난히도 지루함을 못 견디는 성격 탓에 나는 많은 것에서 곧잘 싫증을 냈다. 그리고 다시 새로운 것을 찾아 헤맸지만, 언제나 흥미는 빠르게 사그라들었다. 무언가에 깊이 빠져들어 내 안에 숨 쉬는 모든 열정을 불태워본 적이 없었다.

나는 내 인생에도 그런 재미있는 일이 생겨나길 바랐다. 강렬한 무언가에 매료되어 따분한 일상에서 벗어나기를, 만일 그런 일이 나타난다면 그것을 위해 내 인생을 모두 바치리라고 마음먹었다.

그렇게… 남아도는 거라곤 열정과 체력뿐이었던 20대에, 나는 하필 도박을 만났다.

내가 처음 '도박'을 접한 건, 남는 게 시간이고 넘치는 게 열정이던 20대 중반이었다. 그 당시 애인이었던 윤석이 꽤 재력가였기에 우리는 첫 여행을 마카오로 떠났다. 여행을 준비하면서 알게 된 사실인데, 윤석은 스스로 강원랜드 출입을 금지하는 대신 계절마다 한 번씩 마카오로 날아가 카지노에 방문했다고 했다.

카지노가 즐비한 마카오는 반짝이는 도시였다. 우리가 머무는 호텔은 화려한 네온사인과 듣기 좋은 음악으로 꽉 찬 거리에 자리 잡고 있었다. 마카오의 밤은 낮보다 더 환했다. 호텔마다 큼지막하게 붙어 있는 카지노 간판은 눈부시게 그 빛을 뱉어냈다.

호텔에 도착한 우리는 맛있는 만찬을 즐기며 여독을 풀었고 윤석의 안내에 따라 카지노를 방문했다. 객장은 마치 미로 같았다. 신나는 기계음과 함께 돌아가는 머신들이 가득했다. 그 머신기 위에 달린 커다란 전자판의 금액들은 터질 듯 말 듯 넘실거리며 계속해서 불어나고 있었다. 중간중간 터져 나오는 함성에 여느 머신들은 잭폿을 선사하며 사람들의 구미를 당기게 했다.

처음 방문한 카지노라 그런지 나는 모든 게 낯설었다. 방문객들이 선택할 수 있는 게임의 종류는 채 파악할 수 없을 만큼 다양

했다. 나는 그곳이 점차 흥미롭게 느껴졌다.

윤석은 여기저기 구경시켜주더니, 익숙하게 한 테이블로 나를 데려갔다. 나는 그때까지만 해도 친구들과 홀라 정도 쳐 본 경험이 전부였다. 자리를 잡은 윤석은 내게 간단히 룰을 설명했다.

플레이어와 뱅커가 순서대로 패를 1장씩 받는다. 그렇게 받은 2장의 카드 숫자를 합했을 때 높은 쪽이 이기는 간단한 게임으로 보였다. 너무도 쉬운 룰이었기에 나는 바로 그 게임을 이해할 수 있었다. 이것이 나의 '바카라'의 시작이었다.

그날 우리는 밤새워 그 테이블에서 시간을 보냈다. 나는 게임을 직접 하려던 것이 아니었기에 윤석의 게임을 옆에서 구경하기만 했는데도 시간은 금세 새벽까지 흘러갔다. 윤석은 여행 전 한화로 약 2,000만 원 정도를 홍콩달러로 환전해 왔고, 매 게임에 5,000에서 1만 달러 정도의 적지 않은 금액으로 게임을 했다. 패는 한 번씩 8, 9를 보이며 내추럴*로 그에게 승리를 안겨줬고, 칩은 조금씩 불어나기도 하고 줄기도 하는 것이 하루가 어느새 다 가버린 것을 잊을 만도 했다.

나는 꽤 오랜 시간 앉아 있던 낯선 바카라 테이블에서 조금씩 피곤함을 느꼈다.

"이제 그만하고 방에 가자."

"조금만."

♠ 처음 받은 2장의 카드의 합이 8이나 9일 경우 플레이어와 뱅커 모두 세 번째 카드를 받지 않고 승패가 결정됨

"나는 피곤한데."

"그럼 먼저 가서 쉬어라."

나는 더 권하지 못한 채 혼자 호텔 방으로 갔다.

얼마나 피곤했던지 침대에 눕자마자 금세 잠이 들었다. 아침 해가 꽤 높이 치솟은 시간이나 되어서 깼는데도 윤석은 보이지 않았다. 조금 불안해졌다. 아직도 게임 중인가? 밤새?

나는 서둘러 카지노를 다시 찾았다.

겨우 발견한 윤석의 모습은 조금 충격적이었다. 그의 얼굴은 이미 새빨갛게 상기되어 있었고, 새벽까지만 해도 제법 쌓여 있던 동그란 칩들은 어디로 간 건지 사라지고 없었다. 게다가 나를 보고도 반가운 기색 하나 없었다.

"어, 왔나?"

"지금까지 이러고 있었나?"

윤석은 카드만 이리저리 쪼고 있었다. 이번에도 진 모양이었다.

그는 짧게 한숨을 내쉬고, 뒤늦게 나를 의식한 건지 멋쩍은 듯 웃어 보였다. 그러고선 나를 보며 몇 개 남지 않은 1,000달러짜리 동그란 칩을 건넸다.

"니가 해 봐라. 이제 내 운은 끝인 것 같다."

"내가?"

윤석이 내 팔을 끄집어 당겨 의자에 앉혔다.

"내가 뭘 안다꼬…."

뱅커 아니면 플레이어 둘 중 한 곳에 칩을 내려놓고 기다리면

패는 돌았다. 나는 원매♠고 육매♠♠고 내 패턴을 기록할 줄도 볼 줄
도 아무것도 몰랐다. 그저 바카라 테이블에 빨간색 줄과 파란색
줄이 그어져 있는 뱅커와 플레이어 공간만 하염없이 바라보았다.

"고민할 거 없다. 다 잃어도 괜찮다."

"그래도…."

"그냥 게임 좀 끝내주라. 부탁이다."

윤석의 말에 조금 용기가 났다. 나는 동그란 칩 3개를 집어 들
고 뱅커에 올려놓았다. 딜러는 손으로 테이블을 한 번 쓸더니 나
를 보고 웃어주었다.

플레이어 1장.

뱅커 1장.

다시 플레이어 1장.

뱅커 1장.

총 4장의 카드가 테이블에 올려졌다. 나는 어젯밤 그가 하던
대로 나에게 밀어진 뱅커 카드를 1장씩 열어 보았다. 내 카드는
7점이었다. 플레이어는 어쩐 일인지 세 번째 카드를 받더니, 이내
'BANKERS WINS'라는 버튼을 뒤집었다. 그리고 내 칩 옆으로

♠ 게임 시작 전, 가장 처음 보여주는 그림을 원매 혹은 본매라고 함
♠♠ 세로의 여섯 줄로 표현된 플레이어 뱅커를 그릴 수 있는 곳을 의미하며, 삼매와 같
이 원매의 보조지표로 쓰임

3,000달러의 칩을 배당해주었다.

나의 첫 번째 승리였다.

곧이어 아주 기막힌 일이 벌어졌다. 그저 몇 개의 칩을 뱅커 혹은 플레이어에 올려놓고 진행시킨 게임들이 연달아 나의 승리로 돌아왔다. 윤석은 신기해했다. 그것이 도박을 처음 접한 사람의 수덕手德이라며 놀라움을 금치 못하는 그의 얼굴에는 다시 화색이 돌았다.

나는 그 테이블에서 정확히 18번을 연속해서 이겼다. 3,000달러씩 베팅하다가, 운이 좋은 것 같아서 금액을 더 올렸다. 덕분에 윤석은 바로 본전을 찾았다. 나는 그저 테이블만 가만히 쳐다보고 있다가 칩만 올려놓았을 뿐이었다. 카드는 아무렇게나 뒤집어도 높은 숫자가 나왔다. 나는 그가 어린아이처럼 좋아하는 모습에 덩달아 기분이 좋아졌고, 나를 치켜세워주어서 신이 났다.

나는 윤석에게 그 칩을 그대로 건네주었고, 그는 나에게 샤넬 가방을 선물했다.

그렇게 우리는 첫 여행에서 기분 좋은 승리를 맛보았다.

그 이후로도 꼬박꼬박 마카오 카지노에 방문하였다.

여행이 꽤 여러 번 지속된 후, 언젠가 윤석이 내게 이런 말을 한 적이 있다.

"니가 죽기 전에 떠오르는 사람이 여기 데려온 내가 될까 봐 겁이 난다."

"갑자기 그런 말은 왜 하노."

"그게 내 업이 되면 어떡하노. 그걸 우에 지고 가야 하나 해서."

그렇다. 그때는 그냥 웃으며 흘려들었지만, 뜨거운 20대가 지나고 30대에 접어들어서도 그 말을 정확히 기억한다. 그리고 확신한다. 그 업은 수없이 카지노를 다녔을 윤석…, 당신이 이미 지고 있노라고.

그리고… 비로소 오늘, 내 업보가 시작되었다.

01
—

마카오에 빠지다

나는 마카오가 좋았다.

화려한 도시가 마음에 들었고, 원하는 건 뭐든지 다 있어서 만족스러웠다. 맛있는 음식, 눈부신 야경 그리고 자주 먹었던 값비싼 코스요리, 구석구석 사람들이 모인 곳이면 열리던 작은 콘서트, 온갖 기계에서 나오는 기괴하지만 신나는 음악들. 그리고 낯선 이방인.

그리고 나는 바카라가 좋았다.

윤석과 9개월 정도 교제하는 내내 그렇게 우리는 한 달에 한 번씩 빼먹지 않고 마카오에 갔다.

세 번째 여행에서는 윤석의 친구들과 동행하게 되었다. 윤석이 불알친구라고 소개한 친구 1명과 다른 선배 1명이 함께했다. 윤석의 친구는 돌아가신 부모님께 물려받은 땅이 많아 평생 일 한 번 해 보지 않은 사람이라고 했다. 일명, 땅 백수.

공항에서 그들을 만나기 전까지는 그렇게 넷이 가는 줄 알았으나, 그 땅 백수 친구는 웬 여자를 1명 데려왔다. 술집에서 만난 여자라고 했다. 참 예뻤다. 칼 댄 곳 없는 것 같은 오목조목한 얼굴이 여자인 내가 봐도 고왔다. 작고 아담한 키에 몸매는 군살 하나 없이 매끈했다. 땅 백수는 그 여자를 처음 보자마자 반해버렸고 이번 여행까지 초대하게 되었다고 했다. 나는 상관없었다. 그렇게 우리 일행은 다섯으로 출발했다.

이번엔 윤석이 부탁해 미리 내 계좌로 입금해놓은 2,000만 원을 직접 홍콩달러로 환전해서 출발했다. 땅 백수도 나만큼 환전한 것 같았지만, 어차피 내 돈이 아닌지라 신경 쓰지 않았다.

마카오까지는 4시간이 채 걸리지 않았다.

두어 번의 여행을 함께 한 우리는 말하지 않아도 마음이 맞았다. 도착하자마자 짐을 대강 풀고 즉시 카지노로 향했다. 나는 이곳의 룰과 간단한 매너 정도는 익힌 상태였다. 게다가 나를 '바카라의 신神'이라고 불러 주는 윤석이 곁에 있어 든든했다.

마카오는 쇼핑하기에 참 좋은 곳이다. 날이 대체로 흐리고 덥지만, 지하 통로로 거의 연결되어 있어 발에 흙 한 톨 묻히지 않고도 대형 쇼핑센터로 갈 수 있었다. 같이 간 술집 여자는 바카라나 카지노에는 관심이 전혀 없었다. 여자의 목표는 오로지 명품 쇼핑과 돈이었다.

땅 백수는 내가 애인의 칩을 어떻게 불려주었는지 자세한 이야기를 듣고 온 터라, 그 여자에게도 비슷한 것을 바랐다. 하지만 기대와는 달리 여자는 칩이 조금 모였다 싶으면 본인의 작은 핸드백에 쑤셔 넣었다. 땅 백수는 평생 일을 하지 않고 임대수익이나 부동산 사고팔기를 반복하며 유흥비와 생활비를 마련했던 사람인데 속이 굉장히 좁았다. 말하자면, 돈을 쓰는 배짱이 없었다.

금수저를 물고 태어나 자수성가까지 한 나의 연인 윤석은 배포도 크고 씀씀이도 크고 그만큼 모든 것에 관대했던 반면, 땅 백수는 계산적이었으며 좀생이 같은 기질이 있었다. 여자에게 칩을 족족 빼앗기다가 금세 다 털린 땅 백수는 배알이 꼬였는지 결국 그 여자를 쇼핑센터에 혼자 보내버리고 윤석에게 손을 벌렸다. 둘 사이에서는 그런 일이 예사로운 듯했다.

얼마 지나지 않아, 나는 도박판에서 오는 두려움을 처음으로 경험하게 되었다.

이날도 여전히 윤석은 바카라 테이블에서 슬슬 텐션을 올리고 있었다. 그런데 어쩐지 불안해 보였다. 나는 샤넬 가방 같은 명품 따위를 얻어가려고 따라온 것이 아니었다. 그냥 그가 좋았고, 그와 함께하는 여행이 좋았고, 바카라가 좋았다.

나는 윤석의 얼굴이 또다시 상기되어가는 것을 지켜보았다. 두 번이나 내가 복구를 해주었지만, 이번만큼은 나도 쉬울 것 같지 않았다. 워낙 적은 금액을 베팅하던 나는 연속해서 승리해야만 큰돈을 딸 수 있었기에 그의 마음이 조급해졌을 것이다. 결국, 큰돈을 베팅했지만, 먹는 베팅보다 죽는 베팅이 더 많았다.

그는 얼굴이 빨개지다가 다시 하얘지기를 반복하더니 누군가에게 전화를 걸었다. 전화를 끊은 지 얼마 지나지 않아 어떤 남자가 내려와 그의 뒤에 섰다. 윤석의 흐름을 깨지 않으려는 듯 남자는 잠자코 뒤에서 기다렸다.

결국 윤석의 모든 칩은 딜러에게 넘어갔다. 윤석은 그제야 자신의 등 뒤에 서 있는 남자를 발견하곤 구세주라도 본 양 반색하며 텐션이 올라갔다. 윤석은 내게서 조금 떨어진 곳으로 그 남자를 데리고 가 얼마간 이야기를 나누었다. 나는 갑자기 올라간 텐션 덕에 터져버린 그의 광기 어린 눈빛이 낯설어 말 한마디 붙이지 못하고 옆에서 가만히 앉아 있었다.

그러더니 이게 무슨 일인가. 그 낯선 남자가 칩을, 그것도 아주 많은 칩을 윤석에게 가져다주는 것이 아닌가. 두 사람이 원래 친분이 있는 사이처럼 보이긴 했지만, 대충 계산해도 억 단위가 넘어 보이는데 그걸 대체 왜. 어째서. 어떻게 그에게 주는 거지?

"건승하십쇼, 사장님!"

낯선 남자가 그를 향해 꾸벅 허리를 굽혔고, 그는 진짜 사장님처럼 왼손을 번쩍 들며 손을 흔들어 화답했다. 몸을 돌려 몇 발자국 걸어가던 남자는 다시 돌아와, 잊고 간 말을 내뱉고 홀연히 사라졌다.

"화이팅!"

◇

이제는 무슨 일을 하는 사람인지 훤히 아는, 그의 등 뒤에 서 있던 낯선 남자. 나는 그들이 싫다.

그들은 주로 환전을 해주고 그 수수료를 챙기거나 도박 여행 일정을 관리해준다. 식비, 숙소, 비행기 티켓, 그 외에도 자질구레한 심부름까지 모두 도맡아 한다. 그들은 호구들의 비서다. 무엇을 요청하든 안 된다고 하는 법이 없다. 안 된다고 말하는 순간 그 세계에선 무능한 사람이 되어버린다.

몇 년 지나지 않아 내 등 뒤에도 그들 중 1명이 서 있게 될 줄은 몰랐다. 내 광기를 터뜨릴까 노심초사하며 얌전히 결과를 기다리는 낯선 이가.

◇

그날따라 이방인의 쿰쿰한 냄새가 역하게 났다.

퐁당퐁당 이어지던 빨간 동그라미와 파란 동그라미가 일정한 패턴대로 가다가 뱅커에 멈추어 있었다.

플레이어 10, Q
뱅커 A, K

플레이어에 찬스벳(bet)을 쳤던 윤석은 서드 카드(세 번째 카드)를 세로로 한번 쓱 접다가 말고 테이블 위로 던졌다.

다시 박스 K.

점수는 바카라♠.

그 이후로도 그는 프리 게임free game을 돌리는 일이 없었다. 이미 많은 돈을 잃은 사람은 프리 게임을 돌리기 힘들다. 여유가 없기 때문이다.

플레이어 찬스벳이 바카라로 밟히게 되자, 그는 다시 그림을 가만히 쳐다본다. 여태껏 뱅커가 3번 이상 내려온 적이 없었다. 그는 찬스가 왔다는 듯 판돈의 2배를 다시 플레이어에 걸었다.

이 순간의 기억은 너무도 처참하다. 비단 이날만의 기억이 아니라 많은 도박꾼이 가지고 있는 어제였고, 혹은 오늘이었거나, 불행히도 현재 진행형인 처참한 상황이다.

결과는 뱅커 승.

나는 낯선 이에게 건네받은 묵직한 칩들이 순식간에 사라지는 명장면을 목격하게 된다.

윤석은 내가 아는 사람 중에 가장 관대하고 이성적이었으며 침착한 사람이었다. 그러나 그 순간, 그의 눈동자는 초점이 없었고 표정은 이따금 흉측하게 일그러졌으며 말투는 격앙되어 있었다. 나는 그 두려운 모습에 차마 한마디의 말도 붙일 수가 없었다. 늘 즐겁던 카지노 객장 안에서 한기가 느껴지는 순간이었다.

♠ 카드 3장의 합이 0일 때를 뜻함. 10, J, Q, K 카드는 바카라에서 0의 가치를 지님

나는 곧장 혼자 방으로 돌아와 이불속에 몸을 꽁꽁 싸맨 채 울었다. 왜 눈물이 났을까. 1억이라는 큰돈이 순식간에 사라지는 것을 지켜봐서일까.

1억.
1억….

그가 아무리 부자라고 해도 1억이면 무너질 거야.
만약, 내가 여기에 오지 않았다면….
아니야. 내 잘못이 아니야. 아까 윤석은 미친 사람의 표정이었어.
두 번 다시는 여기 오지 않을 거야.
이불을 말고 우는 내 모습이 몹시 처량했다.
내가 우는 동안 그는 방으로 돌아오지 않았다.
그렇게 그와 이별을 하면서 내게는 오지 않을 것만 같던 진짜 게임, 나만의 게임도 함께 시작되었다.

◇

내 첫 판돈은 그리 크지 않았다. 당장 출금할 수 있는 계좌의 돈 중 500만 원을 홍콩달러로 환전했다.

나는 친하게 지내던 동생과 함께 처음으로 해외여행을 빙자한 원정 도박을 떠나기로 했다. 마카오에서 환치기해 주는 사람도 몰랐고 외국에서 자금을 이체하는 일이 조금 찝찝해서 500만 원

21

상당의 홍콩달러를 현금으로 들고 비행기에 탑승했다.

다행히 같이 출발한 동생은 워낙 혼자서 여행을 즐기는 타입이었다. 게다가 마카오는 여자 혼자 다녀도 무방할 정도로 치안이 완벽했기 때문에 나와의 일정에도 잘 맞았다. 이번 여행은 각자 여행을 즐기다 나는 카드 게임 좀 하고 여행경비나 따오는 것이 목표였다.

도착한 첫날 밤. 피곤하다며 스파를 하고 먼저 쉬겠다는 동생을 보내고 나는 바로 카지노에 입장했다.

익숙한 냄새.

호텔 로비에 입성하자마자 그 익숙한 향이 나를 사로잡았다. 이 향이 때론 달콤하고 때론 쿰쿰했지만 나는 늘 이 냄새가 너무도 좋다. 카지노 동반자처럼 항상 같이 다니던 윤석이 없는 상태로 혼자 오니 그제야 이별이 더 씁쓸하게 다가왔다.

나는 카지노로 가서 가지고 있던 홍콩달러를 모두 칩으로 바꾸고 이 테이블 저 테이블, 미니멈이 작은 곳으로만 옮겨 다녔다.

이제 이 돈은 가상 머니가 아니라 실제 나의 머니였다. 내가 체감할 수 있는 돈 말이다. 물론 이전에도 돈이었지만, 따든 잃든 윤석의 사정이었고 어떤 결과가 나와도 나와는 크게 상관없었다.

게다가 카지노에서 언제나 윤석과 함께였기 때문에 카지노 안은 여자가 혼자 다니기에 위험한 환경이라는 것을 깨닫지 못했었다. 그나마 씨오디 호텔이 제일 치안이 좋았는데, 조금만 벗어나도 거지가 된 노름 폐인들이나 구걸쟁이들이 많았다. 그들은 자신을 따라오라며 반강제로 끌고 가다시피 해서 베팅을 하게 한다. 끌고 간 사람이 어리바리 베팅해서 이기면 자기 몫이라고 우기며 배당받은 칩 중 일부를 수수료로 빼앗아 간다. 지면 그들은 유유히 그 자리를 떠나버린다.

나에게도 이런 재수 없는 경험들이 몇 번 있었지만, 워낙 성격이 꼬장꼬장했던 탓에 다행히 한 번도 나의 칩을 강탈당한 적은 없었다.

오랜만에 다시 간 마카오는 그새 금연구역으로 바뀌어 있었다. 담배를 피우려면 건물 사방에 흩어져 있는 흡연실까지 걸어가야 했다. 카지노는 넓어도 너무 넓었다. 게다가 길치인 나는 담배 한 대 피우러 나갔다가, 내가 어느 테이블에 있었는지 곧잘 잊어버리곤 해서 불편했다.

그뿐만이 아니었다. 카지노에서 젊은 여자가 혼자 걸어 다니면 이상한 시선을 받거나 불편한 시도가 잇따랐다. 흡연실로 자리를 뜨면 여러 무리가 치근거렸다. 대개 중국말이다. 알아들을 수도 없고, 그들의 손짓이나 말투를 보니 좋은 뜻인 것 같지도 않았다.

"아임 메리드. 메리드!"

못 알아듣는 것 같다. 그들은 기본적인 영어 능력조차 없어 보였다. 그 자리에서 벗어나려고 하면 어깨를 붙잡거나 팔목을 잡았다. 카지노 객장에 있는 젊은 여자에겐 모든 손길이 서슴없고 거침없었다. 너무도 피곤했다. 혼자서 이런 여행을 오는 것은 좋지 않은 일이라는 생각이 비로소 들었다.

나는 어느 테이블에 자리를 잡고 프리 게임도 적당히 돌려가며 차곡차곡 칩을 쌓아 올리고 있었다. 그때, 한 남자가 와서 말을 걸었다. 얼굴이 전혀 내 스타일이 아니다. 입은 툭 튀어나와 있고 볼품없이 작은 눈에는 반짝이는 금테안경이 씌워져 있었다.

어느새 옆자리에 앉은 그는 내게 농담을 던지기도 하고, 내 베팅에 조언도 해주었다. 한 번씩 그가 내 베팅을 저지할 때도 있었는데, 하필 그 게임에선 그대로 진행했으면 내가 돈을 잃을 뻔한 상황이 오기도 했다. 그렇게 2~3시간을 함께 호흡을 맞춰가며 게임했다.

그는 홍콩의 변호사라고 했다. 내게 명함을 주었지만 나는 한자는 더 모른다. 슬쩍 보고는 주머니에 쿡 쑤셔 넣었다. 게임이 오래 계속되어 몸이 뻐근하던 차, 우리는 휴식 겸 커피 한잔을 하러 나왔다. 그와 완벽한 소통은 불가했지만 대충 서로에 대해 알아낼 수 있었다.

"저는 매주 마카오에 옵니다. 그쪽은?"

"저는 친구와 여행 왔어요."

"그렇군요. 제가 일정 때문에 오늘 돌아가 봐야 하는데, 혹시 내일 다시 온다면 만날 수 있을까요?"

"안 될 것 같네요. 우리는 내일 밤 비행기로 귀국할 예정이거든요."

남자는 한참 생각에 잠겼다가 불쑥 이런 제안을 했다.

"오늘 밤 저와 함께 있겠습니까?"

생각보다 저돌적이었다. 아무리 환심을 산 남자라지만 나는 처음 본 남자, 혹은 잘 모르는 남자와의 동침은 좋아하는 편이 아니었다. 그는 바카라 게임에 자신감이 치솟아 나를 한 테이블로 데려갔다. 슛이 막 시작된 곳이었다. 아직 뱅커도 플레이어도 떨어지지 않은 하얀 백지의 그림이었다.

"Bet? 제가 이기면 오늘 밤 함께 있는 겁니다!"

어처구니없는 제안이었지만 승부를 내고 싶긴 했다. 어차피 확률은 반반.

나는 처음부터 새하얀 백지 그림을 좋아했다. 카지노에 막 입문했을 때만 해도 그냥 운으로 하나를 골라 맞추는 게 재밌었다. 그림을 따라간다든지, 줄을 탄다든지, 일정한 패턴에 연연하는 것보단 그냥 처음처럼 내 운대로 하나를 골라 맞추는 게 재미있었다.

그림을 분석하고 마틴을 치고 꺾는 타이밍을 잡는 것은 도박꾼들이 비싼 수업료를 주고 배우는 것들이지만, 결국 그런 게 다 사람 잡는 거다. 참고로 나는 그림은 절대로 꺾지 않는다. 그림은 타는 거다.

나는 이 게임에서 질 리가 없었다.

이기면 사뿐히 굿바이! 하고 판돈을 들고 나오면 그만.

행여나 져도 쏘리! 하며 떠나면 그만.

나는 어차피 그와 한 침대에서 뒹굴고 싶은 마음이 추호도 없었다. 혼자 여행하면서 이따금 적적하고 쓸쓸하기도 했지만, 솔직히 남자가 궁해도 이건 아니다 싶었다.

2박 4일, 그것도 밤 비행기 일정이라 워낙 짧은 시간이기도 했고, 함께 온 동생과 괜찮은 레스토랑에서 식사를 하고 베네시안 곤돌라 정도는 같이 타줬어야 했기 때문에 나는 서둘러 객장을 빠져나왔다.

물론, 그 내기에서는 내가 이겼다.

돌아왔을 때 나는 은행에 들러 1,000만 원을 한화로 재환전했다. 200% 먹기 성공!

경비도 회수했고 500만 원이란 돈도 땄다.

일단 주머니에서 나간 500만 원이 1,000만 원이 되어서 다시 통장에 꽂히자 내심 일상이 여유로워졌다.

그게 나의 마지막 마카오 여행이었다. 이때만 해도 나는 좋은 경험이었다고 생각했다. 무용담이랍시고 사람들 앞에서 으스대며 이야기하고 넘겼을 수도 있었다.

그 이후로 마카오를 더 가지 않은 건, 매번 흡연실까지 가는 게 고역이기도 했고 혼자서 카지노를 즐기기엔 너무도 외로웠던 이유다. 그리고 그쯤 만난 나의 피앙세가 나를 양지바른 곳으로 이끌기 위해 노력했던 이유도 있다.

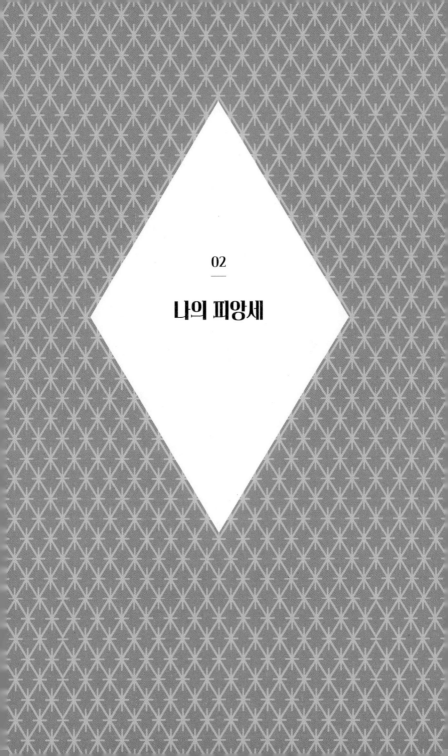

02
—

나의 피앙세

♠

나는 보통 경제적으로 여유가 있는 남자만을 만나왔다.

남자의 목덜미에 빨대를 꽂아서 피를 마구마구 뽑아먹으려는 심산이 아니라, 그냥 그런 사람들의 성격이 좋았다. 내가 70을 가지면 100을 가진 남자가 좋았다. 서로 여유로운 선물을 주고받을 수도 있고 어떤 취미를 함께 해도 제약이 따르지 않아서 좋았다.

나의 피앙세는 평범한 남자였다. 나보다 3살 많은 남자였는데, 시골에서 태어나 혼자 힘으로 살아온 건실한 청년이었다.

술, 도박, 여자, 담배 등 어떻게 하나도 안 걸치고 살아갈 수가 있나 싶을 정도로 건전한 사고방식을 가진, 그 당시 술도 좋아하고 도박도 좋아했던 나와는 정반대의 남자였다.

그래서 끌렸을까.

사실 그는 별 재미도 없고 우직하고 무뚝뚝한 남자였지만, 오히려 그런 모습이 매력적이었다. 이 남자라면 내가 평범한 여자나 아내로 무탈하게 살아가는 데 아무런 문제가 없어 보였다. 그렇게 우리는 불같은 연애를 하고 불과 6개월 만에 날을 잡았다.

4C가 모두 엑설런트인 1캐럿짜리 다이아 반지로 프러포즈를 받았고, 그는 내게 벤츠 C클래스를 선물했다. 나는 신혼집 매매 자금의 절반을 냈고 예단은 넉넉하게 보냈으며 남은 현금은 지참금 조로 남편에게 주었다. 남부럽지 않은 결혼식이었다.

나이에 비해 어른스러워 보였던 그를 통해 나는 내 미래를 보았다. 밝고 행복하고 풍요로울 나의 미래!

하지만, 현실은 달랐다. 내 인생 암흑기가 결혼과 동시에 찾아올 거라고는 생각하지 못했다.

남편은 나와 결혼하자마자 가장의 중압감에 사로잡힌 듯 일에 미쳐 뛰어다녔다. 우리는 제대로 된 신혼여행도 가지 못했다. 남편이 자리 잡기 시작한 종목으로 막 사업장을 오픈했기 때문이었다. 결혼식을 마친 후 국내 풀빌라에서 1박 2일 머무는 것으로 신혼여행을 대신해야 했다.

남편은 하루가 멀다고 집에 들어오지 않았다. 이유는 술도 여자도 아니었다. 진짜 '일' 때문이었기에 나는 참아야 했다.

그런 날들이 계속될수록 외로움은 깊어졌고 조금씩 지쳐갔다.

나는 결혼한 후 유일한 취미가 드라마나 영화 몰아보기가 됐다. 불법이긴 했지만 무료로 드라마를 다운로드받을 수 있어서 자주 이용하던 ××토렌트. 그러던 중에 그 사이트에서 내 오감을 휘어잡는 큰 광고 배너를 발견하고 말았다.

'○○ 카지노.'

잠깐만, 카지노라고?

그렇다.

온라인 카지노.

새로운 세상을 영접하는 순간이었다.

공항에 가서 출국 절차를 밟지 않아도 되고 시간에 구애받지도 않고 집에서 편하게, 노트북으로 간단히 카지노를 접할 수 있다니! 이것은 신세계였다.

나는 홀리듯이 사이트에 접속했다. 조심조심 꼼꼼하게 가입 절차를 따랐다. 그 사이트에는 가입 확인 전화 같은 건 없었다. 만약 있었다면 나는 주춤했을지도 모른다. 이름을 쓰고 계좌를 쓰고 연락처를 썼다. 그렇게 너무도 쉽게 가입 승인이 났고 입금 신청 순서만이 기다리고 있었다.

그때 남편은 여전히 정신없이 바빴고, 나는 공부 중인 상황이었다. 공부를 마치고 수료증이 나오면 그래도 평생 일거리 걱정은 없을 거라고 판단했다. 무료하긴 했지만 나쁘지만은 않은 결혼 생활이었다.

그런데 남편이 호언장담하던 사업은 어째 조금 위태로워 보였다. 남편은 사업의 사 자도 모르는 건실했던 남자였다. 냉정하게 말하자면, 순진무구하고 세상 물정 모르는 치기 어린 남자였을

뿐이다. 게다가 재테크는 고사하고 사치도 허영도 다 가진 여자와 결혼했으니 이 남자의 고삐는 천지 분간을 못 하고 풀려 자꾸만 사업에 욕심을 내었다. 급기야 남편은 사업에 조금 더 투자해야 할 것 같다며 집을 팔자고 했다.

그때부터 나는 불안했다. 그렇지만, 사내로 태어났으면 할 때는 제대로 해 봐야 한다는 치기가 내게도 있었다. 집을 팔아서 기꺼이 남편 사업 자금으로 내주었고, 우리는 보증금 2,000만 원에 월 75만 원짜리 월세 아파트로 이사했다.

우리에겐 젊음이 있으니 나는 괜찮았다. 신랑의 호언장담보다, 실패하더라도 그 실패로 인해 우리가 얻게 될 것들을 믿었고 사막에서도 굴러줄 이 빛나는 돌덩이(남편)를 믿었다. 그의 견고함과 성실함, 하루 2~3시간도 채 자지 못하고도 미친 듯이 소처럼 일만 했던 남자인 그런 사람을 어찌 믿지 않을 수 있을까.

집 판 돈으로 사업에 더 투자했지만, 남편은 여전히 집에 잘 들어오지 못했다. 인건비를 줄이고자 인력 하나 없이 혼자 일하는 남편이었다. 제대로 된 퇴근도 없이 갓길에 주차한 채 잠시 눈만 붙이며 버티는 걸 알기에, 집에 들어오란 말을 쉽게 할 수 없었다. 사고라도 나서 잘못될까 걱정도 되었다.

나는 당시 임신 초기였다. 남편의 무리한 사업확장이 주는 스트레스. 집에 들어와서 돌봐주지 않는 것에 대한 섭섭함. 그런 생각으로 인해 스스로 작아지는 자존감. 세상으로부터 도태되어가는 일상. 이런 일련의 과정들을 한꺼번에 겪으며, 나는 어느새 초라한 임산부가 되어 있었다.

　우울한 멘탈과 일상에서 조금만 벗어나 볼까 하는 호기로 판도라의 상자를 열었다.

　'입금 신청'

　계좌번호가 팝업창에 떴다.

　나는 잠시 망설이다가 곧장 5만 원을 입금했다.

　띠링.

　'입금 신청이 완료되었습니다.'

　다시 팝업이 떴다. 두근두근.

　나의 게임머니 5만 5,000원.

　오만 원을 입금했는데 5,000원은 뭐지?

　첫 충전 보너스 10%.

　나는 무료 체험 버전은 좋아하지 않았기에, 입금 완료 메시지를 받고서야 사이트를 둘러보았다.

　타○산, 마○크로, 아○아, 미○게임 등. 솔직히 종류가 너무 많아서 제대로 파악할 수가 없었다. 일단 다 눌러 봤다. 최대한 카지노와 비슷한 곳을 찾아야 했다. 그렇게 나의 간택을 받은 것은 아○아 게임이었다.

　나는 마카오에서도 일대일 승부를 좋아해서 누군가 옆에 앉으면 바로 테이블을 옮겨 다니는 습성이 있었는데, 마치 나와 딜러 둘만이 한 공간에 있는 것처럼 느껴져서 좋았다. 방해할 사람은 아무도 없었다. 온라인에서는 함께 자리를 나누어 가질 다른 게이머도 없었고, 나를 힐끔대는 낯선 이방인들도 없었다. 금액도 1,000원 칩, 5,000원 칩, 1만 원 칩, 2만 원 칩, 5만 원 칩, 10만 원 칩 등 다양했다.

잠시만. 시간이 가고 있었네?

10, 9, 8….

아, 베팅시간이 있었구나!

시간 안에 베팅을 끝내면 화면은 어두워지고 딜러가 플레이어 패를 먼저 깐 뒤 뱅커 패를 깐다.

방식은 마카오에서와 똑같다.

오랜만에 딜러와 카드 그리고 테이블을 보니 심장이 뛰었다.

내게 5만 원은 이 데모 버전의 시험용에 불과했다. 시작은 미미하나 그 끝은 실로 창대해지는 법. 나쁜 것일수록 더 그렇다. 물론 당시에는 그것을 아주 까맣게 잊고 있었다.

호기심 반 두려움 반으로 시작한 온라인 게임에서 오래 머물고 싶지는 않았다. 몇 번의 베팅에 성공해서 7만 원의 수익이 나자 바로 게임을 정리하고 퇴장했다.

어라, 나 방금 7만 원 벌었어?

중요한 건 환전이 남아 있었다. 화면에 게임머니가 12만 원이라고 적혀 있었는데, 출금 신청을 누르자 0원이 됐다. 불안했다.

뭐지? 사기인 건가?

불안을 느낀 지 3분도 채 안 돼서 문자 메시지가 왔다. 12만 원이 입금되었다는 내용이었다.

쉬웠다.

'이렇게 쉽고 편하게 바카라를 할 수 있었어? 집에서?'

이게 온라인 카지노였구나.

나는 그 돈으로 오랜만에 집에 들어온 남편을 데리고 나가서 12만 원어치 소고기를 사 먹였다. 어차피 공돈이었으니 배부른 식사 한 끼로도 충분히 만족스러웠다.

나의 미미한 첫 승리는 다음 재충전으로 이어지게 된다.

두 번째는 첫 번째보다 긴장감도 덜했고 죄책감도 덜했다.

'어차피 잃어도 되는 돈일 뿐이야.'

'저번에도 7만 원 공돈 생겨서 맛있는 거 사 먹었으니 이번에도 맛있는 거나 사 먹어야지.'

나는 예전부터 돈 자체보다는 승리에 더 큰 희열을 느끼는 사람이었다.

내가 그렇게 가랑비에 옷 젖는 줄 모르고 암흑의 세계를 산책로로 삼아 사뿐사뿐 걸어 들어가고 있을 무렵, 우리 집의 재정은 담보상태에 빠지게 된다. 아니, 남편이 나에게 그때부터 거짓말을 하기 시작했으니까 일 보 전진 열 보 후퇴쯤 되겠다. 나도 온라인 카지노를 영접한 것을 남편에게 이실직고하지 않았으니 남편과 나의 거짓말은 비슷한 시기에 시작된 것 같다.

남편은 내게 꼬박꼬박 용돈을 가져다주었다. 결혼 전부터 확고했던 나만의 철칙이 하나 있었는데, 나는 절대로 경제권을 쥐지 않는다는 것이다. 내가 경제권을 쥐는 순간 가정 경제가 나락으로 빠질 것을 예감했던 것 같다. '결혼하면 배우자가 모든 경제권을 행사할 것'이라는 신념이 틀어박혀 있었다. 다만, 용돈은 넉넉하게 받았다.

그런데, 언제부터 시작된 것일까. 그것이.

모처럼 휴일에 여유가 생겨서 우리 부부는 시댁에 들렀다. 시부모님이 워낙 바쁘신 분들이었기에 저녁 식사만 하고 나왔더니, 둘만의 오붓한 데이트 시간이 주어졌다. 둘이서 손을 잡고 걸으며 시골 마을의 정취를 만끽하다가 동네 작은 호프집에 들어갔다.

평소에 술을 전혀 마시지 않는 남편이 그날따라 홀짝홀짝 잘 들이켰다. 둘만의 시간이 얼마 만이었는지 모처럼 정말 즐거웠다. 그때, 남편이 화장실을 다녀온다며 자리에서 일어났다. 남편이 자리를 비운 사이, 그의 핸드폰에 문자 메시지 알림이 연달아 울렸다. 그렇게 우연히 보게 된 그의 핸드폰.

[사업자 대출 이자 미납]

미납? 대출?

우리는 그런 거 한 적 없는데….

조심스럽게 시어머니와 주고받은 카톡도 열어보았다. 온갖 돈 얘기들뿐이었다. 시어머니는 남편을 몹시 걱정하고 있었다. 그걸 본 이후에는 그냥 대놓고 뒤졌다. 나도 모르게 남편의 핸드폰을 뒤지는 아내가 됐다. 뒤지면 뒤질수록 남편에 대한 거리감과 당혹감이 밀려왔다.

남편과 내가 이렇게도 멀리 있었나?

자리로 돌아온 남편은 본인의 핸드폰을 쥔 채 영혼이 탈출한 나를 발견했다. 잠깐 멍하니 서 있던 그는 내 처분만을 기다린다는 듯이 조용히 자리에 앉았다.

"이게 뭐고? 대체 이게 뭐냐고!"

남편은 고개를 숙였다.

"속 시원히 이야기 좀 해 봐라. 그동안 내한테 뭘 숨기고 살았던 거고?"

"일부러 숨긴 건 아니다. 당신 홑몸도 아닌데 걱정할까 봐…."

"그게 말이 되나! 도대체 무슨 일을 얼마나 벌인 거고? 지금 상황이 어떤지 정확히 브리핑해라!"

"브리핑? 지금까지 내가 갖다 주는 돈 꼬박꼬박 받아서 잘 쓰기만 해놓고 인제 와서 내를 못 믿겠다는 거가?"

지저분한 상황이 연출되기 시작했다. 남편은 내게 숨긴 빚이 생각보다 많았다. 나는 그때까지 빚을 내본 적이 한 번도 없었는데, 그런 빚을 남편은 참 잘도 내고 살았던 모양이다. 알고 보니 시골에 땅이 제법 있어서 알부자로 소문난 시댁 돈까지 끌어다 쓸 수 있을 만큼 썼더라.

귀한 집 딸 데려온다고 내 팔이며 목이며 손가락 등 끼울 수 있는 모든 곳에 끼울 정도의 다이아몬드, 순금, 진주, 유색 보석 세트를 아낌없이 사주셨던 마음씨 좋은 시어머니도 이젠 남편이 매우 버거운 것 같았다.

그는 팔아먹은 집을 시작으로 사업자 대출, 개인신용 대출, 마이너스통장, 시댁 돈, 제2금융권까지 할 수 있는 건 전부 다 손을 댔다. 밑 빠진 독에 물을 부어도 이렇게 단기간에 많이 부으면 좀 채워라도 질 텐데 언제 물을 부었냐는 듯이 독은 말라 있었다.

나를 기만하다니! 나는 독이 오를 대로 올랐다. 빚보다도 더 역겨운 건 그의 거짓말이었다.

우리는 그 뒤로 진흙탕 싸움을 해야 했다. 사실 사업자는 명의만 남편이었지 사기꾼이나 다름없는 친한 형이란 자가 주도하는 것이었다. 나와 남편 사이에 오작교 같은 다리를 놔주고 결혼식에 유명한 개그맨을 섭외해 준 것도 그 사기꾼이었다. 나의 실망감과 배신감은 하늘을 뚫을 기세로 치솟았다.

그 사기꾼은 그 뒤로도 남편의 명의로 대출을 해서 본인 가정에 생활비로 갖다 주는 등 파렴치한 행동을 계속했다. 더 화가 나는 건 그 누구보다 나를 먼저 믿어야 할 나의 남편이 내가 아닌 그 사기꾼을 절대적으로 믿고 숭배하고 있다는 사실이었다.

빚은 양파 같았다. 까도 까도 내가 언제 나왔냐는 듯 새롭고 하얀 속살을 끊임없이 드러냈다. 남편의 빚은 실체가 없는 가상화폐 같았다. 나는 빚과 거짓을 탐지하도록 훈련받은 개처럼 냄새를 맡았고 기어이 찾아냈다. 한번 꽂히면 승부를 봐야 끝이 나는 나의 성격은 죽지 않았다. 이 양파 까기가 눈이 너무 매워질 때면, 나는 도박으로 눈을 정화했다.

마음의 정화. 이너피스!

나는 수덕이 있으니까. 껄껄껄.

조금씩 따는 액수를 늘려가며 이 지옥 같은 결혼 생활의 도피처를 찾고 있었다.

내 도피처는 내게 언제나 곁을 내주었다. 어서 와서 상처받은 영혼을 치유하라고 속삭였다. 내가 찾을 때면 망설임 없이 내게 따뜻한 손을 내밀었다.

물론 지는 날도 있었지만, 어차피 소액이니 상관없었다.

맙소사. 어느 날 통장을 보니 나도 돈이 없다.

가랑비에 옷 젖는 줄 모른다더니, 어느새 통장을 다 삼켰구나….

그래도 괜찮다. 어차피 내가 가진 판돈은 200~300만 원이 전부였으니까. 그 정도는 내 영혼을 치유해 준 대가로 아깝지 않은 돈이었다.

삶을 살아가는 것이 아니라 그렇게 하루하루를 버텨내는 날들, 그 힘겨운 시간 속에서 더 뼈아픈 고통이 찾아왔다. 하던 공부의 막바지에 이르러 결혼했고, 공부를 마치자마자 수료증이 나왔으니 나는 순리대로 취업하게 되었다.

돈이 없으니 나가서 일은 해야 하는데, 틈만 나면 남편과 싸움을 해대니 하루하루가 피곤한 일상의 연속이었다. 나는 저녁에는 사이트에 접속해서 도박으로 스트레스를 해소했고, 출근하면 일에 매진했다.

남편에게는 그 사업을 당장 접으라고 명했다. 어느 순간부터 나는 남편에게 부탁이 아닌 명령조로 이야기했다. 남편은 내 말을 곧잘 들어주는가 싶더니, 어디로 튈지 모르는 고무공처럼 한 번씩 튕겨 나가기 일쑤였다.

대충 급한 빚은 청산했고 시댁 도움으로 덮을 만큼 덮은 것 같았는데도 갚아야 할 돈은 다시 억대가 넘었다. 내 나이 20대 중반에 나는 억대 빚을 진 가장이 되었다.

나는 남편과 타협을 해야 했다.

"더는 사업에 미련 두지 마라. 어쨌든 사회생활은 해야 하니까 개인회생은 하지 말고. 남자가 밖에서 일하고 살려면 신용은 멀쩡해야 하지 않겠나. 개인회생까지 안 가도록 내가 열심히 일해서 최대한 갚을게. 대신, 두 가지 조건이 있다."

잠자코 듣던 남편과 시선이 마주쳤다.

"첫 번째 조건은, 다시는 그 사기꾼 새끼와 얽히지 않겠다고 약속하는 거다. 그건 어려운 일 아니잖아? 두 번째는, 직업훈련소든 어디든 가서 기술을 배웠으면 좋겠다. 용접이 힘들긴 해도 돈은 된다고 하더라. 꼭 용접 기술이 아니더라도 괜찮고."

남편은 말이 없었다. 입이 열 개라도 할 말이 없다는 뜻일까, 대꾸할 가치도 없다는 뜻일까. 어느 쪽인지는 3개월 뒤에 알게 되었다.

나는 남편에게 3개월의 시간을 주었고 그 정도면 그의 의지를 내게 보여줄 충분한 시간이었다고 생각했다. 그리고 그건 내가 아내로서 남편에게 주는 마지막 기회이기도 했다.

어느 정도 예상했고 끝까지 아니길 바랐지만, 결과는 예상한 대로였다.

그 사기꾼 형은 남편에게는 신과도 같았다. 나 따위는 끼어들 수도 없었고 이길 수는 더더욱 없었다. 그걸 인정하는 데에 긴 시간이 필요하지는 않았지만, 나는 많은 상처를 입었다.

나는 그때 임신한 데다가 정장을 입고 구두를 신고 일을 해야 해서 다리가 퉁퉁 붓고 급격히 몸이 안 좋아졌다. 그런데 남편은 또다시 탈출을 감행했다가 빚을 하나 더 얹어서 돌아왔다.

남편과 마지막 진흙탕 싸움이 벌어졌다. 싸움은 오래 걸리지 않았다. 말싸움 끝에, 흥분한 남편이 내 어깨와 목덜미를 잡히는 대로 잡고 흔들다가 순식간에 내동댕이쳤다. 밀쳤다고 순화해서 표현하기에는 결과가 너무 참혹했다. 나는 그렇게 유산을 했다.

사실 노름에 손을 대고부터 '매일 더 불행하기' 내기를 건 것처럼 불행 달리기를 해왔는데, 이날은 참으로 많이 아팠다. 이제 남편도 남의 편을 넘어선 개새끼로 보였고, 이 지옥에서 나가는 것만이 내 삶의 유일한 연장선이라고 생각했다.

그리고 나는 곧 온라인 카지노의 갬블러로 본격 전향하게 된다.

비단 나의 과거들과 상처 때문만은 아니었다. 그저 많은 이유를 핑계 삼아 결국 내가 하게 될 일을 시작했던 것뿐이다. 원래 내

아버지 핏줄부터가 도박에 도통한 것이 종족의 특성이었다. 그러니까 원래 그렇게 될 운명이었다는 말이다. 타고난 운명을 누가 감히 거스를 수 있을까.

나는 집을 나왔다. 새 출발이 필요했다. 그리고 도박할 돈도 필요했다. 무작정 짐을 싸서 친구의 작은 오피스텔로 쳐들어갔다. 친구는 고맙게도 아무 말 없이 나를 받아주었다.

나는 매일 미친 듯이 일했다. 그리고 상여나 성과급이 나올 때면 매일 그날 치 게임을 했다.

이혼 후 정신적으로 가장 피폐한 일상이었고, 매일같이 반복되는 입출금으로 인해 통장 잔고는 계속해서 줄어가고 있었다. 마이너스가 커지고 있다는 걸 나만 빼고 다 알고 있었다.

그러던 어느 날, 운명처럼 몇 주 전부터 도박 사이트에서 이벤트가 진행되고 있다는 걸 발견했다. 입금액의 10배를 따면 입금액을 보너스로 얹어주는 이벤트였다. 예를 들어 100만 원을 충전해서 1,000만 원을 만들면 1,100만 원을 환전해주는 것이었는데, 오래 지나지 않아 나는 이 이벤트에 당첨되었다.

150만 원 충전. 그리고 그날 새벽 1,500만 원 달성!

온라인 카지노에서 처음으로 가장 많은 돈을 땄던 날이었다.

1,650만 원 환전 완료!

03
—

생활 바카라

나는 곧 남편과 살던 집을 정리했다. 보증금 2,000만 원에서 그동안 내지 못한 월세를 보증금에서 제하고 나니 1,700만 원 정도가 남았다. 매일 먹죽먹죽 하던 그 사이트에서 이미 내 월급은 다 털어 간 상태였지만, 10배 달성의 쾌거를 이룬 덕분에 내게는 3,000만 원 남짓의 현금이 생겼다.

나는 허세쟁이였다.

돌싱이 된 마당에 좁은 원룸이나 오피스텔에서 기죽어 살기는 싫었다. 그래도 급여가 꽤 높은 편이었던지라 될 대로 되라는 심정으로 동네에서 제일 깨끗하고 좋은 위치에 있는 35평 아파트를 월세로 계약했다. 보증금 3,000만 원에 월 160만 원짜리였다.

사실 노름꾼에게는 160만 원이라는 금액은 우습다. 그냥 그렇다는 것이다. 승승장구하며 연승이라도 치는 주에는 그달 월세에

관리비, 공과금까지 다 뽑고도 남았다.

물론 안 되는 달도 있다. 그럴 땐 일단 지인에게 돈을 꾸어 월세를 내고 다시 노름해서 딴 돈으로 갚아나가면 그만이었다.

나는 돈을 잘 빌렸다. 처음엔 지인론loan을 이용했다.

결혼 전엔 호탕하고 시원시원했던 내 성격 덕에 주변에 돈 좀 있다는 인맥이 꽤 있었다. 나를 흠모하던 이들은 나의 새 출발을 축하까지 해주며 돈을 빌려주었다. 다행인 건지 불행인 건지 나의 지인론은 미납도 실수도 없었다.

하지만, 어느 정도 나이를 먹고 그나마 철이 들고나서부턴 절대 이용하지 않는 것이 사채와 이 지인론이다. 사람 떨어져 나가는 데 이만한 것이 없더라.

그러다 또 한 번 전환기를 맞게 되었다.

바로 먹튀.

내가 지는 건 참겠는데 먹튀는 용납할 수 없다. 그렇다고 숯이 검정 나무랄 수는 없는 노릇. 울화가 치밀어도 신고할 수 없다.

그날은 유난히 운이 좋았다. 나는 그때 간이 슬슬 부풀던 참이라 100 가지고 100 따기 따위는 안 했다. 100 가지고 500, 1,000 따기에 들어갔다. 어차피 서너 번에 한 번만 제대로 들어가 주면 복구하고도 남았다. 일단 노름쟁이들 계산은 그렇다.

바카라 테이블을 멀티테이블로 고정해놓고 네 게임을 한 번에 돌린다.

롤링이 돌고 돈다.

얼마 되지 않아, 나는 50만 원으로 1,200만 원을 달성하는 쾌거를 이루었다. 이만하면 되었다. 여기서 끝내야 한다.

환전 신청.

환전은 30분 이상 안 되면 문제가 있는 것이다. 그날 처음으로 내 온라인 카지노 인생에 문제가 생겨버렸다. 그 사이트는 나를 뱉어냈지만 차단하지는 않았다.

나는 계속해서 운영진 측에 연락을 취했다. 오늘은 현금이 없으니 내일 보내주겠다는 담당자의 대답만 도돌이표처럼 계속됐다.

쎄한 기분이 들었다. 아니나 다를까. 소위, 먹튀였다. 구글링을 한껏 해봤는데, 결과는 분명한 먹튀였다. 심지어 계속 이용하던 사이트였고 소액은 제때 환전해줬다. 하지만 나름 큰 금액을 몇 번 따갔더니 계획적으로 막아버린 것이다. 중독이란 게 얼마나 무서우냐면, 환전을 못 해서 딴 돈을 갖지도 못하는데도 나는 그 사이트를 나가지 못했다.

나는 얼마 지나지 않아 하던 일을 그만두었다. 이젠 '생활 바카라'다. 바카라로 먹고사는 것이 나의 일이다.

'어차피 언제든 재취업할 수 있는 일이니까 뭐.'라는 생각으로 경력 같은 건 머릿속에서 거둬들였다. 지금 내 머릿속에는 바카라로 가득하니까.

그 사이트에 계속 머물며 그 금액으로 게임을 했다. 반은 자포자기 심정이라 그냥 생각대로 마구 베팅을 올렸다.

네 게임에 250만 원씩 총 1,000만 원 베팅.

win.

win.

lose.

win!

500만 원을 먹었다.

이렇게 나는 빼지도 못할 사이트의 가상 머니를 5,000만 원까지 올려놨다.

보유금액을 500만 원에서 600만 원 정도만 남기고 잃어주는 방식으로 살살 달래며 환치기를 시도했으면 얼마라도 더 받아낼 수 있었을지 모른다. 결국, 한껏 터진 5,000만 원 시드를 환전 200만 원으로 맞바꾸며 합의를 봤다.

그렇게 나는, 먹튀 방지 시스템으로 보증금이 걸려있는 구조대까지 함께 있는 다음 사이트를 찾아 옮겨갔다.

경험상 온라인 카지노는 500만 원 밑으로만 해야 한다. 그래야 입금도 안전하고 출금도 위험이 적다.

그렇지만 게임을 하면 열이 오르고 도파민이 솟아나기 마련.

200만 원, 200만 원, 200만 원 3번이면 600만 원은 금방 먹는데 어떻게 1,000만 원 단위가 안 되고 배기겠는가.

내가 당한 첫 먹튀는 내게 많은 깨달음을 주었다.

아무도 믿지 말 것!

하지만, 계속되는 게임에서 나는 더 큰 깨달음을 얻었다

일단 나부터 믿지 말 것!

남편과의 이혼은 아이가 없는 관계로 한 달 만에 성사되었다. 나는 이제 법적으로도 영적으로도 완전히 자유의 몸이 되었다.

먹튀의 서러움도 잠시, 온라인 카지노의 특성상 접근성이 좋아 제대로 중독돼버린 나는 어느새 술과도 뗄 수 없는 관계가 되어 있었다.

게임을 한다.

게임에서 진다.

술을 마신다.

계속 마신다.

뻗어서 잘 때까지 마신다.

금, 토, 일 사흘 만에 24병의 소주를 비워내기도 했다. 정확하게 기억은 안 나지만, 대부분 배달 앱으로 술과 안주를 주문했다. 월요일 초저녁쯤 깨어 술병을 세어보니 그 정도가 됐더라.

나는 온라인 카지노 생활도 힘들었지만, 술과의 전쟁도 너무 힘들었다. 그러나 술을 마시지 않으면 더 고통스러웠다.

잔고가 바닥을 치면 몸이 부르르 떨렸다. 막벳(마지막 베팅)에서 플레이어가 아니라 뱅커를 갔어야 했다. 화가 나고 분통이 터졌다. 돈이 조금만 더 있으면 복구할 수도 있을 것 같았다. 아니,

'무조건 나는 복구할 수 있다.'라는 자신감이 강하게 자리 잡았다.

나는 어느새 '여성 대출', '무직자 대출', '카드 대출' 등을 검색하고 있었다. 나의 빚이 시작되는 순간이었다.

나는 조금씩 술과 도박에 지쳐갔다. 지치지만 나에게 뗄 수 없는 것들이었다. 술과 도박을 제외한 모든 것, 특히 사람은 웬만하면 끊어냈다.

그러다 우연히 어떤 사람을 만나게 되었다. 그것도 내 인생 가장 밑바닥이라고 생각했던 순간에….

그대로의 모습으로 마주한 이 남자와 나는 오래지 않아 연인이 되었다. 그는 이혼을 세 번이나 한 남자였다. 그것도 같은 여자와. 어쨌든 세 번이나 이혼한 그는 나만큼이나 상처가 많아 보였다.

그 사람은 내가 온라인 카지노에 드나드는 걸 싫어했다. 나와의 애정이 깊어지는 만큼 그는 나에게 바카라를 끊으라며 부탁하고 애원도 했다. 정확히 말하면 그는 게임 자체가 아니라 온라인으로 하는 것만을 반대했다. 나는 그 사람을 지독히도 사랑하게 됐기 때문에 그의 말을 듣고 싶었다. 그래서 그와 여행을 떠나기로 했다.

04
—

또 다른 시작

♠

이번 여행지는 필리핀 마닐라였다.

필리핀에도 카지노가 생겼단 말은 전부터 들어서 알고 있었다.

나는 그전까지 동남아 여행을 별로 좋아하지 않았다. 휴양이나 하러 가는 거지, 물도 무서워했고 수상 레포츠는 더더욱 내 취미가 아니었기 때문이다.

나의 새로운 연인은 복이었다. 지친 내 인생에 나타난 복福. 그래서 나는 그를 '복'이라고 불렀다. 복은 내게 필리핀 여행을 제안했다. 복은 카지노를 즐기는 사람은 아니었지만, 마카오에서 한번 세부에서 한 번. 이렇게 두 번 정도 다녀온 적이 있다고 했다.

알고 보니 복은 실카(실제 카드 게임)에 능한 사람이었다. 포커, 홀라, 바둑이, 섯다, 화투 등 모든 도박에 능했으며, 지금도 포커는 이 사람만큼 잘 치는 사람을 본 적이 없을 정도다. 다만 그만의 암묵적 룰이 있었다. 맨투맨. 사람 대 사람으로만 게임을 한다는 것이다.

나는 복과의 여행을 둘로 한정하지 않고 내가 이혼 전 잠시 얹혀살았던 친구와 복의 친구, 지인 한 사람. 이렇게 해서 5명으로 멤버를 꾸렸다. 나는 마카오를 드나든 경험이 꽤 있었지만 내 친구는 그저 해외여행이 가고 싶어 따라나섰고, 복의 친구들은 모두 카지노를 좋아하는 분위기였다.

우리는 각자의 꿈과 설렘을 가지고 그곳으로 향했다.

필리핀까지 가는 데에는 채 4시간이 걸리지 않았다. 그런데도 비즈니스석을 예약했는데, 예전처럼 좁은 이코노미석에 몸을 구기고 앉아 불편하게 가고 싶지 않았기 때문이다. 나와 복은 비즈니스석에 몸을 담았고 나머지 멤버는 뒤쪽 이코노미석 어딘가에 자리를 잡았다.

처음 타본 비즈니스석은 정말 신세계가 따로 없었다.

'이런 맛에 비즈니스석을 타는 거구나. 역시 돈이 있어야 해.'

좌석은 거의 평평하게 누울 수 있을 만큼 젖혀졌고, 식사도 양식 한식 구분이 되어 정갈하게 나왔다. 앞 좌석에서 대기하고 있는 전담 승무원들도 있었다. 만석인 이코노미석과 다르게 군데군데 비어 있는 비즈니스석의 여유로움에 나는 어깨가 조금 으쓱거렸다.

자. 이제 필리핀 원정 시작이다!

하지만, 필리핀으로 도착하자마자 나는 실망부터 하고 말았다.

마카오는 비행기가 착륙하기도 전에 화려한 야경과 네온사인이 내 몸에 전율을 흐르게 했다면, 필리핀은 한 눈에 보기에도 너무도 초라해 보였다. 착륙 안내가 나올 때 즈음 주위를 두리번거렸지만, 몇 줄기 가느다란 빛 외엔 아무것도 보이지 않았다. 이건 내가 생각했던 그냥 동남아와 다름없었다.

이곳에 씨오디호텔이 있다는 거야? 어디?

필리핀 씨오디는 예상만큼 작았다. 그러나 건물 전체가 흡연구역이라는 조건이 마음에 쏙 들었다. 고급스러운 레스토랑에서도 창가 쪽에 앉으면 당연히 재떨이가 준비되어 있었다.

나는 애연가다. 특히나 카지노에서는 카드를 쪼면, 마음도 함께 쪼이기 때문에 더 뜨거운 무언가를 꼭 태워야 했다. 말하자면, 담배는 카지노의 필수 아이템이었다. 흡연 부스를 찾거나 밖으로 나가지 않아도 어느 자리에서나 편하게 흡연할 수 있다는 장점은 작은 카지노라는 불만을 잊을 만큼 만족스러움이 컸다.

우리 멤버는 가자마자 각자 자기만의 세상으로 흩어졌다.

복도 나처럼 씨오디는 처음이었는지 두리번거리며 바카라 테이블부터 찾았다.

'역시 우리는 뭔가 통하는 점이 많아.'

시작부터 기분이 좋았다. 내 친구는 호텔 방을 내가 따로 하나 잡아주어서 혼자 편히 쉬게 두었다.

물고기가 물을 만나면 친구 따위는 별로 신경 쓰지 않게 된다. 노름쟁이한테 앞에 놓인 노름판보다 더 대단한 것은 아무것도 없을지니.

필리핀은 페소가 싸서 좋았다. 그리고 마카오보다도 훨씬 더 마음에 들었던 점은, 바로 10만 페소짜리 커다란 블록이다. 마카오에서 보던 칩들과는 달리 10만 페소부터는 칩이 동그랗지가 않고 크고 네모난 블록 모양이다.

일단, 1층 일반 객장에서 주는 칩은 1,000페소, 5,000페소, 1만 페소가 동그란 모양이지만 10만 페소부터 칩이 다르다. 또, 층별로 칩의 모양이 다 다른데, 1층 일반 객장의 10만 페소는 손바닥 크기와 비슷한 네모난 모양의 하얀색 칩이었다. 그게 꼭 떡 모양 같아서 우리는 '떡칩'이라고 부르곤 했다.

그 당시 10만 페소는 한화로 약 220만 원 정도였다. 비교적 적은 금액으로도 이렇게 큰 블록 모양의 칩을 쥘 수 있었다. 커다란 칩을 손에 넣게 되면 꽤 큰돈을 가지고 게임을 하는 느낌이 들었다. 그런 10만 페소짜리 떡칩이 몇 개 들어있는 주머니를 흔들면 묵직하면서 둔탁한 소리를 낸다. 큰돈을 배팅하기에 더할 나위 없이 좋은 느낌. 바로 그거다.

그리고 GDP가 낮아 물가도 매우 쌌다. 이곳에서는 10만 페소로 할 수 없는 것보다 할 수 있는 것이 훨씬 많았다.

결국, 나는 필리핀에 매료되고 말았다.

온라인 카지노에서는 내 돈이 숫자로만 보여서 그저 가상 머니 같았다면, 여기서 나의 돈은 형체가 있기에 눈으로 볼 수 있었고 손으로 만질 수 있었다. 내 주머니 안에 묵직하게 자리 잡기도 했다.

오프라인 카지노에서 다시 온라인 카지노로, 온라인 카지노에서 다시 오프라인 카지노로. 생소하고 새로운 느낌이 들었다.

나는 이렇게 바카라에 또 한 번 매료되었다.

시작은 1층 오픈형 일반 객장. 일명 '마바리◆'.

씨오디에는 머신도 많았고 강원랜드에도 있는 기계식 바카라 기기도 수십 대였다. 경마도 엄청난 크기의 화면으로 즐길 수 있었는데, 나는 기계에는 영 관심이 가지 않았다. 조작 같은 느낌을 지울 수 없어서다. 알고 보면 온라인 카지노도 기계 아니던가.

하지만 어떻게 장난을 쳐도 기계 위에 있는 건 사람이다. 사람은 기계를 이길 수 없다.

이날 우리 모두는 페소를 환전해오지 않았다.

일행 중 1명이 전에 필리핀에 왔을 때 알게 된 환쟁이가 있다고 했다. 그 환쟁이를 알고 있는 복의 동료가 현금을 모두 페소로 바꾸기 위해 환쟁이를 기다리고 있을 때, 겨드랑이에 일수 가방을 꽂은 남자가 나타났다.

그래, 저 느낌.

건들건들하면서도 깍듯한.

내가 처음 마카오 카지노에 방문했을 때 밤새 게임을 하고, 건드리면 곧 터져버릴 것 같은 얼굴을 하고 있던 윤석. 게임에 미쳐버린 윤석과 그를 구원해주듯 나타났던 그. 그의 등 뒤에 서 있던

◆ 마발이라고도 부른다. 마바리는 소액으로 배팅을 하는 구역을 말함

그 '낯선 이' 말이다.

한국인 갬블러들이 고객인 이 환쟁이들은 마카오에서나 이곳 필리핀에서나 비슷한 행세를 하고 있었다. 나는 여전히 그쪽 계열에서 일하는 사람들을 좋아하지 않는다.

그는 우리의 돈을 모두 페소로 바꾸어 주었다. 내가 가져간 돈은 1,000만 원이었다. 복은 내가 돈을 가지고 가는 것을 만류했지만, 나는 과거처럼 남자 친구의 돈으로 게임 하고 싶지가 않았다. 오로지 '나의 게임'을 하길 원했다. 잃어도 탓할 필요도 없고 따도 나눠줄 필요도 없다. 그저 각자의 돈으로 즐기고 오면 됐다.

나는 복을 사랑했지만, 혹시 모를 노름의 고통까지 함께 지고 가긴 싫었다.

1,000만 원을 페소로 바꾸니 10만 페소 블록 5개와 자투리 동그란 1만 페소 1~2개가 더 떨어졌다.

이 여행에서 나의 복구사 기질은 더 빛이 나게 된다. 나는 내 게임보다 남의 복구에 더 기재가 있는 게 아닐까 싶다.

난 처음에는 잘 지지 않기 때문에 내 게임은 뒤로 미뤄두고, 매번 첫날 모조리 꼬라박는 복의 복구를 위해 손을 걷어붙였다. 한참을 관찰한 결과 복의 게임 스타일을 알아냈다. 그는 줄**을 맹신하지 않는다. 좋은 습관이다. 줄을 맹신하지 않는 것은 줄을 꺾

** 어느 한쪽이 똑같이 계속 이기는 현상을 말함

는 행위로 이어진다. 줄을 꺾다가 데미지를 크게 입은 후에 뒤늦게 그 줄에 매달린다. 이건 매우 위험하다. 한마디로 복은 늘 그림에 뒤늦게 매달리다 곧장 떨어져 버리고 만다.

나는 첫날부터 본전에서 아주 얄팍하게 상향 조정 중이었기에, 일단 내 게임은 접어두고 베팅을 다시 올렸다. 내가 따고 있는 건 기껏해야 10만 페소에서 20만 페소 사이(한화 약 400만 원 정도)였으나, 복이 잃은 돈은 이미 1,000만 원 대가 넘어섰다.

복구에는 조금 더 민감한 완급조절이 필요했다. 무턱대고 지르기에 나는 이기고 있는 상태였고, 그렇다고 낮게 베팅조절하며 깔고 가기엔 복이 너무도 많이 진 상태였다.

첫 번째 승부.

이건 정말 내가 좋아하는 패턴이 아니다. 나는 첫날 승부 보는 것을 정말로 싫어한다. 하지만 이 돈이 주머니에서 나가고 그가 첫날부터 또다시 재환전을 하게 된다면 멘탈은 더 빠르고 쉽게 깨지게 되어 있다.

"내가 찾아줄게!"

"할 수 있겠어?"

"웅. 내가 찾아줄 거야. 무조건!"

테이블을 옮겼다. '작게 해야지.'라고 속으로 수만 번은 외쳤던 터라, 미니멈이 3,000페소인 곳에서 출발했다. 테이블은 몇 차례 옮겼지만, 미니멈은 바꾸지 않았다.

나는 맥스 베팅을 해본 적이 몇 번 없다. 내 페이스대로 어중

간한 베팅에서 완급을 조절한다. 다들 자기만의 게임 스타일이 분명히 있는데, 나는 칠전팔기七順八起다. 될 때까지 한다. 그러니까 자주 되는 것이다. 말장난 같지만, 정말 간단한 법칙이다. 될 때까지, 쉬지 않고 한다. 슬픈 아이러니다.

나는 복과 갓 연애를 시작해서 그런지 더욱 간절하게 그를 진흙탕이 아닌 안전한 뭍으로 끌고 나오고 싶었다. 완만한 베팅에서 자신감을 얻자 나는 베팅에 조금 더 힘을 줬다. 칩을 모두 잃은 복에게는 선택권이 없었다. 같은 테이블에 있지만, 복은 할 수 있는 게 전혀 없었다. 테이블 위에 있는 칩은 모두 내 것이었으니까.

나는 조심스럽게 복의 복구 게임에 몰입했다. 1만, 2만씩 가던 베팅은 먹고 반올림으로 갔다. 그때는 이게 '마틴 법칙'이라고 부르는 것을 알지도 못했다. 그냥, 이기면 업어 갔다.

1만 가서 먹고 2만을 간다.
2만 먹으면 3만을 간다.
거기서 부러지면 다시 1만을 베팅한 후 2만으로 올린다.
균형. 밸런스.

별 것 아닌 것 같지만, 사실 쉽지 않다. 도박에서는 정신력이 승부를 좌우한다. 연패가 잦으면 멘탈이 쉽게 깨져버리기 때문에 더 큰돈을 빠르게 잃는다.

그러고보면 나는 늘 운이 좋았던 것 같다. 엎치락뒤치락하다

보니 그림은 투투투 모양새를 갖추고 있었다. 내가 제일 선호하는 그림이었다. 세컨에 주로 찬스를 치기 좋은 편이라 베팅조절이 쉽다고 판단했다.

나는 보통 내추럴이 베팅하려는 반대쪽에서 먼저 나오면 프리핸드Free Hand를 돌린다. 투투 형세에서 첫 번째 내추럴이 뜨면 그 뒤로 세컨에 바로 크게 매달리고, 세컨에 내추럴이 다시 뜨면 줄여서 옆으로 그림을 옮겨탄다. 내추럴은 강한 기운이 돌아 마치 장줄이라도 내릴 기세처럼 나오기 때문이다.

설명이 그럴듯한 것 같지만, 다 헛소리다.

결국, 그냥 그날도 운이 좋았을 뿐이다.

투투투는 꼭 피니시 카드가 나올 때까지 가겠단 기세로 이어졌다. 나는 그 투투투에서 복의 첫 본전을 가뿐하게 찾아줬다. 물론, 내 칩도 조금 챙겨둔 다음에.

줄은 끊어졌고 나는 과감히 그 슈♠를 버렸다. 좋은 그림을 오래 준 그림은 뒤에 가서 꼭 말썽을 피우던 터라, 이만큼 뽑았으면 됐지 하고 미련 없이 테이블을 옮긴다.

장줄은 누굴 만나느냐에 따라 그 가치가 달라진다. 앞방이 든든한 하이 롤러에겐 몇억 원짜리가 되기도 하고, 어설픈 뜨내기들이나 연속된 패배로 간이 쪼그라든 베터들에겐 그저 몇십만 원

♠ 바카라에서 사람의 손으로 직접 카드를 나눠주다 발생하는 오류를 막기 위해 사용되는 자동 카드 딜링기. 슈는 6개 또는 8개의 덱으로 구성됨. 은어처럼 쓰이기도 하는데, 보통 통 안에 있는 카드를 다 사용하게 되면 '한 슈가 끝났다'라고 함

짜리가 되기도 한다. 나에겐 복의 첫 시드인 1,000만 원짜리였으니 만족스러운 수준이었다.

상식적으로 생각하면 참 이상한 일이다.

우리는 돈을 걸고 이내 돈을 잃는다. 그리고 본전을 찾으려고 안간힘을 쓰다가 겨우 본전을 찾으면 마치 대박이라도 맞은 양 행복해한다. 실제로 돈을 딴 사람은 아무도 없는데 말이다.

하지만 이렇게 비생산적인 일에도 드라마는 꼭 있다. 누군가 뱅커로 베팅해서 뱅커가 승리했다면, 이게 노름꾼이 돈을 따는 간단하고 당연한 그런 일만은 아니다.

플레이어가 6스탠드로 있을 때 뱅커는 긴장한다.

뱅커가 하나는 금을 밟고 하나는 대가리. 노라인이다.♠♠

이때, 플레이어 6은 무적이다. 감히 당해낼 재간이 없다.

이럴 때 필요한 건, 투라인.

일단 다리부터 잡아야 한다.

나는 보통 카드를 대각선으로 먼저 쪼지만, 이때는 일단 짧은 가로면부터 들어 올린다.

다리를 잡았다.

♠♠ 카드를 받아 오른쪽부터 들춰보았을 때, 네모가 보이면 J, Q, K이므로 금을 밟다라고 함. 1, 2, 3은 세로로 무늬가 있으므로 노라인, 더 들춰보았을 때 옆줄이 3개인 경우 6, 7, 8로 쓰리라인, 옆줄이 4개인 경우 9, 10으로 포라인이라고 함

다시 세로로 돌려 다시 쪼아본다.

사이즈가 더 나오면 곤란하다.

오로지 두 개의 라인. 두 다리만 존재해야 한다.

세로로 쪼는 카드는 천천히 두 클로버 사이에 흰 여백을 드러냈다.

자, 이제 찍자.

중간에 하나만 찍어주면 된다.

그럼 이 복구 게임은 일단 승리로 돌아간다.

클로버 5. 노라인에 투라인.

이 정도면 일단 먹는 거다.

복구는 그렇게 끝이 났다. 이렇게 우리의 복구는 끝나고 우리는 성공의 희열에 젖어 있었다. 사실, 돈을 딴 사람은 아무도 없다. 나의 시드가 조금 상향조정된 것 말고는.

복은 나에게 자주 미안해했다. 복구에 성공하지 못하면 내 시드까지 그대로 꼬라박는 거니까 말이다.

그때쯤, 같이 갔던 멤버 중 환쟁이를 알려준 사람이 찾아왔다. 양 팀장이라고 했다. 블랙잭을 하다가 게임이 꽤 잘 풀렸는지 호기롭게 바카라로 옮겼는데, 오래 버티지 못하고 금방 올인이 난 모양이었다.

양 팀장은 메이저 제약회사 팀장으로 일하고 있었다. 그는 술을 좋아했고 술 마시고 카드 게임을 하는 것도 좋아했다. 그의 입담은 늘 우리를 즐겁게 했다. 한 번씩 술자리를 하다 포커를 치기도 했는데 카드 치는 사람들은 알다시피, 입담 좋은 참가자가 있는 포커판은 승부와 관계없이 너무도 즐겁다. 그 사람은 재능의 8할이 입담이었다.

뻥카bluffing에도 능한 사람이었기에 그가 포커판에 들어와 있으면 나는 이내 그의 더블에 콜을 딴다. 그만큼 수가 훤히 보이는 사람이었다. 물론 내가 콜을 딸 땐 양 팀장은 뻥카였다. 그런 사람이기에 그의 베팅은 투피 이상의 족보만 가진 사람이라면 이내 콜을 땄다. 양 팀장은 웃긴 멘트와 저렴한 농을 치며 과시하듯 자신의 패가 뻥카임을 확연히 드러내 주었다.

양 팀장은 돈을 잘 잃지 않았다. 그런 스타일이 진카가 들어오면 한 방에 돈을 많이 딴다. 그런 탓에, 알게 된 지 얼마 안 된 나를 빼고 복의 주변인들은 양 팀장의 포커 스타일을 꽤 인정하고 있는 분위기였다.

주로 포커판은 복의 지인이 운영하던 주점식 노래방에서 열렸는데, 그날도 한창 패가 돌고 있었다. 이때는 대부분 친목용으로 가볍게 간다.

하나둘씩 다이를 놓았고 나는 액면 뽀뽈*이었다. 원피도 없었다.

양 팀장이 말했다.

"우리 엄마가 액면 뽀뽈은 믿는 게 아니라고 가르치셨지. 콜 받

♠　바닥패가 플러쉬(같은 모양의 카드가 연속으로 나오는 경우) 4개를 맞은 상태

고 50 더!"

해맑은 표정엔 자신감이 묻어 나왔다.

양 팀장의 패는 액면 K 원피에 에이스 하나. 다른 참가자에게 에이스 하나가 돌아갔었던 기억이 있으니 운이 좋지 않다면 양 팀장은 에이스 투피일 것이다.

'이걸 콜을 따? 말어?'

머릿속에선 파동이 일었지만, 장고 끝에 악수를 둔다.

"콜 받고 50 더."

판돈을 올리자 양 팀장이 킬킬대다 멈칫했다. 양 팀장은 콜을 받으려면 사이드 베팅을 해야 했다.

"와, 이걸 받아? 괜찮겠어?"

아무 말 대잔치가 열린다. 혼자 고뇌하다가 아, 이거 아닌데 중얼중얼 대며 카드를 만지작거리다 자신의 판돈을 또 만지작거리기를 반복한다.

'풀(풀하우스)은 못 잡았구나.'

양 팀장은 억울하다는 듯이 패를 뒤집었다.

양 팀장은 표정이 좋지 않았다. 돈을 잃었으니 당연한 일이었다. 그런데 꽤 심각한 듯 보였다.

그런 양 팀장은 급하다며 자신의 사정을 털어놓았다.

"제가 700만 원을 환전했는데 말입니다. 블랙잭에서 한창 돈을 따고 있었단 말이죠. 그래서 기세를 몰아 바카라에 갔는데, 글쎄 판돈까지 몽땅 날려버렸어요. 젠장."

불안해 보이는 그가 돈 빌려달라는 얘기를 할 줄 알았으나 아니었다.

"그런데 문제가… 환쟁이가 연락이 안 됩니다."

그의 말인즉슨, 칩을 더 바꾸려고 환쟁이와 카톡을 몇 개 주고받은 뒤 돈을 입금했다고 한다. 그 뒤 칩을 가지고 내려와야 할 환쟁이가 더는 연락이 되질 않았단다.

가엾은 양 팀장. 이 바닥 기본도 모르는 놈 같으니.

아무도 믿지 말라 했거늘!

나는 양 팀장이 환쟁이와 어찌 아는 사이인지부터 알아냈다.

둘은 지난번 필리핀 여행을 처음 왔을 때, 카지노에서 친해지게 되었다고 한다. 양 팀장과 환쟁이는 둘 다 술을 엄청나게 좋아한다는 공통분모가 있었다. 양 팀장은 지난 여행에서 그와 술을 마시며 제법 친해졌다고 생각한 모양이었다. 그는 술에 찌든 우정을 과신하며 아무 의심도 없이 덜컥 입금부터 했던 것이다.

보통 마카오나 필리핀이나, 카지노가 있는 곳은 영업이 매우 활성화되어 있다. 환쟁이들은 주로 작은 손가방을 겨드랑이 사이에 꽂고 다니는데, 호구들이 담배라도 피우려고 입에 꽁초를 꼬나무는 순간에 재빨리 라이터를 건네주며 말을 건다.

"어째, 게임은 좀 되십니꺼. 아까부터 계시던데 좀 따셨어예?"

웬만한 사투리도 지역별로 얼추 구사해낸다.

"뭐 커피라도 한잔 드릴까요, 에이 여기 커피 맛없심다. 스벅커피로 한잔하이소."

이렇게 호구와 친해지게 된 환쟁이들은 은근슬쩍 호구의 옆자리에 앉는다. 물론 그들에게 칩은 없다. 물론 게임을 함께 하자는 건 아니다.

호구가 돈을 딸 때는 옆에서 기괴한 응원 음을 만들어낸다. 테이블을 손바닥으로 쿵쿵 처대며 입으로 "꿍! 꿍!"거린다.

박스. 꿍. 픽쳐. 금밟기. 이건 K, Q, J, 10.

즉, 0을 가리키는 용어들이다.

호구가 베팅을 따면 난리가 난다.

"나이스! 좋다, 좋다, 가져와!"

말 뿐 아니라 과장된 리액션으로 호구의 텐션을 10%쯤 더 올려놓는다.

이 환쟁이들의 목적은 호구가 돈을 잃거나 따는 게 아니다. 환전을 위해 구걸을 하는 것도 아니다. 그들의 궁극적인 목표는 호구가 오랜 시간 게임을 지속하는 것이다.

어쨌든 양 팀장은 선입금을 했고 환쟁이는 연락이 닿지 않았다. 핸드폰은 꺼져 있었고 보이스톡이나 카톡 모두 1이 사라지지 않은 상태였다. 시간이 지날수록 양 팀장은 조바심이 나는 것 같았다. 덩달아 잘 게임하고 있던 우리에게도 브레이크가 걸렸다. 게임에서 돈을 잃는 것보다 더 열 받는 게 바로 사기다. 온라인도 아니고 실제 카지노 현장에서 먹튀를 당한 양 팀장은 넋이 나가 있었다.

'참 멍청한 짓을 했구나.'라며 나는 속으로 혀를 끌끌 차고 있었지만, 겉으로는 걱정스러운 척 안타까운 표정을 지었다.

방법이 없지는 않다. 필리핀은 좁다. 다른 에이전시를 찾아 돈을 갖고 뛴 새끼를 찾아오면 너희 에이전시를 이용해주겠다고 딜을 하면 된다. 문제는, 잡아봤자 그놈의 수중엔 이미 돈도 칩도 없다는 사실이다.

보통, 고객의 돈이 들어왔음을 확인한 환쟁이는 정켓Junket에 들러 페소로 칩을 환전한다. 환쟁이는 돈을 입금한 고객에게 환전한 칩을 전달해야 한다. 여기서 환쟁이들의 대부분이 노름꾼이라는 게 복병이다.

그는 고객에게 전달하려 했던 칩을 들고 카지노를 가로지르다가 거의 아트의 경지에 다다른 그림 앞에서 이성이 흔들린다. 그 칩은 고객에게 전달해야 할 물건이지만, 그걸 판돈으로 한 번만 찍어서 먹는다면 딴 돈은 오롯이 자신의 것이 된다.

환전소에서 고객의 품까지 칩이 이동하는 동안 너무도 많은 바카라 테이블들이 유혹하고 있었다. 뼛속까지 노름에 젖어 든 사람이라면, 자신의 수중에 들어온 돈이 누구의 것인지는 중요치 않다. 이기면 내 돈이 되고 행여나 져도 튀면 그만이다.

그 환쟁이는 양 팀장 말고도 다른 팀의 환전을 돕고 있었다. 그리고 칩을 가지고 돌아가던 중 황금알을 낳아줄 것 같은 훌륭한 그림의 바카라 테이블에 앉고 말았다. 베팅의 결과는 참패였고, 당장 칩을 가져오라고 아우성치는 고객들의 전화 때문에 핸드폰

전원을 끈다. 생각해보니 튈 곳도 마땅히 없다. 필리핀 한인사회
는 좁고 또 좁다.

환쟁이와 연락이 두절된 지 3시간쯤 지나서 양 팀장에게로 전
화 한 통이 걸려왔다. 얼굴빛이 환해진 양 팀장은 서둘러 어디론
가 떠나버렸다.

그 재미있는 광경을 직접 보지 못한 게 아쉽지만, 그 환쟁이는
꽤 큰돈을 환전해서 오다가 사고를 낸 모양이었다. 양 팀장이 맡
긴 돈은 1,000만 원이 채 되지 않는 금액이었다. 환쟁이는 술로
이룬 양 팀장과의 우정, 그리고 다른 의미의 필리핀 어씨assistant
들과 어울리며 쌓은 얄팍한 우정에 의리를 지키려고 했다. 진짜
도망자의 길을 떠나기 전, 양 팀장의 돈을 챙겨주러 다시 카지노
에 들어온 것이다.

그 환쟁이는 양 팀장에게 스파실 앞으로 잠시 나와달라 이야
기했다. 양 팀장은 지푸라기라도 잡는 심정으로 달려갔다. 환쟁
이는 정말 놀랍게도, 가슴팍에서 양 팀장 몫의 칩을 꺼내 그의 손
에 꼭 쥐여 주었다. 마땅히 받아야 하는 걸 받으면서 그에게 감동
까지 받아버린 양 팀장은 전후 사정을 듣고 싶었지만, 환쟁이는
그의 말 한마디 받을 새도 없이 이내 달아나버렸다.

카지노에서는 절대로 달리면 안 된다. 급해도 달려선 안 된다.
달리는 환쟁이의 뒤를 따라 한인들의 추격전이 펼쳐졌다. 그 뒤
로 그 환쟁이의 소식은 들을 수 없었다. 아직도 그 위험한 상황에
서 카지노 안에 들어와 칩을 돌려준 이유를 모르겠다.

정말, 술이 만든 의리였을까?

환쟁이가 사라졌으니 우리에게는 남은 칩을 페소가 아닌 한화로 환전해줄 누군가가 필요했다.

그때 만나게 된 게 브로커 환쟁이인 준석이다. 카지노 안에 기생하는 한족들 사이에서 그래도 가장 사람다운 놈이었다. 준석은 복의 뒤에서 영업하려 알짱거리다 서로의 필요로 친구가 되었다. 이후, 이 녀석과 질긴 인연이 계속된다.

복과 나는 결국 돈을 잃지 않았다. 나는 400~500만 원 정도 땄고, 복은 300만 원이 조금 안 되게 땄다. 양 팀장은 그 환쟁이에게 돈을 되찾은 후 기운을 탔는지 곧잘 땄다. 그도 한 300~400만 원은 거뜬히 딴 것 같다. 우리는 승리감에 몸을 떨었고 마치 부자가 된 기분이었다.

아무튼, 우리의 첫 번째 필리핀 여행은 성공적이었다.

얼마 지나지 않아, 두 번째 필리핀 여정이 시작됐다.

우리는 도착하자마자 마중 나온 준석의 환대에 기분이 좋았고, 준석은 우리가 준비한 시드에 맞게 환전을 준비해두고 있었다. 한 번의 먹튀를 경험한 우리는 눈앞에 칩을 올려두게 하고 직접 확인한 이후에 입금했다.

준석은 필리핀에 뿌리를 내리지 못한 새내기였다. 한 에이전시에서 심부름꾼 역할을 하는 그는 우리를 만나 운이 좋았다고 말했다. 준석은 신속하게 칩부터 준비해 깔끔하게 환전해주었고 우리는 조금씩 그를 신뢰하기 시작했다.

1층 객장에서 시그니처 테이블로 자리를 옮긴 나와 복은 따로 또 같이 행동한다. 복은 주로 나와 같은 테이블에서 함께 게임 하는 것을 즐겼으나, 나는 혼자 테이블 잡고 딜러와 일대일 게임하는 것을 좋아했다. 혼자 게임을 즐기다가 일정 패턴이 끝나면 냉큼 옆이나 뒤로 테이블을 옮겼다.

가끔 복이 나를 따라와서 옆자리를 차지하곤 했지만, 내가 굳은 얼굴로 게임에 몰입해 있을 때는 함부로 옆에 앉지 않았다. 준석은 나와 복이 연인인 것을 알고 있었기 때문에 내 옆자리에 앉는 행동은 하지 않았다. 다만 복의 옆에서 화이팅을 외치며 내 쪽을 힐끔힐끔 쳐다볼 뿐이었다.

그렇게 의미 없는 시간이 계속되던 중, 준석은 복에게 한 가지 제안을 했다.

"이사님. 저 위쪽에 가면 테이블이 조용합니다. 올라가시겠습니까?"

이사님은 복을 부르는 호칭이다.

"위쪽?"

복이 준석이 가리킨 방향으로 고개를 틀었다.

"만족하실 겁니다."

"콜!"

대답은 내가 했다. 사실, 복은 별로 가고 싶지 않은 표정이었다. 한번 올라가면 다시 내려오는 게 힘들 수 있다는 걸 예감했지만 내려오는 게 힘들면 어떤가. 일단 올라가 봐야지. 매번 내 의사를 존중해 주었던 복은 이번에도 역시 나를 따라주었다.

준석은 우리의 1층 객장 카지노 멤버십 카드를 회수하며 말했다.

"멤버십 카드는 위에서 다시 발급해드리겠습니다."

황금색 띠를 두른 씨오디 카드를 더 쓰지 못하는 게 아쉬웠지만 나는 새로운 카드도 가지고 싶었다.

우리는 그렇게 '위쪽'으로 가게 되었다.

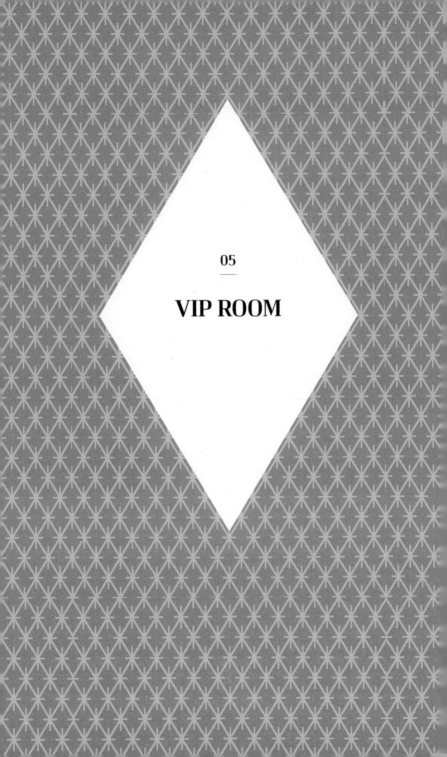

05

—

VIP ROOM

♠

로비에서 엘리베이터를 타면 UG Upper Ground floor 버튼이 보인다. 물론 그런 뜻이 아니지만, 나는 그게 꼭 업그레이드를 뜻하는 것 같아 괜히 으쓱해졌다.

UG에 내리면 그곳의 카지노는 분위기가 전혀 다른 모습으로 펼쳐져 있다. 마치 한국에 다시 온 듯, 정켓은 한인들로 가득 차 있었다. 룸 안은 좁은 크기에 환기가 덜 되어 담배 냄새는 아래층보다 지독했다. 내가 두리번거리며 약간 눈살을 찌푸리자 준석은 이내 우리 앞에 나서서 다시 안내를 시작했다.

"이쪽으로 들어오시죠."

하우스 인 하우스 구조.

크지 않은 정켓들이 구석구석 위치해 UG를 공유하고 있었다. 환전소가 하우스별로 각각 배치되어 있었고 딜러들의 의상도 전혀 달랐다. 정켓마다 오너가 다르다는 걸 알 수 있었다.

1층 객장에서는 공연 소리나 머신기 돌아가는 소리, 간혹 터지는 잭폿 소리를 들을 수 있고 현지인들이 많이 지나다니기도 했지만, 위쪽은 전혀 달랐다. 곳곳에서 '픽쳐, 픽쳐!' 하고 외치는 소리가 들렸고 어느 테이블에서 베팅을 먹었는지 알 수 있을 정도로 내지르는 함성과 적막함이 동시에 흘렀다.

나는 싸늘한 이곳이 마음에 들었다.

이곳은 칩도 달랐다. 일단 준석은 1층 시그니쳐에서 사용하던 칩을 모두 이 정켓에서만 사용하는 다른 칩들로 바꾸어 주었다. VIP 정켓에 들어와서야 처음 보게 된 것이 100만 페소짜리 칩이었다. 100만 페소짜리 칩은 파란색이었고 크기는 10만 페소보다 약간 더 컸다.

한동안 신기하게만 보였던 파란색 칩이 머지않아 내 게임 테이블 위에 얼마나 쌓일지, 그때는 미처 알지 못했다.

일단 위층으로 우리를 끌어 올리는 데 성공한 준석은 우리에게 롤링의 룰에 관해 이야기했다.

준석은 우리가 게임을 시작하자, 식사와 스위트룸급의 객실 예약 그리고 비행기 비즈니스석 왕복 티켓을 모두 부담했다.

VIP 객장으로 옮긴 우리는 조금 더 질 좋은 서비스를 받았다. 원두커피와 담배, 각종 과일, 클럽 샌드위치, 라면, 삼겹살, 초밥 등 원하면 무엇이든 시간에 구애받지 않고 제공받을 수 있었고 따로 값은 치르지 않았다. 내가 베팅을 거는 사이 주문한 음식은 동그란 트레이에 준비되었다. 온라인 카지노를 할 땐 상상도 못 했던 일이다. 물론 준석에게 롤링 커미션을 줬지만, 그가 베푼 친절함은 그 이상이었다.

VIP 객장으로 오면서 슈퍼6 테이블은 전멸했다. 모든 테이블에서 뱅커 커미션을 뗐다. 커미션은 베팅금액의 5%. 처음 커미션 계산은 딜러가 훨씬 빠르고 합리적이라고 생각했기 때문에, 주는 대로 받거나 달라는 대로 주었지만 어느 순간 커미션까지 베팅에 넣어 계산했다. 어쩌면 내 머리는 도박에 천부적으로 돌아가게 설계된 것이 아닐까.

롤링에 대한 계산 방법은 이렇다. 각 테이블엔 딜러가 1명씩 있고, 게이머들은 1명이거나 혹은 7명까지 앉을 수 있다. 슈퍼바이저는 1층 객장엔 보통 네 테이블당 1명씩 배정되지만, 이 VIP 객장에선 두 테이블당 1명씩 배치되었다.

컬러업♠을 하거나 슛이 끝나고 셔플♠♠을 하기 위해 남은 칩을 계산할 때, 베터가 베팅에서 먹으면 배당금을 나눠줄 때 슈퍼바이저는 이 모든 행위에서 계산을 체크하거나 딜러에게 확인해주는 역할을 한다.

보통 딜러로 몇 년 구르다 보면 슈퍼바이저로 승진한다. 해가 바뀌고 필리핀에 갈 때마다 낯익은 딜러들이 검은 정장의 슈퍼바

♠ 낮은 금액의 칩 10개를 높은 금액의 칩 1개로 바꿀 때 쓰는 말.
♠♠ 52장의 카드가 모두 사용되어 카드를 섞는다는 뜻

이저로 승진해 딜러의 뒤에 서서 컨펌하는 모습을 보면 왠지 흐뭇해지기도 했다.

롤링을 계산하기 위해서는 1명의 역할이 더 필요하다. 바로 롤러. 롤러가 하는 일은 롤링하는 일이다. 돈이 얼마가 돌고 도는지를 체크하는 사람이기도 하다. 롤러는 보통 씨오디 호텔 소속이 아니라 개별 정켓 소속이 많은데, 대부분 호텔 직원들에 비해 머리카락이 헝클어져 있거나 옷매무새가 단정하지 못하다. 롤러들은 개인 사용자일 뿐 언제든 잘못의 여하에 따라 잘릴 수도 있고 자를 수도 있었다.

내가 플레이어에 5만을 베팅해서 플레이어가 이기면 내가 베팅한 5만과 그 옆에 캐시 칩으로 5만을 얹어서 준다. 칩이 색은 비슷하지만, 모양이나 패턴이 다르다. 이 캐시는 롤러에게로 간다. 롤러는 다시 이 칩을 베팅할 수 있는 나의 정식 칩으로 바꾸어 준다. 이게 롤러의 역할 전부다. 모양이 다른 칩을 그냥 맞바꾸어 주는 것. 이 간단한 일도 멍청한 롤러들은 실수하곤 하지만, 롤러가 화이팅이 넘치는 아이라면 (롤러는 거의 다 여자다) 나는 500페소, 1,000페소 정도는 아낌없이 팁으로 준다.

이 정켓 안의 롤러들은 팀을 꾸리며 교대를 도는데, 팁은 절대로 혼자 먹지 못한다. 그랬다간 바로 해고다. 팁은 쉐어하는 거다. 물론 딜러들도 마찬가지다. 그러니, 아무리 딜러가 이뻐도 팁을 줄 때 내가 주는 팁의 1/20 정도나 혹은 그 이하가 이 아이의 손으로 들어가게 될 것은 알고 주어야 한다. 내 돈을 다 빨아먹은 고

릴라 같이 생긴 딜러에게도 내 팁은 함께 주어진다.

커미션도 커미션이지만, 롤러가 자주 들락날락하는 바람에 나는 처음엔 게임에 집중할 수가 없었다. 처음부터 많은 칩을 갖다 놓고 바로바로 바꿔주면 좋겠지만, 소심한 롤러들은 사이즈가 큰 칩들을 한 번에 많이 가져오지 않았다. 좀 땄다 싶으면 롤러가 롤링 칩을 바꾸러 자리를 비운다.

나는 그들이 돌아와서 내 캐시 칩을 베팅 칩으로 바꿔주기만을 하염없이 기다렸다. 물론, 내 앞에 깔린 내 본전들로 게임을 하면 되지만 나는 그게 싫었다. 딴 돈은 내 앞에 있어야 진짜 내 것이 되는 것 같았다. 롤러가 칩을 바꿔주기 전까지 나는 웬만하면 다음 베팅을 가지 않고 기다렸다. 캐시 칩을 바꾸지 않은 채로 옆에 두고 베팅을 하면 이상하게 게임에서 졌다.

그게 유일한 징크스였다.

나는 그날 VIP 객장에서 게임을 시작한 후로 정확히 36시간 동안 먹고 싸고 게임만 했다. 공진단을 먹어서 그런 건지 잠은 안 오고 심장은 여전히 뛰었다. 피곤했지만, 게임은 멈출 수 없었다.

노름꾼에겐 이런 식의 힘든 구간이 온다. 나는 보통 이 구간에서 롤링만 쌓는다. 돈을 딴 사람은 역시 아무도 없다. 롤러만 수십 번 자리를 갈아치울 뿐.

이때 돈을 버는 사람이 바로 준석이다. 준석이 뒤늦게 이야기해준 사실이지만, 준석의 타깃은 복이 아니라 나였다.

보통 게임하는 스타일을 보고 목표물을 결정한다. 복의 베팅은 미미했고 그의 텐션은 잘 올라가지 않았다. 쉽게 흥분하고 베팅조절 폭이 컸으며 끝까지 승부를 보는 내 기질은 자질구레한 심부름이나 하는 준석의 인생에 마침표를 찍어주기 좋은 상대였다.

◇

이렇게 우리가 VIP 객장에 발을 디딘 이후로 준석은 매번 우리의 비즈니스 왕복 티켓과 스위트룸을 잡아주었다. 인천공항까지 비행기 혹은 리무진으로 이동을 해서 퍼스트를 타고 가기도 했다.

비행기에서 내리면 마닐라 공항에 필리핀 현지인이 나와 있다. 태블릿에 내 이름을 써서 들고 있다. 나는 성질이 급해서 짐을 절대로 부치지 못한다. 비즈니스 좌석을 타는 이유가 제일 먼저 내릴 수 있어서인데, 짐을 부쳐버리면 짐 게이트 앞에서 기다려야 하는 불상사가 생긴다. 짐은 최소화해서 현지 조달하는 방식으로 핸디 캐리어로 간단하게만 챙긴다. 그러면 비행기에서 내리자마자 내 이름을 들고 기다리는 현지인이 내 짐을 들고 출국장을 빠져나간다.

벤츠 S500이 서 있다. 의전이다. 차에는 유난히 더운 필리핀의 기후를 고려하여 시원한 물이 항상 비치되어 있다. 물티슈, 재떨이, 발을 뻗을 수 있도록 눕혀놓은 뒷좌석. 모든 것이 최고급이다.

기다리고 있던 운전기사는 이내 뒷좌석 문을 열어 나를 태운다. 이게 호구들을 잡는 방식이다. 한국에서는 나 따위가 누릴 수 있는 호사가 아닌데 여기서는 으레 이런 대접을 받는다. 물론 모든 갬블러가 이런 경험을 하는 건 아니다. 이 모든 것은 내가 객장에서 36시간 이상을 보내고 있을 때부터 시작된다.

이날은 내가 게임을 하는데도 승부가 아예 나질 않았다.

객관적으로 봐도 베팅금액이 적은 편은 아니었다. 적게는 3만~5만 페소(한화로 약 100만 원 이하), 많게는 10만 페소(한화로 250만 원). 한 게임에 이 정도 베팅하는데도 내 칩은 도통 불지를 않는 것이다. 진짜 힘든 구간이었다.

그때가 되면 이제 테이블에 깔리는 숫자들이 제대로 계산도 안 됐다. 내가 졌나? 이겼나?

도저히 진척이 없어서 준석을 불렀다.

"롤링 얼마나 됐노?"

준석은 허둥대며 롤러를 찾더니 환전소를 들렀다가 와서 대답했다.

"4,000만 페소 좀 넘은 거 같은데?"

10억.

먹죽*이 한 번 순환돼야 쌓이는 게 롤링이니 결과적으로

♠ 잃을 때 먹게 잃고 딸 때 많이 딸 수 있는, 시스템 배팅을 일컬음

8,000만 페소라는 이야기다.

"말도 안 된다. 근데 왜 딴 돈이 없노?"

준석은 딱히 할 말이 없는 듯 침묵했고, 나는 몸도 마음도 점점 지쳐갔다.

승부를 내야 한다. 노름은 체력전이기도 하다. 좋은 멘탈도 좋은 체력에서 나온다. 커피를 닥치는 대로 마셨지만, 정신이 또렷해지지 않았다. 이제 깔리는 숫자의 계산조차 헷갈리기 시작했다.

보통 내추럴로 먹거나 지면 계산할 필요가 없지만, 내가 노라인에 금이라도 밟으면 서드 카드에서 쓰리사이즈가 잡혀도 어벙벙해진다.

2점에 쓰리사이즈. 다이할 확률은 33%.

이게 하나 찍히고 하나가 빠지면 서드 카드에서 9점이 되는 건데, 나는 이게 꼭 빵점이 된 것 같아 절망하곤 했다.

"준석아. 불스원샷 하나 도."

"응?"

"불스원샷 하나 갖고 오라고!"

"아! 오케이!"

내가 개떡 같이 말해도 준석은 찰떡같이 알아듣는다. 곧장 레드불Red Bull을 가져온다. 나는 내 엔진에 이 불스원샷을 박카스와 섞어 들이부었다. 카지노에선 늘 변비에 시달리곤 했는데, 나는 이 에너지 드링크를 들이붓고 화장실에 가서 밀어내기 한판에 성공했다. 쾌변은 나를 다시 상쾌하게 해주었다.

뭔가 예감이 좋았다. 승부를 걸 때가 됐다.

나는 슬슬 내 앞에 모인 칩들을 흐트러짐 없이 깔끔하게 재정렬해놓으며 다음 슛을 돌렸다. 몇 번 프리벳을 돌리고 나니 패턴이 그려지기 시작했다.

이번엔 원투 원투.

파란 동그라미 2개, 빨간 동그라미 1개

다시 파란 동그라미 2개.

나는 항상 세컨에 주로 올인한다. 그림을 보니 이제 뱅커가 나올 턴이었다.

나는 10만 페소짜리 초록색 블럭 2개를 뱅커에 베팅했다. 주위를 돌며 내 테이블을 힐끔대던 준석의 시선에 긴장이 느껴졌다. 준석과 친한 무리도 곁눈질로 내 테이블을 흘끔대고 있었다.

플레이어 패는 플레이어 자리에 깔렸고 뱅커 패는 나에게로 돌아왔다.

사이즈는 노라인에 에이스. 3점.

한판에 500을 태웠는데 3점이라. 춥다.

플레이어 오픈.

이건 보통 테이블을 손가락으로 톡톡 두 번 두드리면 딜러가 알아먹는데, 플레이어는 4점이었다. 바카라에서든 어디든 한 끗 차이는 하늘과 땅 차이다. 죽느냐 사느냐, 이게 이 한끗에 달렸다.

하지만 섣부르게 실망하지 않는다.

나는 뱅커였다. 뱅커는 3점으로도 때에 따라 스탠드가 가능하다. 스탠드는 보통 세 번째 카드를 받지 않는 것을 말하는데, 보통 6점 이상이 그렇다. 하지만 뱅커의 경우는 때에 따라 3점부터 스탠드가 가능하다. 그게 뱅커가 지불하는 커미션의 이유일 것이다.

플레이어가 픽쳐를 받고 4점을 지켜내도 뱅커는 노라인 투라인까지 승부가 있다. 물론 쓰리라인도 6점까지는 가능하니까 뱅커가 이길 가능성은 높다. 여기서 문제는 플레이어가 4점에서 올리는 건데 서드 카드에서 몇 점을 보탠다면 뱅커는 별로 가망이 없다.

플레이어 삔따♠.

대부분 삔따라고 하면 딜러는 그들의 카드를 내 쪽으로 보기 좋게 쪼아준다.

젠장. 다리가 잡혔다.

이 딜러 놈은 참 천천히도 쫀다.

내 심장도 쫀다.

서서히 들어 올린 상대의 서드 카드는 쓰리사이즈.

플레이어 4점에서 쓰리사이즈를 잡으면 보통 내가 먹는다. 그

♠ 본다는 뜻. 카드를 쪼아달라(보다, 뒤집다)는 따갈로그어임

중 무엇보다도 8점이 잭팟이다.

플레이어가 4점이면 6이 나오면 바카라, 망통이 되니 좋을 것 같지만 플레이어가 망통을 까는 것보다 좋은 게 이 8이다. 6을 깔면 빵점이지만 내가 카드를 받아야 한다. 내가 3점이지만 7을 깔고 바카라 타이**를 맞을 확률도 있다. 이런 기가 막힌 경우가 상당히 많다. 뱅커가 3으로 있을 때 플레이어가 서드 카드 8을 깔면 베팅은 바로 끝난다.

뱅커의 승리다.

플레이어는 보기 좋게 8점을 깔고 스스로 다이했다.

나는 3점을 쥐고 서드 카드를 받지 않은 채, 내 20만 페소를 커미션 떼고 배당받았다.

첫 번째 승부에서 나는, 그렇게 승리를 맛봤다.

◇

필리핀으로 실카를 만지러 떠나면 내 지문은 족족 닳아버리곤 한다. 한 번씩 출국 심사에서 지문이 먹히지 않아 애를 먹은 적도 있다. 나는 카드를 주로 엄지손가락으로 미는데, 이미 오른손의 엄지손가락은 빨갛게 부어올라 있었다.

내가 열심히 쫀다고 해서 내 카드가 망통을 피해 내추럴만 나올 리 없지만, 그래도 나는 최선을 다해서 쪼았다.

♠♠ 플레이어와 뱅커의 3장 or 2장의 합이 동일할 때. 즉, 무승부 배팅 라인을 뜻함

바카라 테이블 위에서 카드 쪼는 손은 매우 중요하다. 다른 베터와 테이블을 함께 쓸 땐 손이 좋으면 내 손을 계속 빌린다. 테이블에 앉은 사람 중 가장 베팅금액이 큰 쪽으로 카드가 돌아가는데, 나보다 크게 가는 사람도 많지 않았을뿐더러 크게 갔더라도 내 손을 자주 빌렸다.

이건 어느 카지노에서나 통하는 룰이었다. 굳이 베팅을 더 크게 해서 자기 손으로 카드를 확인하겠다는 사람도 물론 있지만, 보통은 평소 잘 먹던 사람의 손을 빌린다. 높은 점을 잘 까는 사람은 일명 '손이 두껍다'라고 표현하기도 하는데, 운이 좋으면 그날 내 손은 아스팔트보다 더 두껍고 견고해진다.

다시 원투원투로 돌아와서, 내가 뱅커를 3점으로 먹었다. 그리고 3점의 얄팍함을 맛봐서 그런지 베팅을 올리지 않고 그대로 20만 페소를 플레이어로 베팅했다.

이제 플레이어가 나올 차례였다.

플레이어 20만 페소.

여기서도 내추럴은 쉽게 잡히지 않았다. 내 카드는 다시 노라인에 노라인. 2에 2. 페어다.

번외로 복은 본 베팅에는 영 소질이 없지만 사이드 베팅 하나는 기가 막혔다.

나는 사이드 베팅을 전혀 하지 않는데, 이건 하나만 파는 내 성격상의 문제로도 귀결된다. 그렇게 하나만 파다 보면 그곳은 어느새 내 무덤이 되어버린다.

사이드 베팅은 페어. 타이에 돈을 거는 것을 말한다.

내 패가 두 개가 같은 숫자가 나오면 페어가 맞는다. 페어의 배당은 11배다. 타이는 비겼을 때 먹는 건데 8배다. 계산대로라면 페어는 11번 베팅해서 1번만 먹어도 본전이다. 사이드 베팅을 잘하는 복은 보통 10번 걸어 5번은 먹는다. 그래서 페어에 꽤 큰 금액을 걸어도 나는 내버려 둔다. 보험이라고 생각하면서.

복은 피니쉬 카드가 나오면 무조건 페어를 간다. 그리고 곧잘 먹는다. 이게 복의 불문율이다.

나의 패는 4점.

뱅커 오픈.

뱅커도 4점.

4대 4.

여기서 필요한 건?

에이스.

플뱅(플레이어 vs 뱅커)이 4대 4 혹은 5대 5로 비기고 있다면 플레이어에게 필요한 건 당연히 에이스다.

이것도 거의 잭폿이다. 뱅커가 패를 받지 않고 그대로 죽을 수 있는 유일한 카드가 에이스니까.

카드에 손을 집어넣고 중간부터 열었다.

사이드는 필요 없다. 오로지 에이스 혹은 노라인까지도 좋다.

손을 쑥 잡아넣은 내 카드 사이로 말갛게 여백의 미가 펼쳐졌다.

그리고 빨간색 하트 하나.
에이스.
플레이어 원.
두 판에 1,000만 원!

이렇게 나의 텐션은 올라간다.

먹죽은 셀 수 없이 많았지만, 이때부터가 본 게임이다. 지친 내
몸에 쏟아 넣은 불스원샷과 쾌변의 시너지 효과로 나의 정신은
점점 또렷해지고 있었다. 심장은 파닥파닥 날뛰었다. 내가 이곳
을 다스릴 정복자가 된 것 같았다. 나는 미쳐가고 있었다.

다시 원투원투.

이제 플레이어에 승부를 걸 때가 됐다.

나는 세컨에 환장한다. 플레이어가 2개 나와야 내 기대에 부응
하는 것인데, 이미 하나가 나왔고 하나가 더 떨어져야 한다. 두 번
째 파란색 동그라미를 위하여 나는 30만 페소를 베팅했다. 두 판
먹었으니 좀 올려보자.

복은 자신의 게임을 멈추고 나를 쳐다보고 있었다.

"내 옆엔 앉을 생각 마라. 지금 딱 기리(승리의 기운) 올라오고
있으니까. 변화는 안 좋다."

나는 바카라에 미친 이후로 TV 음량은 무조건 18로 맞춘다. 더 크게 듣고 싶으면 27로 맞춘다. 차에서도 마찬가지다. 음악을 들을 땐 무조건 두 숫자의 합이 9여야 한다. 그렇게 설정해놓아야 편하다. 언제 어디서든 숫자 2개가 보이면 자동으로 합이 몇 점인가를 생각하게 된다. 운전 중에도 앞차의 차번호를 보며 바카라를 생각한다. 영화 〈타짜〉에서 아귀가 벚꽃을 보면 무엇이 떠오르느냐 물었다. 고니는 대답했다. 사쿠라. 3이 떠오른다고.

그래. 미쳐가는구나.

플레이어는 기분 좋게 내추럴을 줬다.

아마 내가 5점쯤 잡고 있었더라도 겁먹지 않았을 것이다.

그만큼 자신감이 최상이었으니까. 내 손가락이 꾸물꾸물 카드를 쪼고 다시 돌려 쪼면 각은 대충 나온다.

이번엔 포싸에 포싸.

둘 중 하나에서만 빠지면 나는 내추럴.

빠져라. 빠져라!

속으로 중얼중얼 대던 게 이미 입 밖으로 튀어나왔다.

"빠져라. 빠져라!"

첫 번째 카드는 양쪽을 찍지 않고 중간에 찍혀 있었다. 9다.

내가 먹을 확률이 90% 이상이란 뜻이다.

다시 사이즈만 확인하고 접어둔 두 번째 카드를 확인하려다가 테이블을 그냥 툭툭 쳤다.

뱅커 오픈.

뱅커의 점수는 중요치 않았기에 볼 필요가 없었다. 내추럴은
아니었으니까.

나는 카드를 오픈하지 않은 채 플레이어 버튼을 뒤집었다. 뒤
집으면 '플레이어 윈'이라는 글귀가 있다. 보통 딜러들이 승리한
쪽의 버튼을 뒤집는데 내추럴이다. 나는 플레이어 버튼을 스스로
윈으로 뒤집으며 카드를 딜러에게 던졌다.

"나이스!"

깜짝 놀랄 정도로 큰 환호성을 내지른 건 준석이었다.

"놀랐잖아."

놀란 건 사실이지만, 준석의 과한 반응이 좋았다.

나는 다시 시크하게 나의 사랑스러운 딜러와 눈을 맞췄다. 여
기서 보통의 나는 내적갈등을 겪는다. 플레이어가 나인으로 먹었
다. 그러면 내추럴의 강한 기운이 플레이어 장줄을 타고 내려올
것만 같았다. 그렇지만 나는 원투원투에 미래까지 설계가 다 된
상태였다.

뱅커턴이다. 베팅을 다시 올린다. 먹고 먹고 먹었으니 40만 간
다. 이쯤 되니 준석과 복을 비롯해서 거의 모든 시선이 나에게로
향했다. 슈퍼바이저도 내 테이블 뒤에 고정되어 내 게임에만 집
중했다.

나는 재벌이 아니다. 하지만, 이 정켓 안에서는 딱히 이렇다 할
하이 롤러도 없었기에 이런 분에 넘치는 베팅은 이목을 집중시키

기에 충분했다.

뱅커 베팅 칸에 초록색 블록 4개를 쌓았다. 딜러가 테이블을 한 번 쓸고 손바닥에 아무것도 없음을 확인시켜주는 특유의 손동작을 털어냈다.

"No more bet."

딜러가 이 말을 하면 바로 패를 깐다.

40만.

1,000만 원짜리 패가 돈다.

플레이어 패는 자리에 고정되어있고 딜러는 뱅커 패를 내게 밀어냈다.

나는 평소에 상대 패를 먼저 까라고 요구하는데, 이번엔 왜 그랬는지 몰라도 딜러에게 플레이어 패 중 1장을 까라고 했다.

원 카드.

딜러는 곧 플레이어 패 중 오른쪽 카드를 열었다. 8이었다.

순간적으로 숨이 막혀왔다.

저 왼쪽 카드가 그림이라면 플레이어는 내추럴 8이다.

내가 질 확률도 그만큼 높다는 것이다. 나는 등줄기 아래로 식은땀이 흐르는 게 느껴졌다. 내 패를 쪼았다. 사이즈는 전혀 없었다. 그림에 그림.

나는 제발 플레이어의 한쪽 카드가 그림만은 아니길 바랐다. 너무도 간절히.

결과는 간단했다. 나는 서드 카드를 잡을 수 없었다. 플레이어의 남은 한쪽 카드는 에이스였다.

플레이어는 나인.

나는 바카라.

나의 참패였다.

그렇게 내 칩을 딜러가 순식간에 거둬들여 갔다.

그제야 한숨을 내뱉으며 주위를 살펴봤다. 준석이 놈이 눈을

피한다. 하지만 아직 나는 따놓은 칩 30만 페소가 남아 있었다.

다시 승부를 노리기로 한다.

플레이어 줄인가?

20만 승이 두 번, 30만 승이 한 번, 40만 패가 한 번이었으니

30만 페소를 땄다. 750만 페소란 큰돈을 딴 셈이었지만, 나는 또

플레이어가 장줄을 줄 것 같은 느낌에 베팅을 줄이지 못했다.

다시 30만 플레이어에 베팅.

줄은 없었다.

플레이어는 보기 좋게 6대 7로 뱅커에 잡히고 말았다.

나는 분명 30분 전만 해도 이 돈을 본전으로 잘 버티고 있었다.

돈을 딴 적도 잃은 적도 있지만, 대게는 10만에서 20만을 위아래

로 오가며 힘겨루기를 실컷 하고 있었다.

나는 베팅을 올리고 원투원투에서 세 번을 내리 맞추고 나서

나는 승리의 기쁨과 전율을 맛보았고, 전례 없는 40만 베팅을 함

으로써 호기의 끝을 부렸다.

그렇게 36.5시간의 대장정이 막을 내렸다.

결과는 올인.

부서진 멘탈은 객장에선 절대로 되찾을 수 없다.

나는 그렇게 빈손으로 돌아왔다.

온라인 카지노에서 수없이 많은 패배를 경험했지만, 막상 꽤 큰돈을 현장에서 잃으니 먹먹했다.

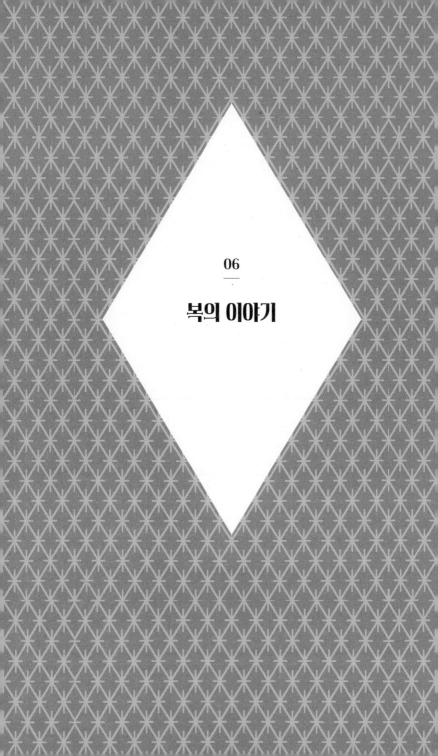

06
—

복의 이야기

♠

복은 결혼에 로망이 남아 있는 남자가 아니었다. 물론 나도 마찬가지였다. 실패를 겪은 남자와 여자. 둘은 미래를 약속하기엔 각자 너무도 상처받았고 지쳐 있었다.

복은 영원히 내 곁을 떠나지 않으리라 약속했지만, 나는 그 약속만으로는 목이 말랐다. 여자의 사랑은 늘 처음이 된다. 과거의 상처나 슬픈 기억들은 모두 다 잊고 지금 내가 사랑하는 복과의 미래를 꿈꾼다.

복은 나를 만나기 전에 카지노에 두 번 왔던 경험만 있을 뿐, 도박꾼은 아니었다. 그렇지만 나는 도박쟁이다.

우리의 사랑이 몇 해를 넘긴 어느 날, 나는 복에게 선전포고하듯 청혼했다.

"결혼하자, 다시."

우리는 뭐든지 뒤에 '다시'가 붙었다. 처음이 아니었으니까.

그래서 더 쉬울 거로 생각한다면 오산이다. 난로 위가 뜨겁다는 것을 모르는 사람은 손을 대볼 수 있다. 하지만 크게 손을 데어본 사람은 두 번 다시는 난로 위에 손을 올리는 행위는 절대로 하지 않는다. 다만, 곁에 두면 따뜻하기에 너무 가깝지는 않은 거리에서 그 난로를 영원히 두고 싶어 한다.

나는 그런 복의 애정에 항상 결핍되어 있었다. 그와 함께하는 시간이 생의 이벤트로 끝나거나 무한한 약속이 되길 원치 않았다. 일상이 되고 싶어졌으니까.

꽂히면 승부를 보는 성미의 소유자답게 복과 결혼을 해야겠다는 내 생각은 한번 치솟기 시작하더니 이내 나를 집어삼킬 듯이 강하게 나를 지배해 버렸다.

"결혼? 당신은 그걸 또 하고 싶나?"

"당신과 온전한 일상을 나누고 싶다 나는. 그렇게 할 거다."

복의 표정은 사랑하는 여자로부터 청혼받은 남자가 아니라 마치 갑자기 들이닥친 고뇌의 늪에 빠진 사람 같았다. 대답은 뻔했다.

"나는 자신 없다."

"당신, 내 안 사랑하나?"

"그건 다른 문제지. 결혼이 몇 번이든 베팅할 수 있는 바카라인 줄 아나."

"도박이라면 좋겠다. 올인하게."

"그 얘긴 그만하자. 지금처럼 사랑만 하고 살아도 나는 충분하다."

나는 충분하지 않았다. 연애에 있어 나는 누구보다 더 여자였다. 복에게 결혼하지 않을 거면 날 보지 못할 거라 엄포를 놨다.

우리는 1년간 수없이 헤어졌고 또다시 만나기를 반복했다. 그 시간 동안 짓밟힌 자존심과 여자로서의 자존감은 곤두박질쳤다. 감정과 에너지가 너무 많이 소모됐지만, 그래도 괜찮다.

그와의 결혼을 목표로 삼은 이상 나는 그걸 이루어 내야만 했다. 살이 찢기고 뼈가 깎여도 기꺼이 감당했다. 그게 나의 숙명인 것처럼.

◇

원정 도박이 짧은 주기로 반복되다 보니 준석과 우리도 꽤 이로운 사이가 되어가고 있었다.

나는 솔직히 준석과 우리의 만남이 악연이었을까 자주 생각했다. 하지만 필연이었던 것은 확실했다.

그날은 태풍이 왔다 간 지 하루밖에 되지 않아 마닐라의 상태는 좋지 않은 날이었다. 평소보다 더 덥고 습하고 답답했다. 게다가 우리는 해외여행이 아니라 카지노에 온 것이기 때문에 옷차림에도 문제가 있었다. 비행기도 호텔도 카지노도 시원하다 못 해 냉기가 돌기 때문에 반소매는 입고 오거나 챙겨 오지 않았다. 게다가 도착하자마자 바로 탑승하는 의전 차량이 항상 시원했기 때문에 필리핀에 오면서 얇은 옷은 필요 없었다. 평소처럼 기모가

든 후드티에 긴 청바지, 운동화 차림이었다.

밤 비행기를 타고 마닐라에 도착하니 자정이었다. 가뜩이나 더운데, 그날따라 공항 안에도 밖에도 우리의 이름이 쓰인 피켓은 보이지 않았다.

입국 심사를 마치고 게이트를 빠져나와 공항 밖까지 나와봤지만 우릴 찾는 이는 어디에도 없었다. 엎친 데 덮친 격으로 와이파이가 잡히지 않아서 휴대폰을 사용할 수도 없었다. 비행기에서 내린 지 정확히 1시간 10분이 지나고 있었다. 더워서 가뜩이나 불쾌지수도 높은데, 이국땅의 공항 게이트에서 1시간을 넘게 기다리다 보니, 나는 곧 이성의 끈을 놓아버릴 것만 같았다.

20분이 더 지나서야 저 멀리서 헐레벌떡 뛰어오는 낯익은 얼굴 하나가 보였다.

"미안, 미안해. 진짜 미안해."

준석이 속사포로 미안하다는 말을 내뱉었지만, 몹시 화가 많이 난 나는 입을 닫았다.

"벤츠를 예약했었는데, 오늘 날짜로 예약 확인을 내가 세 번이나 했거든? 근데 내일이라는 거야. 말이 돼? 세 번이나 확인했는데. 하여간 필리핀 애들 진짜…."

준석은 소나기처럼 흘러내리는 땀도 닦지 않은 채 열심히 변명하느라 땀을 더 흘렸고, 참을성이 많은 나의 복은 그를 안타깝게 쳐다보기만 했다.

"그래서 내 차 몰고 오느라 어쩔 수 없었어. 기다리게 해서 미안해. 덥지? 일단 가자."

그런 그의 성의에 조금 누그러진 나는 일단은 잠자코 준석의 차에 탔다. 차에서는 담배 냄새가 지독하게 났다.

나는 유난히 냄새에 예민하다. 10년 넘게 연초를 피웠지만, 머리카락에 베이는 냄새가 불편해 전자담배로 갈아탄 사람이다. 차에서 절대로 담배를 피우지 않는 것도 철칙이었다. 그래서 양치는 하루에 7번, 손은 셀 수 없을 정도로 자주 씻을 만큼 냄새에 강박감이 있었다.

나는 그런 나의 기분을 준석에게 여과 없이 한 번에 쏟아부어 주었다. 왠지 이번 여행은 시작부터가 평탄치 않을 것 같은 예감이 들었다.

호텔에 도착해서 샤워를 하고 옷을 갈아입고 카지노로 내려오니 로비에서 풍겨오는 바람직한 향기를 맡고서야 나는 다시 기분이 좋아졌다. 준석은 여전히 내 눈치를 보고 있었다. 내 옆얼굴만 힐끔대며 나와 눈을 마주치지 못했다. 기분이 좋아졌으니 내가 말을 걸었다.

"나는 괜찮다. 니는 괜안나?"

"그럼 나야 괜찮지. 미안할 뿐이야. 평소엔 이런 실수 안 하는데, 오늘따라 왜 일이 이렇게 꼬인 건지. 다 내 불찰이지 뭐."

준석은 말을 참 예쁘게 하는 아이였다. 한 번씩 애정이 느껴질 정도였다.

다음 날, 준석은 돈을 좀 따고 좋아서 헤죽거리는 내 앞에서 농

담처럼 이렇게 털어놓았다.

"사실은 어제 차 안에서 말이야. 귀에서 피 나는 줄 알았어. 말로 따귀 맞는 게 어떤 기분인지 알겠더라고."

여행이 지속 되면서 준석과의 관계에서도 신뢰는 쌓여갔다.

준석은 도박, 노름과는 거리가 먼 사람이었다. 이 세계에서는 나름대로 건실한 놈인 셈이다.

내게 가져와야 할 칩을 가지고 베팅을 한다거나, 카지노 안에서 추격신을 찍을 사람은 아니었다. 나 역시 입금 문제 일으키거나 약속을 어기는 사람은 아니었다.

그렇게 신뢰는 쌍방으로 쌓여서 언젠가부터 준석은 입금을 받지 않고도 몇십만 페소쯤은 내어주었다. 그것이 편해지자 우리는 선 게임 후 정산 시스템으로 갔다. 준석은 이제 우리가 요청한 만큼 페소를 잘 가져다주었다. 정산은 한국으로 돌아가기 전에 끝낼 때도 있었고, 미처 정산하지 못한 금액이라면 한국에 돌아와서 천천히 보내줄 때도 있었다.

우리는 여느 때처럼 2층 VIP 객장에서 롤링을 쌓아가고 있었다.

롤링을 올려주는 게 목적은 아니었지만, 내 목적을 이루기 위해서는 롤링이 훨씬 더 빠른 속도로 늘었다. 그래서인지 준석은 늘 나를 소중히 대해주었다.

게임이 계속되면서 나는 딜러와도 길지 않은 영어로 친숙해졌고, 자주 드나드는 사람들과는 모두 안면을 트고 짧은 목례로 인사 정도 나누는 사이가 되었다.

나는 카지노에서 자주 변비에 시달리곤 했는데 이 변비는 도통 나아질 기미가 없었다. 잘 먹지도 않았지만, 먹고 앉아서 게임만 하고 있으니 당연히 장이 활동을 제대로 못 한 것이다.

나는 계속되는 불편한 복통을 가라앉히기 위해 객장을 산책로 삼아 뒷짐을 지고 터벅터벅 걷기 시작했다.

그러다 어느 문 앞에 걸음이 멈췄다.

커다란 문. 그 문 안으로는 커다란 바카라 테이블 단 하나가 놓여 있을 뿐이었다. 그리고 테이블 앞에 대형 벽걸이 TV가 걸려 있었다. 테이블 뒤에 응접실 같은 공간에는 소파와 식탁이 있고, 작은 화장실도 별도로 있었다.

"준석아, 여기 뭐고?"

"프라이빗 룸."

"잠깐만, 개인 룸이라고? 개인 테이블?"

VIP는 일정 금액을 주면 테이블을 잡을 수 있다는 건 알고 있었지만 이런 방이 따로 존재한다는 것은 처음 알았다.

"여기는 어떻게 잡노? 조건이 뭐고?"

"마음에 들어?"

"장난하나. 완전 쥑이네."

진심이었다. 그 테이블은 내 마음을 사로잡아 버렸다.

프라이빗 룸은 나에게 특별한 경험을 선사해주었다. 이곳은 내 바라카 인생에 한 획을 그은 곳이기도 했다.

프라이빗 룸을 잡아서 게임할 수 있는 조건은 단 한 가지였다. 300만 페소 바잉. 한화로 약 7,500만 원 정도를 바잉하면 된다. 간단했다.

하지만, 내 수중에는 7,500만 원이 없었다. 복의 게임머니와 내 게임머니를 합쳐도 시작부터 5,000만 원을 넘게 환전하는 것은 무리수가 많았다.

나는 준석을 말똥말똥 쳐다봤다.

'이 상황에서 안 된다고 말하면 안 되는 거 알지?'

준석은 어제의 실수를 만회해야만 했다. 어차피 바잉만 300만 일 뿐. 이 돈을 다 꼬라박으란 법은 없으니까.

준석은 부족한 페소를 자기 것으로 채워 이 프라이빗 룸을 열었다.

보통 원하는 고객이 없을 때, 혹은 조건에 부합하는 고객이 없을 때 이 객장은 비어 있다. 대체로 거의 비워진 채다. 나는 더할 나위 없이 좋은 개인 노름방을 비워두게 하고 싶지 않았다.

준석이 룸을 열기 위해 씨오디에 연락하고 자리를 비웠을 때, 복이 시름 깊은 얼굴로 다가와 나를 만류했다.

"여기는…, 여기서 게임하다가 죽으라고 만들어 놓은 것 같아. 안 했으면 좋겠는데."

그도 그럴 것이, 바잉한 고객에게 룸이 오픈되면 출입문을 닫는다고 했다. 소통이 불가한 폐쇄된 공간에서 게임을 하며 멘탈을 지켜내는 것은 몹시 어려운 일일 것이다.

나도 복의 생각에는 동의했지만, 나는 꼭 이곳을 경험해보고 싶었다.

복은 주로 카지노 테이블에서 낯선 이들과 소통하는 편이었고, 게임을 크게 하는 베터가 있으면 곧잘 쫓아 베팅하기도 하고, 함께 웃고 즐기기도 하는 편이었다. 나와는 반대였다.

그러니, 내가 많은 칩을 가지고 이곳으로 들어오겠다고 한 게 여간 염려스러운 일이 아니었을 것이다. 하지만 그는 곧 반짝이는 내 눈을 보며 나를 말릴 수 없음을 깨달았고 내 고집은 누구도 꺾을 수 없다는 것쯤은 이미 알고 있었다.

준석이 룸을 오픈하는 데는 40분 정도가 걸렸다.

그리고 정말로 나를 위해 새로 배정된 1명의 딜러와 1명의 슈퍼바이저가 들어와 나만의 슛을 위해 셔플을 준비했다.

곧 문이 닫혔고 이내 벽걸이 TV가 켜졌다. 객장에서 마주하던 작은 바카라 그림판이 한 벽을 가득 메운 커다란 화면으로 켜지자 눈이 시원하게 트이는 기분이었다.

나는 셔플을 마친 딜러로 바꾸어달라고 요구했다. 나는 보통 남자 딜러들과 사대가 맞았다. 되도록 에너지 넘치고 괴팍하게 생긴 딜러로 요청했다. 생글생글 웃는 어린 딜러는 내 돈을 냉큼 잘도 빨아먹는 기분이었다. 게다가 체구가 왜소한 필리핀 여자 딜러들은 많은 양의 칩을 딜링할 때 흘리거나 놓치는 경우가 많았다.

나만의 징크스일 수도 있지만, 실제로 게임할 때마다 힘이 세

보이고 인상이 더러운 딜러일수록 패가 별 볼 일 없었다. 민감한 게임에서는 이런 사소한 것들까지가 모두 신경 쓰였다.

"Dealer's cut?"

필리핀 카지노에서는 준비된 카드를 셔플 기계에서 꺼내서 컷을 한다. 딜러가 두부 자르듯이 중간을 잘라, 잘린 단면을 기준으로 앞뒤를 바꾸어 다시 기계로 넣는다.

"No, my cut."

나는 검은색 컷 나이프로 셔플 카드의 2/3쯤 뒤편으로 꽂았다.

딜러는 이내 그 단면을 기준으로 앞뒤를 바꿨다.

제발 행운의 컷이기를. 나는 속으로 아주 간절히 빌었다.

보통 오픈 객장에서 게임을 할 땐, 게임하는 손님이 없어질 새벽 즈음 네 테이블을 돌며 모두 셔플을 시키고 컷을 하고 돌아다녔다. 그리고 10 free game.

그럼 10번의 게임은 유저 없이 진행되고 그대로 그림판에 찍혀서 대기하는 상태가 된다.

컷이라는 것을 하다 보면, 조금 멀리서 검지와 중지 사이에 꽂고 부메랑처럼 던져서 중간에 꽂히는 스킬도 익히게 된다.

내가 컷한 카드는 셔플이 끝나고 버닝 카드를 뺐다.

첫 번째 카드는 다이아 5.

퍼스트 카드가 5가 나오면 딜러는 카드를 5장을 더 꺼내서 슈퍼바이저의 승인을 받는다.

나는 여기서 버닝 카드의 점수를 확인했다. 5, 홀수.

홀수가 나오면 첫 스타트 게임이 뱅커로 간다. 동전 던지기 같은 거다.

셔플이 막 시작돼서 백지상태의 그림판에 파란 동그라미가 그려질지 빨간 동그라미가 그려질지 누가 알겠는가? 어차피 운이면 뱅커에 가보는 거다.

이 프라이빗 룸은 맥스와 미니멈을 원하는 대로 편한 대로 조절할 수 있었다. 대게 이곳의 미니멈은 5만 페소로, 바깥 테이블보다는 높은 수준이었다. 미니멈을 낮추는 건 불가능하지만, 맥스를 올리는 건 가능했다. 미니멈이 5만이면 맥스는 보통 150만 페소 정도다.

디퍼런스가 30배로 만족할 만큼 좋은 편은 아니지만, 맥시멈을 굳이 올려야 할 베팅의 필요성이 없는 관계로 나는 그대로 두었다.

그리고 나는 5만 페소를 뱅커에 올렸다.

"Open."

딜러는 더 이상 "No more bet."이라고 말하지 않았다.

어차피 여기서 베팅이 가능한 사람은 오로지 나밖에 없었다. 구경꾼도 올 수 없었고 여기서 어떠한 진풍경이 나타나도 다른 베터들은 접근할 수 없었다. 한 번 더 확인한 후 내가 고개를 끄덕이자 딜러는 다시 테이블을 한번 쓱 쓸면서 카드를 깔았다.

프라이빗 룸은 조용해서 좋았다.

복은 준석에게 나를 지켜달라고 부탁했고, 그의 명을 받은 준석이 내 옆에 앉아 있었다. 내가 먹을 때마다 연신 "나이스!"를 외치며 내 텐션을 지켜주었다. 물론 질 땐, "아오. 왜 여기서 그게 나오냐." 하며 나보다 더 짙은 한숨을 내뱉기도 했다.

게임하는 사람은 알지만, 막상 내가 내 돈으로 베팅한 게임이 지면 한숨도 잘 안 나온다.

상향 조정 중에 틀어진 베팅에서나 한숨이 나오고 아쉬움이 생기지, 계속 지고 있으면 아무 말도 나오지 않는다. 심장 소리가 귓가에 맴돌고 가슴이 조여오는 듯한 고통이 올 뿐이다.

이걸 멈추지 않으면 내가 곧 죽을 것 같지만, 도박쟁이는 절대로 베팅을 멈추지 못한다.

하지만 이것도 시간이 지나면 내성이 생기고 (이걸 내공이라고 해야 하나) , 터질 것만 같은 고통과 엄청난 속도로 뛰는 맥박은 내 간땡이만 키워놓은 채 도통 멈출 줄을 모른다.

개인 룸에서의 첫 경험은 별 탈 없이 마무리되어 오래 지나지 않아 빠져나올 수 있었다. 약간의 시드가 상향 조정되고 게임을 피니쉬하면 나는 별 탈이 없는 거다.

많은 도박꾼이 그렇겠지만, 어정쩡하게 지고는 못 빠져나온다. 가진 걸 모두 잃거나 내게 가능한 빚까지 모조리 내어, 거꾸로 뒤집어 탈탈 털어내도 쏟아져 내리는 게 눈물밖에 없는 상태에 이르기 전까지는 절대로 못 빠져나온다.

나의 승률은 온라인이나 실제 카지노에서나 8할이 넘었다. 그러나 도박꾼의 그런 성향 때문에 8할이 아니라 9.9할이 승으로 먹고 간다고 해도, 백 번 중에 한 번이 틀리면 전부를 잃었다.

물론 나도 프라이빗 룸을 열어 카지노 뒤에서 문이 닫히는 특이한 경험이 처음인지라, 이 첫 경험에서 크게 상처 입지 않도록 베팅도 완급조절도 굉장히 신중하게 했다. 일단 일정이 남아 있었고 나는 처음부터 승부를 보는 건 싫어했으니까.

약간의 상향 조정된 시드. 그래도 미니멈이 작지 않았던 다이라 나는 1,000만 원 정도를 따서 방을 빠져나왔다.

◇

나의 멘탈을 지키고 필요한 걸 챙겨주란 선의로 준석을 내게 보냈지만, 이후 내가 복과 떨어진 곳에서 게임을 하려고 나오면 준석은 매번 따라나섰다.

내 게임이 어떻게 진행되고 있는지 불안하고 걱정이 컸던 복이 내게 붙여놓은 준석은 그의 옵저버였다. 정말 징글징글하게도 따라다니던 준석은 그래도 다정하고 따뜻한 구석이 많았다.

나와 복, 준석 이렇게 셋이 밥이라도 먹을라치면, 준석은 내가 좋아하는 메뉴와 반찬을 기억하고는 미리 주문해놓거나 내 앞에 메뉴를 가져다 놓거나 아예 내 밥숟가락 위에 반찬을 올려주곤 했다.

복이 "뭐 먹을래?"라고 물으면, 준석은 이내 "너 이거 좋아하잖아, 이거 먹을래?" 혹은, "저번에 여기서 니가 맛없다고 했어. 여기 말고 다른데 잘하는데 알아났으니까 여기로 가자."라며 매번 맛있는 곳으로 우릴 안내했다.

복은 내가 뭘 좋아하는지 잘 모른다. 보통의 남자들은 자기 여자를 사랑하는 것과 별개로 자기 여자의 취향이나 스타일은 잘 모르는 뇌 구조를 가진 것 같다. 금성에서 온 나는 화성에서 온 이 남자와 함께 시간을 보내는 데 정말 많은 인내가 필요했다.

심지어 필리핀에서 내 생일을 맞을 때마다 호텔 룸에 깜짝 생일 파티를 준비해놓은 것도 항상 준석이었다. 케이크와 와인, 촛불, 선물까지 준석이 사났다. 결제는 물론 복의 마스터 카드로 했지만. 그러고는 복은 나를 보며 "내가 지시했어. 어서 기뻐하며 날 칭찬해줘!"라고 말하는 듯한 미소를 짓는다. 나는 의미심장한 복의 미소를 보면서 입으론 웃고 속으로는 콧방귀를 뀌었다.

보통 복은 지면 2,000~3,000만 원 정도를 잃고, 이기면 300~500만 원 정도를 먹는다. 더 많이 먹지는 못한다. 그래서 내가 복의 베팅을 인정하지 않는 거다. 지게 되면 멘탈도 함께 부서지며 베팅하는 폭도 엄청나게 커졌는데, 이게 안 될 수밖에 없는 도박쟁이의 전형적인 모습이었다.

나는 복의 이런 게임 스타일을 알지만, 복과의 카지노 여행을 겪으며 이 사람을 존경의 경지까지 바라보는 이유는 '게임 끝. 멘탈 리셋.'이 된다는 점이었다.

복은 일단 환전한 돈을 잃으면 한두 번 정도 비슷한 금액을 다시 환전한다.

게임에서 져도 복은 인정도 빠르고 뒤끝도 없었다.

"우야겠노. 현실로 가서 또 벌면 되지. 괜찮다."라고 오히려 위로하며 나를 다독였다. 나의 복구사 기질이 불타지 않도록 잘 조절해 주었다.

실제로 그는 현실로 돌아가면 언제 카지노에서 갔었는지 모를 정도로 일에 집중했다. 그리고 진 게임을 완전히 잊는다.

잃은 돈을 복구할 방법을 나는 카지노에서, 복은 현실에서 찾았다. 노름에서 내가 가진 여윳돈을 다 털렸는데 복은 허허 한번 웃고 잊어버린다.

그래서 나는 존경하는 멘탈을 소유한 복을 강원랜드에 혼자 보낸다. 강원랜드 VIP는 너무도 까다로워서 내 사업장 하나 없는 일개 월급쟁이는 꿈도 못 꾼다. 게다가 랜드 1층 객장은 거지 소굴이나 다름없다. 나는 내 뒤에서 베팅에 돈을 얹어 달라고 부탁하는 수십 명의 암내를 견뎌낼 수가 없다. 그래서 정선에는 가지 않는다. 큰돈을 베팅하는 게임을 하면서 대접은 정말 형편없기에.

문제는, 복의 사업과 주머니 사정이 나빠지면서 시작되었다.

복은 소위 '이사님'이라고 불리는 직업이 있었다. 그때 당시 그의 월급이 세후 1,200만 원 정도 되었던 거로 기억한다. 그 외 수입은 개인 사업장, 이자 수익 등 복이 자신만의 개인기를 부려 얻을 수 있는 수입이었는데, 불안정하고 위험 부담이 큰 부분이 바로 이 두 번째 직업이었다.

이때 복은 꽤 훌륭한 월급을 받고 있음에도 이 두 번째 직업에서 주춤거리며 나락으로 떨어지고 있었다. 전남편이 사업으로 몰락해 가는 것을 동시에 경험한 적이 있었던 나는, 그런 복이 너무도 불안했다. 다만 나의 전남편은 가족보다 남을 먼저 믿는 사람이었고, 복은 그냥 자신만 믿는다는 점이 불안을 조금 상쇄시켜주었다.

복의 경제 상황은 악화되고 있었지만, 그는 필리핀 원정을 멈추지 않았다. 그도 카지노가 주는 희열에 서서히 중독되어 가고 있었던 것이다.

결핍에서 오는 갈증.

그가 그 시기에 꽂힌 것이 하필 도박장이라면 상황은 블랙아웃이다.

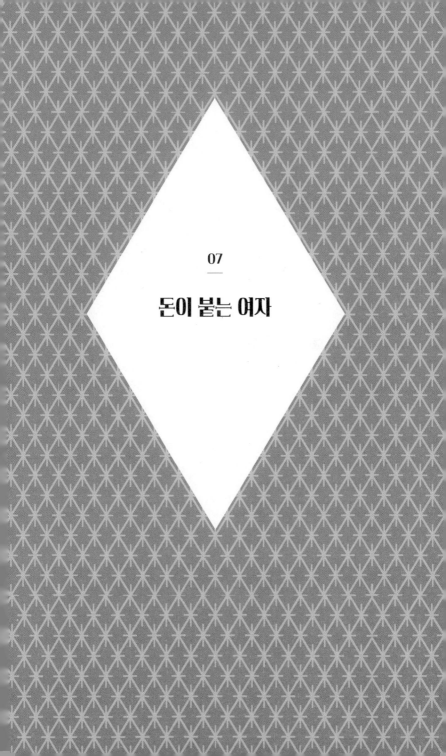

07
—

돈이 붙는 여자

♠

　항상 복은 잃어도 되는 여윳돈으로 카지노를 다녔다. 하지만, 이날은 처음 가져간 돈을 잃자 돌아오는 결제 대금에도 손을 대가며 무리하게 두 번째 환전을 시도했다.

　결과는 참패.

　복의 표정이 이상했다. 처음 보는 얼굴이다. 잃은 돈이 5,000만 원을 넘어가긴 했지만, 나는 그 돈 이상으로 사태가 심각해지고 있음을 오감으로 느낄 수가 있었다.

　"너무 피곤하다. 내 먼저 호텔로 갈게."

　"혼자?"

　나를 두고 먼저 호텔로 올라가다니? 평소와는 너무 다른 그가 걱정되어서 나는 게임을 멈추고 따라나섰다. 복은 제대로 씻지도 않은 채 침대에 누워 있었다. 그리고 준석에게 전화를 걸었다.

일정은 아직 이틀이나 더 남아 있었지만, 복은 내일 당장 떠나는 비행기를 예약해 달라고 말했다. 여기에 더 있고 싶지 않다고.

나는 이때, 지혜롭거나 현명한 여자가 될 수 없었다. 이미 도박에 미칠 대로 미쳐 있었던 나는, 사람이기보단 짐승에 가까운 생각을 하게 된다.

내가 멈춘 게임. 그리고 통장엔 3,000만 원쯤 더 있었다.

떠나는 비행기를 급히 알아보는 준석에게 나는 다시 전화를 걸어 비행기 예약하지 말고 150만 페소를 더 갖다 달라고 이야기했다.

그때 나는 복의 시선을 피했다. 그의 눈빛은 곧 꺼져버릴 것 같은 바람 앞의 촛불같이 느껴져서 나는 그의 눈을 마주하고선 이 선택을 강행할 수 없을 것 같았다.

"당신은 여기 있어라. 내 혼자 갔다 올게."

나는 곧장 8층 객장으로 떠났다.

이때 주로 사용하던 테이블 다이에 아바타들이 너무도 많이 들어서면서, 나는 주 게임에 집중할 수가 없었다.

아바타는 개인을 대신하는 분신을 뜻한다.

씨오디에 아바타 게임이 점점 활성화되면서 특정 정켓에는 실제 유저보다 아바타가 더 많았다. 아바타들이 블루투스 이어폰을 꽂고 통화하고 있는 저편에는, 집이나 회사에서 자신을 대신할 분신들을 앉혀놓고 느긋하게 온라인 게임을 즐기는 유저들이 있었다.

이 아바타가 가능한 테이블은 카메라에 실시간 화면으로 보이는데, 처음엔 그 모습이 참 재미있다. 온라인 카지노도 오프라인 카지노도 아닌 것이 흥미롭다.

테이블에 주로 아바타 유저가 앉아 있으면 양 끝에 파란색과 빨간색 잉크가 나오는 볼펜을 테이블 위에 올려놓는다. 대기라는 뜻이다. 베팅하는 유저가 뜸을 들이는 시간이다.

이 볼펜이 치워지지 않으면 게임은 돌아가지 않는다.

나는 아바타가 많은 테이블에서 게임하는 게 곤욕스러웠다. 성질 급한 나는 아바타들이 한국에서 느긋하게 생각하며 베팅할 여유까지 기다릴 수가 없었다.

내가 8층 객장으로 간 이유는 이 아바타들을 피해서다.

8층 객장에는 아바타들을 받지 않는 정켓으로만 구성되어 있었고, 무엇보다도 유저가 훨씬 더 적고 시설이 더 좋았다.

화려한 샹들리에. 새것 같은 바카라 테이블. 쇼파의 가죽 냄새. 정말로 쾌적한 환경이다. 개인 룸을 잡을까 하다가, 유저가 없는 객장이라 기본 테이블로 자리를 잡기로 했다.

일단 시드는 충분했다.

나는 복이 잃은 200만이 넘는 페소를 다 찾아줄 요량이었다.

전장의 여전사처럼 근엄한 마음으로 테이블 4개를 오픈시켰다. 성공하지 못하면 나와 복은 둘 다 죽는다.

준석은 우리가 오면 거의 잠을 못 잤다.

카지노에만 오면 우리는 잠도 없어지고 식욕도 떨어진다. 먹지 않아도, 자지 않아도 충분히 솟은 도파민은 우리를 더 강하게 만들어주는 것만 같았다. 우리가 자지 않고 쉬지 않으면 준석도 그래야 했다.

베팅은 처음부터 세게 갔다. 10만. 20만. 30만.

8층 객장에 들어온 지 고작 5분이 채 지나지 않았을 때, 내 시드 중 1,000만 원은 종적을 감췄다.

승부는 빠르게 내야 한다. 나는 그 어느 때보다도 조바심이 났다. 조바심이 나는 순간 게임의 결론은 어둡게 난다.

나는 복의 얼빠진 얼굴을 본 이후라 정말로 간절하게 살아남고 싶었다. 안 그래도 한국으로 돌아가면 돈 나갈 구멍이 많은 상황일 텐데, 여기서 결제 대금까지 날리고 빈손으로 돌아가면 복의 멘탈이 아무리 강철이라고 해도 무너질 것이 분명하다.

노름판은 참 재밌는 거다.

이때부터 또 운이 따르기 시작한다.

먹죽은 없었다. 베팅은 자유로웠고 방해하는 이는 아무도 없었다.

나는 반복되는 필리핀 여정과 온라인 카지노에서 몇 번의 대승을 거두며, 시드가 조금 넉넉하게 채워져 있었다. 즉, 돌아가서도 크게 영향을 받지 않는 상태였다.

이 칩들이 내 앞에서 순간 삭제된다고 하더라도 나는 어차피 이틀 뒤면 한국에 돌아가 있을 테고, 때가 되면 밥을 먹고 졸리면 잠자는 평범한 일상을 살아갈 것이다.

지금 앞에 놓인 칩들이 없다고 해도 나는 연명할 수 있고, 또 온라인 카지노 사이트에서 틈을 내어주면 시드는 곧 다시 채울 수 있었다. 빚을 내자면 1,000~2,000만 원은 거뜬히 낼 수도 있었다.

나는 빈손으로 시작해서 이만큼 살았다. 다시 돌아가 바닥을 쳐도 또 일어설 수 있다는 근거 없는 자신감마저 쌓여 있었다.

'그래. 이번 한 번은 모두 잃어도 좋아!'라고 생각하는 순간, 운이 따르기 시작한다.

나의 승은 내추럴 9 뱅커 줄을 만나며 끝날 줄 모르고 이어졌다.

복은 나를 보내고 마음이 편치 않았는지 옵저버에게 계속해서 상황전달을 받고 있었다.

테이블을 오픈하고, 5분 남짓 동안 시드의 절반 가까이 날린 사실도 실시간으로 전해 들었겠지. 그러다 또 멍하게 앉아 무슨 생각을 하는지 모르겠다는 준석의 말을 전해 듣곤 아마 다시 객장으로 나올 채비를 시작했을 터이다.

멍하게 앉아 생각을 정비한 건 바로 '내려놓기' 때문이었다.

나는 빈손으로 돌아가는 것에 대한 두려움을 버려내는 시간이 필요했다.

이 도박 귀신은 내가 심적으로 상당히 위축되어 있고 겁이 나 있을 때 그리고 지키고 싶은 무언가와 나의 첫 본전이 얼마였는지에 생각이 머물 때가 되면, 내 머리 꼭대기에 올라가 그런 나를 비웃기라도하듯 이내 기적 같은 연패를 선물한다.

'죽어도 좋아.'

나는 내추럴 9와 함께 시작된 뱅커의 장줄에 마틴을 치며 베팅 속도를 올렸다.

내가 앉은 차가운 가죽 소파의 온도가 내 체온만큼 데워지고, 차가웠던 손발이 슬슬 풀리며 혈액이 온몸을 돌면서 내 손바닥에 발그레한 열기가 차오를 때쯤 복은 내 곁에 와 있었다.

현재 복구액은 200만 페소가 조금 안 됐다.

그렇지만, 나의 시드와 딴 돈을 합치면 복의 복구액은 충분했다.

시간이 얼마 지나지도 않았는데 이미 꽤 많은 칩이 쌓여 있고 막 패를 깔기 시작한 테이블에도 30만이나 베팅이 되어 있는 걸 보고 복은 입을 다물지를 못했다.

결과는? 패.

30만 시드가 죽었다.

나는 복이 도착하자마자 장줄이 끊어진 것을 확인했고 칩을 정산하기 시작했다.

100만 페소를 준석에게 넘겨줬다. 복의 몫이라며.

그리고 100만 페소는 다시 복에게 돌려줬다. 처음 환전한 액수였다.

그러고 보니 내 몫이 조금 줄어 있었다.

내가 딴 돈보다 복이 잃은 돈이 더 많았고 내 시드에서 복의 몫을 전부 내주고 나니 결과적으로 내 돈이 나간 상황이었다.

복은 내게 아무 말도 하지 않았다. 아니 못 했다. 말하지 않아도 알고 있었다. 나를 사지로 몰아넣었다는 죄책감과 미안한 마음을 가지고 있다는 걸.

복은 내가 준 100만 페소를 다시 내게 주며 말했다.

"이거 받아라. 남은 돈 다 찾을 생각 말고, 이제 고마 올라가자."

"싫다. 아직 남았다니까?"

준석은 복의 말을 거들며 나를 설득했다.

"그래. 오늘은 그만하고 쉬는 게 좋겠어."

"내가 멈추고 싶지 않다는데, 둘 다 왜 그러는 거야?"

"피곤하다. 우리 셋 다. 좀 쉬어야지. 올라가자."

둘은 나를 계속해서 설득했다.

나는 짜증이 솟구치기 시작했다.

시작한 지 1시간도 안 됐고 장엄한 마음을 가지고 입장했는데, 이렇게 결론이 명확해지지 않은 채로 돌아가긴 싫었다. 입술을 지그시 깨물며 시선을 돌렸다. 내가 화난 것을 표현하는 태도였다. 그걸 눈치챈 준석은 나를 도박장에서 끌어내는 것을 포기했고 복은 나에 맞서, 지지 않겠다는 듯이 눈에 힘을 주었다.

잠깐의 팽팽한 긴장감.

도박장에서 나를 일으키려는 둘의 마음은 이해가 갔다.

베팅은 세졌고 속도도 빨라졌으며 지금 딴 돈도 꽤 많았다. 여기서 내가 패를 두 번만 연달아 박으면 이겼던 속도만큼 빠르게 내려갈 것이었다.

나는 누구나 알아볼 수 있을 만큼 흥분된 상태였다.

"그럼 딱 한 판만 돌리고 갈게."

준석이 이번에는 내 말을 거들었다.

"그래. 한 판만 하고 오늘은 쉬자. 이사님도 이것만 보고 같이 올라가시죠."

이후에 복은 화가 난 게 아니라 겁이 났다고 했다. 자기 때문에 내 멘탈이 터져나가는 걸 보는 게 어려웠다고 했다.

나도 그쯤은 알고 있었다.

복이 못 이기겠다는 듯이 일어섰다.

자신이 앉지 않고 서 있으면 내가 오래 게임을 하지 못할 거라고 여겼을 것이다.

말이 한 판이지, 도박쟁이들의 '한 번만', '한 판만', '이번만'이라는 건 절대로 못 믿을 말이다.

하지만 나는 단 한 판으로 끝냈다.

150만 맥시멈 올인.

나는 내 앞의 시드를 모두 플레이어 베팅으로 옮겼다.

준석과 복이 이내 무슨 소리를 냈는데 압도적인 분위기에 묻혀버렸다. 이미 이곳에서 포스가 어마어마했던 나의 끄덕임으로 외마디 탄성조차 뱉지 못한 딜러는 패를 깔았다.

150만 맥스 베팅.

4,000만 원짜리 패는 돌아갔다.

결과는 플레이어 승. 곧 나의 승.

나는 커미션 한 톨 안 떼이고 내 시드의 2배가 되어있는 칩들을 주섬주섬 챙긴 후 곧장 자리를 털었다.

준석은 이 베팅이 진행되는 짧은 시간 동안 숨소리도 내지 않았다. 진짜로 숨을 쉬지 않았다고 한다. 게임이 끝나고 무심하게 칩을 주워 담는 나를 보며 입만 벌린 채 아무 말도 못 했다.

나의 그런 무심한 동작들은 복을 달래주기 위한 것이었는데, 솔직히 말하면 몹시 긴장한 상태였다. 플레이어 패가 높지 않았고 뱅커가 까먹고 들어가는 바람에 겨우 이길 수 있었다.

"가자."

복은 희미한 미소를 보여주었다.

우리는 그렇게 서로를 달래가며 객장을 빠져나왔다.

호텔로 올라와서야 복은 어렵사리 입을 열었다.

"내가 그런 못난 모습을 보여주는 게 아니었는데, 진짜 미안하다."

"그런 말 안 해도 된다. 당신은 내가 사랑하는 남자고 어쨌든, 결론적으로 본전 다 찾았잖아."

나는 한사코 거절하는 그에게 본전을 마저 찔러준 후, 남은 내 칩들을 꺼내 다시 한번 어루만져본 뒤에 소중히 가방 안에 다시 넣었다. 그제야 우리는 단잠을 잘 수 있었다.

다음 날과 한국에 돌아오는 그다음 날까지도 우리는 미미한 게임만 지속할 뿐, 장대하게 복구해놓은 시드가 그때처럼 단단했던 적이 없었다.

나의 담력과 배짱은 계속해서 자라고 있었다. 점점 판돈이 커졌고 적은 돈에는 무감각해지기까지 했다.

노름꾼들 대부분은 하늘에 용서받을 기회를 약 255번쯤 받는데, 이때가 약 100번째쯤 되는 기회가 아니었을까 싶다. 신맛, 쓴맛, 똥맛 까지 맛보고 왔다가 본전을 하거나 혹은 엄청난 돈을 딴다면 그게 바로 그 기회다. 용서받을 기회.

'여기서 그만하면, 너의 과오를 용서하고 너를 천국으로 이끌지니. 양지바른 곳으로 나와서 모두 함께 살아라.'

그리고 나는 또다시 101번째 회생의 기회를 노렸다.

통장에 돈이 어느 정도 모였다. 일도 하지 않고, 생활 바카라로 지낸 지가 제법 되었는데, 이제야 내가 첫 결혼을 하기 전만큼 돈이 모여 있었다.

이 돈을 다음 필리핀 여정까지 지켜내고 싶었으나 나는 온라인 카지노라는 복병을 앓고 있었다. 복은 온라인 게임을 극도로 싫어했다. 특히나 내가 온라인 게임을 하는 것을 가장 싫어했기에, 이 부분은 내가 터놓고 이야기할 수 없는 나만의 비밀로 간직해야 했다. 한국에 돌아와서 여독을 씻어내자마자 나는 다시 입출금을 반복하고 있었다.

프라이빗 룸에 개인 테이블 게임까지 오프라인 도박꾼이 할 수 있는 최고의 경지까지 다 즐겨 봤는데, 온라인 카지노가 재미있을까?

답은 yes!다. 노름은 그게 뭐든 다 재밌다.

그땐 호텔 카지노처럼 운영되는 사이트를 찾아서 한창 빠져 있을 때였다.

거기도 실제 유저가 온라인 카지노 유저와 함께 하는 구조였는데, 반대로 실카 쪼는 유저들이 더뎌서 조금 답답하긴 했다. 다만 나처럼 직접 카드를 쪼는 실카 유저들이 보이니 송출되는 딜러의 영상만으로 게임하는 것보다는 믿음이 갔기에, 한동안은 이 재미에 쏙 빠져 있었다.

현장에 있을 땐 전화 베팅하는 아바타들 때문에 답답했는데, 반대로 내가 다시 온라인 속으로 들어가고 화면 속에서 실카 유저들의 등을 쳐다보자니 '나도 참 부지런하구나.' 싶었다.

온라인 카지노는 접근성이 좋다는 이유 하나만으로도 판돈을 꼬라박기 좋은 구조였다.

실제 카지노 현장에 가면 모든 게 만져지고 느껴져서 겁이 났지만, 온라인에서는 짤막한 아이디 한 줄이 내 존재의 끝이었다.

돈은 숫자로 입금되어 돌다가, 불거나 줄어들어 다시 숫자로 통장에 꽂혔다.

나는 온라인과 오프라인 모두 즐겼고, 당연히 빈도는 온라인 카지노가 압도적으로 높았다. 중요한 건, 현장 가서 죽나 온라인 클릭 몇 방에 죽나 억울한 건 매한가지라는 것이다. 현장에서 죽으면, 남은 일정 동안 카지노 호텔에 갇혀 지옥을 경험해야 했다. 나는 해외 도박을 다녔지 해외 여행을 간 게 아니기 때문이다. 도박이 끝난 해외 일정은 진짜 엿 같았다.

나는 보통 월초에 귀국하면 월말에 다시 떠난다. 여행 일정이 꼬박 한 달에 두 번씩 찍히도록 계획했다. 너무 오랜만에 가도 감 떨어지니까.

온라인 카지노를 즐기다가 막상 현장에 가면 감이 많이 떨어진 걸 느낄 수 있었다. 이것은 나의 온라인 카지노 음모설이다. 어차피 다 조작이라고 여겼다. 온라인 카지노 승률은 이 음모설에 집중하면서 조금 올라간다. 그림은 절대로 끝까지 주지 않는다.

생각보다 그림이 오래 이어지는 건 현장인 실제 카지노다. 온라인 카지노를 쭉 하다가 필리핀으로 옮기면, 이쯤 되면 꺾일 것 같아서 베팅을 안 한 줄들이 연이어 내려온다.

내가 온라인 카지노에서 플레이어 8 잡고 뱅커 9에 잡혀서 음모설에 사로잡힌 게 아니다.

이건 실제 카지노에서 더 비일비재한 일이다. 9점으로도 못 먹고 0점으로도 안 진다.

어차피 안 되는 날은 여기가 호텔 카지노 VIP 내 전용 테이블이든, 막 일어나 머리는 산발하고 목덜미를 벅벅 긁으며 컨 노트북 속의 온라인 카지노든, 안 되는 건 똑같이 안 된다.

그렇지만 시드는 어느 정도 남아 있었다.

나는 3주 뒤, 나는 다시 출발한 필리핀에서 처음으로 돌아오는 비행기를 타지 않았다.

08
—

놓쳐버린 비행기

나는 퍼스트 석에 앉아 상공 6,000m쯤 위에서 승무원들이 손수 끓여주는 라면을 먹기 위하여 인천공항으로 떠난다.

비행기 시간보다 반나절이나 일찍 출발해 도착한 인천공항은 엄청난 인파로 이미 북새통이었다. 준석이 주로 피우는 담배를 몇 보루 사서 챙기고 쇼핑은 그대로 접어두었다. 쇼핑은 게임이 승리로 끝나고 난 후로 미뤄도 늦지 않다. 고작 몇 % 면세 할인을 받기 위해 무거운 짐꾸러미 하나를 추가할 필요도 없다. 게임이 승리로만 돌아가면 면세가 아니라 백화점에서 온전한 값을 치르고도 충분히 살 수 있으니까.

게임을 시작한 이후로 나는 승리를 예측하는 행복 회로를 돌리며, 작은 것에 연연하지 않게 되었다.

인천공항에서만 출발하는 국내 메이저 항공사의 퍼스트 좌석은 전용 승무원이 직접 자리로 와서 인사를 건네며 환대를 해준다. 먹을 수 있는 메뉴는 비즈니스 석과 마찬가지로 한식과 양식 두 종류였는데, 이곳에선 전채 요리, 메인 요리, 디저트 순서로 코스 요리가 준비되있다. 나는 기내식의 맛은 기대하지 않기 때문에 라면을 주문했고, 복은 바로 잠들 것 같다며 어떤 음식도 주문하지 않았다. 승무원이 손수 끓여주는 라면을 맛 볼 기회를 놓치는 복에게 한 번 더 권유하였으나 그는 좌석을 눕히고 뒤로 돌아 누워 버렸다. 안타깝지만, 나 혼자 맛볼 수밖에.

이윽고 팔팔 끓는 라면 그릇이 내 앞에 도착했다. 막 젓가락을 뽑아 들고 한 젓가락 뜨려는 순간, 언제 일어난 건지 복이 내 라면 그릇을 호시탐탐 노리고 있었다.

나는 식탐이 굉장히 강한 편이다. 한 그릇 요리를 나누는 것도 싫어하고 함께 덜어 먹는 것도 싫어해서 누군가와 식사할 땐 웬만하면 한 그릇 요리로 각각 주문하는 편이었다. 그저 내 앞에 놓인 음식 그릇 하나를 온전히 차지하는 것이 내 식사의 기쁨이었는데, 복은 '한 입만'을 시전할 생각인 것 같았다.

"이거 당신 먹어라. 나는 새로 시킬게."

나는 그릇을 통째로 복에게 넘기고 새 라면을 주문할 요량이었다.

"아니다. 내 그냥 한 젓가락 맛만 볼게."

"그냥 또 주문하면 된다. 자기 먼저 먹어라."

나는 이를 악물고 사랑스러운 여자처럼 말했지만, 복은 쓸데없는 고집을 부렸다.

"아니다. 내 진짜 배부르다. 한 입만 먹고 줄게."

복은 키도 컸고 손도 컸다. 그리고 '한 입만'도 컸다.

이미 절반 가까이 날아간 라면 그릇을 돌려받은 나는 마음속에 회오리가 일었다. 보통, 라면 하나로는 충분한 양이 되지 않던 나였기에 이미 식어버린 라면 반 그릇은 내 기분을 몹시도 상하게 했다.

나는 곧장 라면 그릇에 냅킨을 덮었다. 그리고 복과 눈을 마주치지 않고 승무원을 불러 음식을 그대로 물리고 돌아누웠다.

"그거 한 입 뺏어 먹었다고 화난 거가?"

그의 말은 내가 좀생이같이 느껴지는 것 같아 더 화가 나게 할 뿐이었다.

나는 아무런 대답도 하지 않고 그대로 잠을 청했다. 머릿속에서 펄펄 끓어 나온 맛있는 라면 그릇이 동동 떠다녔다. 이미 빈정이 상해버린 탓이다. 작은 것에 연연하지 않는 사람이라 여겼지만, 라면 한 그릇에도 나는 이미 마음이 상하고 말았다. 복은 좋은 여행에서 마음 상해하지 말라고 타박했지만, 나는 그대로 필리핀에 도착할 때까지 아무런 말도 하지 않았다.

이렇게 이번 여행은, 출발부터가 순조롭지 않았다.

도착하면 이미 한국도 필리핀도 자정이 넘는 새벽인데, 복은 자신의 스타일대로 첫날 거의 다 꼬라박았다. 나는 간신히 본전 유지만 하고 호텔로 올라왔는데, 복의 표정이 또 어두워져 있었다. 복의 자금 사정이 여의치 않은 것이 문제였다.

지난번 여행에서 나의 복구사 기질이 엄청나게 불타는 것을 봤던 복은 이번 여행에선 무조건 천천히, 차분히 하자고 내게 몇 번을 일러두고 또 일렀지만, 자꾸 자기가 꼬라박으면 어쩌자는 건지.

그래도 복의 첫 손실이 크지 않아서 나는 복구사의 길보다 내 시드를 올리는 데에 집중하기로 했다.

날이 밝자마자 먼저 눈을 뜬 나는 커피 머신에 캡슐을 넣고 진하고 달콤한 커피를 내렸다. 아직도 침대에서 꾸무럭거리는 복에게 커피를 가져다주고 이마에 입술을 맞추었다. 그렇게 해서 라면이 시발점이 된 일촉즉발의 상황에서 벗어났다. 그 일 이후로 복은 내 라면에 젓가락을 꽂는, 겁 없는 행동을 두 번 다시 하지 않았다.

복과 나는 삼겹살로 아침을 든든히 챙겨 먹고 객장으로 갔다.

두 번째 날도 난항이 계속됐다.

아침에 밀어 넣은 기름진 삼겹살은 바로 쾌변으로 배설되지 못했고 유난히 피곤했던 나는 또 하루를 야금야금 갉아먹고 있었다. 지루한 일정에 즐거운 이벤트도 없었다. 좋은 그림 하나 만나지 못하고 복도 나도 먹죽만 계속하고 있었다.

그렇게 귀국 전날까지 성과를 올리지 못하자 나는 또 조바심이 났다. 나는 귀국하는 날은 절대로 게임을 하지 않는다. 시간에 쫓기면 질 확률이 높아지기 때문이다.

다음 날이 돌아가는 날이니 오늘 밤이나 새벽에 승부를 봐야했다. 내 시드는 하향세였고, 복은 겨우 복구를 하는 것 같더니 다시 첫날만큼 잃고 있었다.

이렇게 여러 가지 이유로 조바심에 쫓기던 나는 텐션을 올릴 필요가 있었다. 좋은 그림을 만나 연달아 몇 번만 승을 맛보면 텐션은 자연스럽게 올라가곤 했지만, 이번 여행에서만큼은 올라가는 흐름에도 본전치기가 무섭게 다시 또 하향세가 계속됐다.

조바심이 난 내가 뭘 할 수 있었겠는가.

지난 여행에서 걸었던 150만 맥시멈 베팅이 떠오른다. 결과는 승이었으니까. 그 쾌감을 잊어버리지 못한 나는 하향세에서도 자꾸만 베팅을 올려 나갔다. 이제는 내가 8을 쥐어도 불안했다. 이 불안감은 거의 적중하는데, 8타이가 나와서 한숨을 쉬거나 나인으로 잡혀버리곤 했다.

이날 나는 종일 카드를 쪼았고 입에서는 연신 한숨 섞인 욕이 튀어나왔다. 입은 말라가고 멘탈은 흔들렸다. 내가 질 거라는 불길한 예감이 계속해서 들었다.

예전의 올인 베팅에서 나를 살려준 게 기회였으리라.

나는 그날 이후로 온라인 카지노에 손대며 또 수많은 죄를 저질렀고 한 번씩 찾아오는 회생의 기회에서 안도의 숨을 돌렸다.

노름꾼은 이 짓을 무한 반복하는데, 한국으로 돌아가야 하는 날 새벽에 결국 올인이 났다.

다행인지 불행인지 나는 그날 더 이상의 출금을 막으려는 조

치로 오티피OTP 카드를 가져오지 않았는데, 통장에 충분한 정도
는 아니지만 조금 더 돈이 남아 있긴 했기 때문이다.

복도 오티피를 두고 온 탓에 (일부러 두고 왔다. 우리의 생각을 믿
지 못해서 물리적으로 취한 조치였다) 올인이 난 우리는 준석에게
100만 페소쯤 빚진 채 돌아가야 할 상황이 생겨버렸다.

다음 날 아침, 일정대로 짐을 다시 꾸려서 식당으로 내려갔다.
준석과 나와 복. 이렇게 우리 셋은 말없이 식사만 했다.

복은 일 때문에 무리하게 스케줄을 조정하여 약간의 무리하며
여행을 왔지만, 나는 돌아가도 딱히 할 일이 없었다. 그러고 보니
내가 굳이 돌아가야 하는 이유가 있을까 싶었다.

나는 복을 바라봤다. 올인이 나고 풀려 있던 내 눈에 다시 생기
가 도는 것 같았다.

"자기야. 나는 여기 계속 있을란다. 자기가 가서 내 오티피 카
드 찍어서 보내도."

두 사람이 한꺼번에 나를 쳐다보았다.

내가 단호하게 마음먹은 눈빛을 띠면 복과 준석은 내 의지를
절대로 꺾지 못한다는 것을 알고 있었다. 준석의 낯빛이 흐려지
는 것이 느껴졌다.

준석은 곧바로 호텔 룸부터 연장해야 했다. 준석은 호텔과 비
행기를 재예약하기 위해 자리를 떴고 복은 또다시 나를 만류하기
시작했다.

"아니다. 몇 주 있다가 다시 오자. 지금, 이 멘탈로는 아무것도

126

못 한다. 제발 내 말 한 번만 들어 주면 안 되겠나."

정말 복의 말을 듣고 싶지만 나는 그럴 수 있는 사람이 아니었다. 그는 애원하듯 내게 매달렸지만, 나는 애초에 단호박 같은 사람이었다.

"미안하다. 근데, 이렇게 돌아 가서도 자기 말대로 내 멘탈이 안 잡히면 온라인으로 할지도 모른다. 괜찮나."

복의 얼굴엔 놀라움과 실망이 함께 스쳤지만, 그는 어쩔 수 없이 받아들여야 했다. 복에게 온라인 카지노는 지옥 같은 것이었기에.

◇

호텔 앞. 복은 내게 작별 인사를 고하고 있었다. 나와 함께 탔어야 할 벤츠가 나를 두고 출발한다.

나는 벤츠가 시야에서 사라질 때까지 한참 동안 그곳에 서 있었다. 그리고 시계를 쳐다보며 계속해서 상상했다.

공항에 도착해서 함께 커피를 마시는 장면, 김해로 데려다줄 비행기에 탑승하는 장면, '우리 이번엔 진짜 힘들었다. 이제 조금만 줄여서 게임하는 거로 하자.'며 늘 돌아가는 비행기에서 하던 다짐을 또다시 하는 장면, 기내식은 됐다며 태블릿에 미리 받아 둔 영화를 틀며 꾸벅꾸벅 졸던 우리의 모든 장면이 생생하게 떠올랐다.

항상 나와 함께던 이 수많은 장면에서 내가 빠진 채 홀로 돌아가는 복의 마음은 어땠을까.

나는 한동안 복에 대한 미칠듯한 그리움으로 아무것도 할 수가 없었다. 내가 따라갔어야 했다고, 나는 그때만큼은 수없이 많은 후회를 했다. 외로웠고, 두려웠다. 텅 빈 것 같은 공허함은 공포감으로 바뀌어 나를 지배했다.

나는 호텔 룸을 다시 잡는 게 딜레이되어 6시간이나 정켓 테이블에 혼자 앉아 긴 시간을 견뎌야 했다. 돈이 없어서 게임을 할 수도 없었다. 그가 김해에 도착해 자신의 차를 찾아서 내게 오티피 번호를 불러 줄 때까지 나는 무일푼이었다.

나는 캐리어의 애꿎은 바퀴만 발로 툭툭 쳐가며, 접속이 원활하지 않은 와이파이로 이따금 뉴스 기사만 열었다 닫기를 반복했다. 정말 지독히도 긴 시간이었다.

비행만 4시간. 수속 절차와 복의 행선지를 머릿속으로 그려가며 '이쯤 되면 전화가 와야 하는데.' 싶을 때쯤 준석이 내게로 돌아왔다. 그때만큼 준석의 얼굴이 반가웠던 적은 없었다.

우리는 보통 3박 4일가량의 일정을 소화하는데, 준석도 이에 맞춰서 모든 스케줄을 바꾸거나 비워놓고 있다. 고로 우리가 떠난 후에야 밀린 일정도 쳐내고 쉬어야 했는데, 내가 일정을 늘렸으니 준석의 얼굴은 나만큼이나 피곤에 찌들어 있었다.

준석이 잡은 방은 일반 객실이었다. 투 베드에 응접실도 없고 화장실도 하나였다. 이것도 잡는 데 정말 힘들었단 준석의 말이 떠올라 불평은 접어두기로 했다. 방은 정말 비좁고 답답해서 꼭 감옥처럼 느껴졌다.

복의 전화도 비슷한 시간에 걸려왔다. 복은 내게 한 가지만 약속해 달라고 했다.

"이 돈 다 꼴아도 괜찮다. 대신에 절대 기죽지 말고 축 처져 있지도 마라. 내가 열심히 벌고 있으니까 내만 믿고 마음 편하게 돌아 온나. 알겠제?"

"자기야. 같이 못 가서 미안하다. 당신 떠나자마자 바로 후회했다. 무슨 짓을 하는 건가 싶고 너무 보고도 싶고."

"당신 마음 다 안다. 자주 연락하고. 사랑한다."

"응. 자주 연락할게. 나도 많이 사랑해."

복과의 통화는 내게 큰 위로와 용기가 되었다.

모든 준비는 끝났다. 나는 준석에게 이체했고, 준석은 내 시드인 2,000만 원 정도를 칩으로 교환해 놓을 테니 조금 쉬고 다시 내려오란 말을 한 후 떠났다. 나는 곧바로 샤워를 했다. 이 두려움도 함께 씻겨 내려가길 바라며 오랜 시간 뜨거운 물을 맞고 서 있었다.

개운한 몸과 개운치 못한 마음으로 나는 다시 객장을 찾았다.

나는 이제 혼자다. 마카오에 혼자 여행을 갔을 때와는 차원이 다르다. 나는 카지노에서 돈을 다 잃었고, 한국으로 먼저 돌아간 애인은 내 남은 돈을 태울 수 있도록 오티피 번호를 불러 주었다.

나는 내가 이기지 못할 거란 예감이 확신으로 다다르고 있었다. 그렇지만 여기서 물러날 수는 없었다. 비행기는 떠났고, 내가 돌아갈 비행기는 아직 예약조차 안 된 상황이었다. 더는 갈 곳이 없다. 그러나 이 뼛속까지 노름쟁이는 절대로 판에서 물러나는 법이 없다.

이내 딜러의 목소리가 들려왔다.

"No more bet."

나는 이 말이 종종 눈물 베팅으로 들리곤 했다.

노 모얼 베팅. 눈물 베팅.

패가 돈다.

플레이어, 뱅커. 다시 플레이어, 뱅커.

내가 100% 질 거라는 확신은 이내 현실화되고 있었다.

"준석아. 방 하나 잡자."

나의 텐션은 곧 터져버리고 만다.

이미 초저녁을 지난 시간. 내 돈도 거의 소진해가고 있을 때쯤, 끝이 나더라도 장대하게 막을 내리고 싶었다. 사람들 사이에 치여서 이대로 무너지는 건 싫었다. 남은 돈을 맞추고 맞춰서 준석의 칩을 더해 개인 룸을 잡고 들어갔다.

짤짤이로 미니멈에 맞춰 몇 번 베팅을 했지만 이내 고꾸라졌다. 준석도 자신의 일정을 마쳤는지 이내 내 옆에만 붙어 있었다. 준석의 전화기는 끊임없이 울렸다.

나는 저 전화와 카톡을 울리고 있는 이가 복임을 알았다. 게임에 집중하는 나 대신에 준석은 옵저버 역할을 톡톡히 수행하고 있었다.

"소주 한 상 차려도."

나는 내가 한 번 게임을 이기면 한 잔. 내가 게임에서 지면 또 한 잔. 타이가 나오면 또 한 잔 술잔을 기울였다.

마음이 너무도 괴로웠다. 무슨 부귀를 누리겠다고 복을 홀로 한국으로 떠나보내고 이 먼 이국땅에서 청승을 떨고 있는 건지 갑자기 회의감이 들었다. 현실을 잊고자 마신 술로 나는 얼큰하게 취해갔다.

내 주량은 꽤 센 편이었는데, 나는 좀비 성향의 주사가 있어서 한번 잔을 들고 기운이 돌면 죽을 때까지 들이붓는 스타일이었다. 그리고 뻗는다. 그리고 또 조금 자고 다시 일어나면 충전되어, 다시 기하급수적인 양의 술을 또 들이부었다.

빈속에 쏟아붓는 술은 내게 쓸데없는 용기를 주었다. 나는 카지노 테이블에서 술을 마시기 시작해 금세 취했고, 오래 지나지 않아 이내 블랙아웃 상태가 됐다.

그렇게… 게임은 어떻게 끝이 났는지 모르겠다. 어쨌거나, 내가 거덜 난 건 확실했다.

◇

눈을 떠보니 좁은 호텔 방이었다. 시간은 아침이 오기 전 새벽이었다.

언제쯤 잠이 들었는지 모르겠지만, 2~3시간 정도를 자고 일어난 것 같았다. 나는 만성피로와 숙취에 허우적대다 생각을 시작했다. 돈이 더 필요했다.

내가 가진 돈을 모두 날린 것은 복은 이미 알고 있을 것이다.

나는 복 몰래 더 게임 할 수 있는 돈이 필요했다.

이른 시간이었지만, 큰돈을 내어줄 수 있는 지인에게 전화를 걸었다. 이 지인은 내가 카지노에 다니는 것을 잘 알고 있었고 이미 내가 필리핀에 와 있다는 사실도 알고 있었다.

"무슨 일이야. 이 시간에."

"내한테 돈 좀 보내도."

노름쟁이가 도박할 돈을 만드는 데는 거짓말만큼 쉬운 게 없다. 나는 이 지인론을 하면서 태어나 가장 많은 거짓말을 했다. 처음부터 끝까지 거짓말을 할 순 없었으니, 지금의 대략적인 상황을 이용해야 했다.

이 사람은 노름쟁이가 절대 아니었기에 필리핀 도박장의 시스템을 모른다. 난 여권을 맡기고 노름을 해서 한국으로 돌아갈 수 없다는 어마무시한 거짓말을 했다.

이건 몇 년 뒤에 다큐멘터리 프로그램에도 나온 일인데, 필리핀에서 여권을 맡기면 실제로 돈을 빌릴 수 있었다. 물론, 이 사건의 시작은 여권을 맡기고 게임을 하다 돈이 바닥 난 한국인이 호텔 방에서 목을 매 죽는 사건이 발생하면서부터다.

여권을 맡기고 돈을 빌린다. 그러면 대개 중국인 계열의 돈을 빌려주는데, 이 돈을 갖다 쓰게 되면 돈 주인의 하수인이 하나둘 그 채무자 곁을 지킨다.

이자는 간단하다. 어차피 도박 판돈을 대주는 일이니, 바카라 테이블에 같이 앉아 있다가 채무자가 베팅을 먹으면 이긴 베팅 금액의 10%를 이자로 떼간다.

정말로 사악한 일이다. 그렇게 10%씩, 몇 번을 떼이는지 알 수 없을 정도로 반복해서 떼인다. 채무자는 결국 돈을 잃을 수밖에 없다. 돈을 잃으면 채무자의 가족이나 지인에게서 돈을 받을 때까지 감금한다. 물론 못 받으면? 상상에 맡기겠다.

내가 내뱉은 이 무시무시한 거짓말이 실제로 일어나고 있는 일임을 그때는 몰랐다.

여권이 없어 한국에 돌아갈 수 없다는 내 말에 놀란 지인은 평소 나를 소중하게 생각하던 따뜻한 친구이기도 하였기에 내게 3,000만 원을 이체해 주었다. 그리고 나는 한국에 돌아가서 바로 돌려주기로 약속했다. 당연히 한국에 가서 이 빚을 갚을 방법이 없지 않았다. 내가 제2금융권에 더 낼 수 있는 마지노선이 2,000~3,000만 원 정도였던 것 같다.

나는 이전에도 이후에도 지인론을 이용할 때, 내가 감당할 수 없는 수준의 빚은 절대로 내지 않는다. 지인론에서 실패하면 나는 그때부터 양아치가 되는 거고 인생은 정말로 미궁에 빠지게 된다. 사람의 신용은 절대로 저버려선 안 된다. 한국에 도착하자마자 대출을 신청한다면 2~3일 더 걸릴 수도 있는 일이었지만,

아무리 늦더라도 일주일 안으로는 상환할 계획이 섰다.

나는 준석에게 전화를 걸었다.

준석은 보통, 우리가 오면 현지 전화기를 한 대 더 구해서 주었다. 입력된 번호는 준석의 번호 단 하나다.

준석은 전화를 받지 않았다. 피곤하긴 할 테지만 이놈은 한 번 잠들면 통화하기가 여간 어려운 게 아니다. 며칠 밤낮을 샜겠다, 전날 나하고 술도 거하게 한잔했겠다, 충분히 뻗을 수 있는 상황이지만, 이게 준석의 일이라는 걸 고려하면 내 전화는 받아야 했다.

나는 집념을 가지고 부재중 전화를 늘려갔다.

한 30통쯤 걸었나, 바닥으로 푹 꺼진 개미만 한 목소리로 준석이 전화를 받았다.

"120만 바잉해 놔라. 이체해 놨다."

"안 자?"

전화음 건너로 신경질적인 목소리가 묻어났다.

"니 같으면 잠이 오겠나. 30분 안에 온나."

나는 그때 만취 상태였다. 잠에서 잠시 깼을 뿐 기억이 사라졌다 나타났다 한다. 나는 씻지도 않은 채 비틀거리며 게임장으로 향했다. 객장에 들어가 개인 방을 하나 잡아서 들어간 기억은 남아 있었다.

나는 여기서 수박 주스를 시켜서 해독하려고 했다. 하지만 해독되기도 전에 나의 위는 수박 주스를 뱉어내 버리곤 한다. 변기를 붙잡고 입을 벌리면 수박 주스의 붉은빛이 그대로 뿜어져 나왔다. 그래도 나는 계속해서 수분을 섭취해야 했다.

준석은 영 떨떠름한 표정으로 칩을 들고 왔다.

120만 바잉.

120만 출발.

나는 술도 취했겠다, 이미 갈 데까지 간 상황이었다.

이걸 잃고 돌아간다면 나는 정말로 카드론, 카드깡, 대부업에 전부 손대야 하는 상황이었다.

두려움을 가졌는지 묻는다면 이때만큼은 없었다고 대답할 수 있다. 생즉사 사즉생. 살고자 하면 죽을 것이고, 죽고자 하면 살 것이다.

휴식은 이 돈마저 깡그리 잃고 나서 해도 늦지 않다. 어차피 비행기를 잡을 동안은 그 좁아터진 호텔 방에서 꼼짝없이 감옥살이해야 할 테니까.

수박 주스 3잔을 연거푸 들이켜고 나는 다시 2잔을 더 주문했다. 숫이 돈다. 머리도 핑 돈다.

이 기억을 온전히 가지지 못한 건 너무도 아쉬운 일이다.

다시 120만 출발.

나는 30만으로 첫 베팅부터 당겼다.

승.

그리고 연거푸 승.

다시 블랙아웃 상태가 왔다 갔다.

수박 주스는 10잔째로 늘어나고 있었고, 나는 주스를 마시고 게임을 하다가 다시 화장실로 가서 몽땅 토했다. 아무리 토해도 술은 좀처럼 깨지 않았다. 이때 나는 이 정켓 식당의 모든 주스용 수박을 다 마셔버린 듯하다. 내가 18잔을 마시지 않은 건 그곳의 수박이 떨어져서다.

십수 차례 구토를 하고 나서 거울에 비친 나를 봤다. 괴물이었다. 사람이 아니라 필경 괴물의 모습이었다. 술에 취해 얼굴은 딸기처럼 달아올라 있었고, 반복된 구토로 눈동자와 피부의 얇은 실핏줄이 다 터져 있었다. 거울로 나를 마주하는 일은 너무도 끔찍했다.

나는 이순신이 되어야 했다.

이 어마어마한 카지노를 상대로 전쟁을 치러야 했다.

나의 아군은 겨우 120만.

귀에서 삐 소리가 나며 이명 현상이 시작됐다. 딜러의 얼굴은 흐릿해졌다가 이내 두 개로 보였다가 다시 하나의 모습을 갖추는 데 몇 초가 걸렸다.

이것은 소리 없는 아우성.

저 푸른 해원을 향해 흔드는 노스텔지어의 손수건.

자아가 분열한다. 나는 누구이고 여긴 어디인가.

내 푸른 해원은 어디인지 모르겠으나 나는 끊임없이 무언가를 찾아 흔들고 있었다.

내가 여기 머무는 시간 동안 나는 자아분열을 일으키고 끊임없이 혼돈의 카오스 속에서 헤매다가 결국 명작을 만나고 만다.

퐁당퐁당.

플레이어 하나 뱅커 하나.

다시 플레이어 하나 뱅커 하나.

이 미친 그림을 만났는데 하필 내 상태가 블랙아웃에 자아분열 상태라니, 이건 뭐 더할 나위 없는 금상첨화 조합이다.

베팅엔 더욱 힘이 실렸다.

20만 베팅. 30만 베팅.

바로 50만 베팅. 100만 베팅. 200만 베팅.

그렇지! 맥스가 걸렸다. 나는 바로 맥스를 올리라고 지시했다.

개인 방의 슛은 50여 개의 슛을 다 마치지도 못한 채 피니시 카드가 나온다.

나는 옮기지 않는다. 다시 셔플.

그리고 나는 재빨리 화장실로 뛰어가 내 몸의 모든 이물질과 수분을 한데 모아 토해냈다. 술에 취해 위태롭게 비틀대는 이 테이블의 주인은 참을성이 없었고, 호기와 욕망은 꺾일 줄 모르고 커져 나갔다. 언제 터져도 이상할 것이 없었다.

자아는 좀처럼 평소대로 돌아올 기미가 없이 흔들리고 있었다.

"여기서 정신줄 놓으면 안 돼. 정신 차리자. 정신 차리자."

나는 실제로 계속 중얼거렸다. 준석은 내가 이 게임을 치르는 내내 혼자서 무언가 계속 중얼거렸다고 한다. 분명히 속으로 생각한 것 같은데, 기억이 계속 나갔다가 들어온다. 셔플이 끝났는지 패는 돌아가 있고 나는 200만 페소를 베팅한 상태였다.

카드를 쪼다가 던졌다.

내추럴 나인 승.

잠시 정신이 든 사이, 나는 약 1시간 전 지인에게서 돈을 입금받을 때 같이 받아둔 계좌로 3,000만 원을 넣어두라고 부탁했다. 내가 언제 다시 블랙아웃 상태가 될지도 모르는 데다가, 나는 이 친구의 돈이 필요 없어질 만큼 땄던 것이다.

준석도 내 상태가 위태롭다는 걸 느껴서인지 중간중간 칩을 계속해서 거둬갔다.

그리고 정확히 40분 뒤 이 게임은 끝이 나버리고 만다.

게임은 나의 승.

내 인생 최대 잭폿의 40분!

나는 여기서 내 본전을 찾고도 1억 3,600만 원을 땄다.

금액이 너무 커서 곧바로 환전이 어렵다는 준석의 말을 듣고 나는 이내 페소로 환전했다. 그걸 스타벅스 종이 가방에 욱여넣고 비틀비틀 호텔 방으로 다시 올라왔다.

나는 호텔로 올라와 가져온 돈더미들을 내 침대 옆쪽에 뉘어났다. 그 소중한 돈더미에 이불을 덮어줬던 기억을 마지막으로, 나는 복에게 차마 내 안녕을 전하지 못한 채 잠이 들었다. 잠이 들었다가 중간 중간 깨면 다시 이불을 걷어 나의 돈이 잘 자고 있는지 한 번 더 확인한 후 다시 이불을 덮어주었다. 그러면 잠이 더 스르르 잘 왔다.

그렇게 나는 핸드폰을 무음으로 바꾼 뒤 초저녁이 될 때까지 잠만 잤다. 잠은 더할 나위 없이 달았다. 오후 4시쯤 나는 잠에서 깼다. 술은 완전히 깼지만, 속은 너무도 아팠다.

다시 이불을 걷어 나의 돈들이 잘 지내고 있는지 확인했다. 아픈 속은 다시 잊혀갔다. 마치 꿈을 꾸고 있는 것 같았다. 꺼지다 꺼지다 내려가서 염라대왕 똥구멍까지 보고 있던 내가 천상계에 와 있는 건가. 이 행복을 느껴도 되는가 하다가 다시 행복해 했다. 나는 나조차도 믿기지 않는 이 상황이 꿈이 아닌 현실임을 온몸으로 받아들였다.

돈을 만져봤다. 돈 대부분은 10만 페소 단위로 묶어 비닐을 씌워놨기에 비닐이 없는 자투리 단위의 돈은 세고 또 세어봤다. 돈은 냄새가 굉장히 심했지만, 그조차도 향기로 느껴졌다.

내 자아는 다시 하나로 결집하여 있었다.

'그래. 내가 이긴 게 맞구나.'

한동안 이 무아지경의 상태에 도취해 있다가 '아차!' 하며 핸드폰을 열어보니 복과 준석에게서 많은 부재중 전화와 카톡이 와 있었다. 복은 나를 걱정해서였고, 준석은 복에게 뭐라고 둘러댈지 모르겠다는 연락들이었다.

일단 준석에게 먼저 전화를 걸어, 대충 상황을 정리하기로 했다.

복은 내가 지인론을 이용하는 것을 싫어했다. 그리고 나에게 3,000만 원을 이체해 준 지인이 사실은 나를 꽤 오랫동안 나를 좋아했던 남자임을 알고 있었기에, 그의 돈이라는 것을 알았다면 아마 몸서리를 쳤을지도 모른다. 결국, 내게 이 승리를 이끌게 해준 베이스는 외부 협력자의 돈이 아니라 준석이 내게 개인적으로 내준 것으로 정리했다.

이것은 나와 준석의 유일한 비밀이 되었다.

그리고 나는 복에게 메시지를 보냈다.

"내 이겼다. 억수로 많이 이깄다."

이내 보이스톡이 걸려왔다. 나는 최대한 차분하게 전화를 받았다.

복은 괜찮다고 했다. 다 괜찮다고. 그러니 너무 마음 다치지 말라고 했다. 나는 내내 전화기만 붙들고 나를 걱정했을 그의 말을 일단 듣고 있었다. 그는 나를 다독이고 있었다. 한국으로 돌아오면 자신이 어느 정도 정리도 해줄 수 있고, 시간이 조금 걸리더라도 우리가 다시 일상으로 돌아가는데 아무 문제가 없을 거라고 나를 위로했다.

"뭐라카노, 자꾸. 돈 땄다니께…"

복은 잠시동안 말이 없다가 한숨을 내쉬었다.

"꿈꿨나."

복은 그렇게 1시간을 넘게, 아니 내가 사진을 보내고 준석이 증언을 해줄 때까지 내 말을 믿지 못했다.

나는 평소에도 취하면 없는 말을 잘 지어내는 등 허언증 증세가 있긴 했는데, 아마 올인이 나서 술을 진탕 마셨다는 이야기까지만 전해 들은 복은, 내가 취해서 혹은 술이 덜 깨서 헛소리한다고 생각했던 것이다.

"아니 진짜라니까."

힘주어 말해봐도 복은 나를 계속해서 걱정했다.

"이제 꿈에서 깨어도 된다. 다 괜찮다."

나는 한 번 더 내 돈더미들을 어루만졌다.

아니. 이건 꿈이 아니라고!

분명 어젯밤까지만 해도 지옥이었는데 지금의 나는 천국에 와 있는 느낌이었다. 내가 놓친 비행기의 가치로는 충분하고도 남았다.

보통 온라인이든 여행이든 카지노를 시작하면 이 롤러코스터를 자주 애용하게 되는데, 이날만큼은 절대 떨어지지 않을 상생의 기운으로 흠뻑 젖어 있었다.

나는 지독한 냄새와 묵직한 존재를 자랑하던 이 폐소들이 나의 통장으로 들어올 준비를 모두 마쳤다는 준석의 연락을 받고 단장을 시작했다.

지난밤 거울 속에서 목격했던 괴물의 모습이 잊히지 않던 터라 나는 정갈하게 샤워를 했고, 가져온 모든 기초화장품을 듬뿍 듬뿍 얼굴에 발랐다. 카지노에서 바로 승패를 엿볼 수 있는 것이 행색이었기에 나는 승자답게 얼굴에 분칠도 하고 붉은색의 립밤도 덧바르며 생기를 더했다. 나는 이 정도로 여유가 생겨버린 것이다.

정켓 식당에서 다시 만난 준석의 곁에는 그의 동행도 있었다. 그때 즈음 과장을 단 준석에게도 바로 환치기 어려운 금액이었기에 그의 환전을 도와줄 또 다른 조력자를 데려온 것이다.

딴 돈은 1억 3,600만 원.

조력자는 계좌를 더 달라고 했다. 한 통장에 몰아넣기에 너무 위험하단 말에 나는 주거래 통장 이외의 다른 계좌번호까지 모조리 넘겨주었다. 900만 원씩 혹은 500만 원씩 나의 주거래 외 다른 은행에서의 입금 확인 문자는 한동안 쉴 틈 없이 이어졌다.

그렇게 문자 퍼레이드가 끝난 후 잔고를 계산하기 시작했다. 재산을 탈탈 털어 올인을 박았던 터라, 마이너스 통장도 한껏 열려 있었는데 이를 갚고도 1억 8천여만 원가량이 통장에 꽂혀 있었다.

부자가 된 기분이었다.

이때부터 복의 연락은 뜸해졌다.

나의 승리에 나만큼 감격하고 있을까. 게임은 피니쉬 됐고, 내가 더 게임을 하지 않을 거란 걸 확인한 복도 쉬어야겠지 생각했다. 아마 밤새 잠을 설쳤을 게 분명하다.

게다가 이미 시드가 부풀려진 나는 지금 당장은 때려죽여도 카지노 쪽으론 숨조차 쉬고 싶지 않았다.

"이제 밥 먹으러 갈까?"

준석이 말했다. 나나 준석이나 승리 후 편하게 휴식을 취한 탓에 표정과 말투 컨디션 모두가 나이스했다.

그나저나 나는 전날 때려 부은 소주 때문에 속이 너무 아팠다. 속이 이 정도로 아플 때, 풀어줄 약은 술밖에 없다. 우리는 한식당으로 가서 다시 소주를 시켰다.

준석과 꽤 오래 만난 사이였지만, 둘이 남겨진 적은 처음이라 어색하기도 했기에, 술잔을 기울이며 어색함을 지워갔고 아픈 속도 조금씩 달래졌다. 술맛은 너무도 달게만 느껴졌다.

준석과 나는 얼마의 시간이 지나 알딸딸하게 취해 있었다.

항상 복과 셋이서 함께 했던 나와 준석은 단둘이 있는 자리는 처음이었다. 한 잔 두 잔 술이 들어가고 나니 나는 내가 복을 처음 어떻게 만났는지, 게임을 하지 않는 보통의 나는 어떤 일을 하는지 등 어느새 나에 관한 이야기를 술술 하고 있었다.

우리는 가파른 벼랑 끝에서 살아남으며 쌓인 끈끈한 우정을 확인했고, 나도 준석에 대해서 조금은 더 알 수 있었던 시간이었던 것 같다.

우리는 그 술자리에서 4개의 안주를 시켰고, 술병은 적당히 쌓여갔다.

"내 방에 소주 없더라."

우리가 예약하면 방에는 늘 적정량의 소주와 두 종류의 김치(나는 신김치를 좋아하고 복은 설익은 김치를 좋아한다), 하얀 국물의 컵라면 몇 개, 빨간 국물 컵라면 몇 개, 각종 안주류 등을 넘쳐나게 채워놓는 놈인데 이번엔 급하게 내 방을 연장하느라 방에는 물 외에는 아무것도 없었다.

"아, 맞다. 내가 급해서 못 채워 넣었어."

"나 소주 일 병 더하고 잘 건데."

"그래. 그럼 먼저 올라가 있어. 금방 사서 갖다 놓을게."

먼저 올라가 있으라고 말해놓고 걱정이 됐는지 준석은 내 방 앞까지 바래다주고 되돌아갔다.

20분쯤 지나고 벨이 울렸다. 나가보니 소주와 안주류 몇 개를 들고 서 있는 준석이었다.

"니도 한잔 더 할래?"

"그럴까?"

그렇게 자연스럽게 준석은 방으로 들어와 소주를 땄다.

안주도 이것저것 까서 준비를 해 줬는데, 나는 일단 배가 부르면 술맛이 없는 관계로 일절 손대지 않는다. 술 마실 땐 그냥 입을 개운하게 해줄 달콤한 라떼 혹은 콜라 같은 것만 있으면 된다.

나는 담배를 안주 삼아 소주잔을 비워 나갔다.

방에 들어오며 급격히 온도 차이가 느껴지는 바람에 나와 준석의 끊이질 않던 대화는 드문드문 계속해서 끊겨갔다.

어색한 사이라면 술 한잔 기울이면 된다고 배웠거늘, 도무지 술이 들어가도 취하질 않는 거다.

'그래. 내가 지금 준석이하고 호텔 방에 들어와 있구나. 얘도 남자였지.' 처음으로 나와 함께 술을 마시고 있는 준석이 남자라는 사실을 깨닫게 된 날이다.

준석은 술상으로 대충 펼쳐놓은 테이블 옆에 화장품이 꽤 많이 올라가 있는 걸 보고 물었다.

"이게 다 화장하는데 쓰는 거야?"

"어."

"이렇게 많이 발라?"

"어. 여자들은 그렇다."

"…."

또 대화가 끊겼다. 여간 피곤한 일이 아니었다.

그런데 갑자기 준석이 나를 빤히 쳐다보는 시선이 느껴졌다.

흘깃 준석을 쳐다보고 나는 이내 시선을 돌려 또 한 잔을 들이 켰다. 그러나 준석은 내게 둔 시선을 거두지 않았다. 나는 다시 다 시 준석을 쳐다보다가 안 되겠다 싶어 물었다.

"뭐. 왜. 왜 그렇게 보는데."

"너 얼굴이…."

"얼굴이 뭐."

"하얘."

"원래 하얗다."

"아니. 지금 갑자기 말이야. 갑자기 너무 하얘졌어."

"뭐라카노."

또 아무 말이나 뱉고 보는 건가.

나는 어색하고 뻘쭘해서 구시렁거리며 몸을 일으켰다. 거울을 보려고 했다. 그 순간 핑! 하고 시야에 담긴 모든 것이 돌았고 몇 초도 되지 않아 내 몸은 호텔 방 바닥으로 쿵! 하고 내려앉았다.

정상이라면 내 얼굴이 엄청 빨개야 한다. 나는 술이 잘 받지 않는 체질이라 한두 잔만 마셔도 손톱 밑까지 붉은 기운이 솟는다. 그런데 강시처럼 핏기없이 갑자기 하얗게 질린 나를 보고 준석이 물어본 것이다. 그렇게 나는 바로 정신을 잃었다.

눈을 뜬 건 언제인지 잘 모르겠다.

얼마나 이러고 있었던 걸까? 어떤 낯선 아주머니가 내 팔에 링거를 꽂고 있었고 다시 눈을 감았다가 뜨니 걱정 어린 준석의 얼굴이 보였다가, 또 한 번 눈을 감고 뜨니 복이 보이는 것도 같았다. 그는 내 팔을 주무르고 있었다. 보통 링거가 들어가고 많은 수액이 혈관을 통해 몸속으로 들어오면 손가락이 저리거나 팔이 꽤 단단해지면서 통증이 있는데, 그의 손이 따뜻하고 부드럽게 내 팔을 주무르고 있었다.

"여기는 어디고."

준석은 말없이 내 머리칼을 쓸어내렸다.

"괜찮아. 조금 더 자."

얼마나 지났을까. 나는 완전히 깨어났다. 그제야 시야는 핑글 핑글 돌지 않았다. 내 팔엔 링거가 꽂힌 채였고 옆엔 아무도 없었다. 이 증상은 다음 해 필리핀에서 또 한 번 반복되고 그때는 호흡 곤란까지 동반하고 나서야 스트레스성 공황장애라는 걸로 판명 났다.

필리핀에 오면 체중이 급격히 주는데 내가 버티지 못할 이유는 넘쳐났다. 일단 먹지 않고 잘 자지 않았고, 술만 연달아 때려 붓는다. 생사가 오가는 게임을 거듭하면서 받는 스트레스를 말로 다 어찌 형용할 수 있을까, 내가 여태 쓰러지지 않은 게 용했다.

깊은숨을 몰아쉬고 몸을 돌아눕는데 나는 정말 깜짝 놀라서 또 한 번 기절하는 줄 알았다. 준석이가 옆에 누워 있는 게 아닌가.

나는 곧바로 내 옷매무새부터 살폈다. 입고 온 옷 그대로였고 신발과 양말만 벗겨져 있었다. 내가 아무리 취했어도 이런 실수를 할 리가 없었다. 만약 실수가 있었다고 해도 내가 기억 못 할 리는 없었다.

알고 보니, 내가 정신을 잃고 쓰러져 있는 동안 준석이 내 옆에서 간호하다 잠이 들었던 모양이다. 나는 안도의 한숨을 내쉬고 완전히 뻗어서 잠든 준석의 얼굴을 쳐다봤다.

이 녀석은 복처럼 화성에서 온 아이가 아니다.

내가 뭘 잘 먹는지 잘 모르는 사람. 무얼 가지고 싶어 하는지 헷갈리던 사람. 기념일은 곧잘 잊어버리곤 하던 사람. 늘 나보다 일이 먼저이던 사람. 서운한 게 많고 섭섭한 게 많아 늘 아쉽던 사람. 그런 사람이 복이었다.

잠든 준석의 얼굴을 보며 복을 떠올렸다. 참 다른 게 많은 두 사람이었다.

10분 정도가 흘렀나. 나는 답답해졌다. 링거도 거의 다 떨어져서 더 두면 피가 역류할 것 같았다. 나는 준석의 무릎을 발로 툭툭

찼다. 일어날 기미가 안 보인다. 그래서 좀 더 세게 차봤다. 몸을 꿈틀대다가 실눈을 뜨던 준석의 눈이 동그랗게 커진다.

"괜찮아?"

준석은 걱정이 많은 아이였다. 주저리주저리 내가 쓰러지던 장면부터, 메딕이 온 이야기, 자기가 너무 놀라서 가지도 못하고 여기 있을 수밖에 없었던 얘기들을 늘어놓는다.

메딕은 필리핀에서 급히 부를 수 있는 약국 아줌마의 왕진을 일컫는 말이다. 대개 단가는 4,000페소 정도면 부를 수 있는데 이게 한화로 10만 원 정도 하는 걸로 보아 싼 금액은 아니었다.

그렇지만, 병원을 가기 쉽지 않은 이국땅에서 한국 약사 아줌마는 안 낫기가 더 힘들 정도의 약을 투여한다. 일반적인 수액에 각종 항생제, 진통제, 해열제 등등 닥치는 대로 모아 주입한다. 절대 추천하는 바는 아니지만, 일단 아픈 데 장사가 없기에 급한 대로 요긴하긴 하다. 이걸 맞으면 일단 1박 2일은 쌩쌩해진다.

나는 전후 사정을 듣고 있다가 준석을 올려다봤다.

"이제 괜찮으니까, 니는 가라."

준석은 내 눈치를 살폈다. 내가 게임에서 으레 지고 있을 때면 나오는 표정, 준석이 나의 니즈를 파악하지 못하고 실수를 하거나, 일전에 차를 잘못 예약해서 나를 더운 길바닥에 1시간을 넘게 세워놨을 때 나를 보면서 짓던 표정이다.

"가라고."

준석은 다시 깨갱거렸다. 한두 번을 더 뒤돌아보다가 이불을 머리끝까지 뒤집어쓰고 아무 말도 하지 않는 나를 두고 터덜터덜 걸어 나갔다. 방문이 닫히는 소리가 나자 나는 침대 밖으로 총알같이 빠져나왔다.

술이 더 필요했다. 나는 남은 오리지널 참이슬 병을 땄다.

혼자 남아 술을 마시는 건 좋은 일은 아니지만, 나는 일단 준석이 여기 있는 게 더 숨이 막혔다. 내가 동갑내기 준석과 나란히 누워 있었다는 생각만 해도 마음이 답답하고 편하지 않았다.

화려했던 혼자만의 필리핀 여정은 그렇게 마무리되어갔다.

다음 날, 나는 준석을 평소처럼 대했다. 불편한 기분이 들 땐 재빨리 은행 잔고를 열어 마음의 평화를 되찾았다.

이너피스!

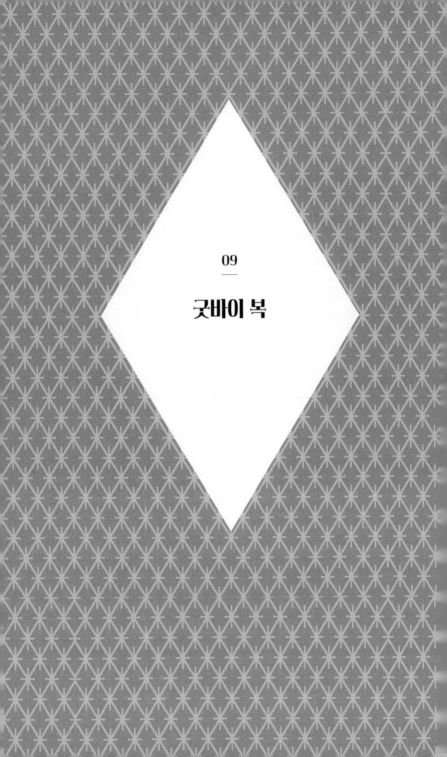

09
—

굿바이 복

♠

　나는 한국행 비행기에 몸을 실었다.

　다시 현실이다. 내 심장은 쿵쿵 뛰고 있었고, 나는 돌아가서 복을 안고 이 기쁨을 만끽하리라 다짐했다.

　나는 이 풍부한 시드를 복에게 전부 넘겨줄 생각이다. 지난번 같은 경영난을 겪고 있다면 복에게도 정말 큰 보탬이 되리라. 그리고 그와의 결혼 전쟁을 종식할 작정이었다.

　복이 없는 여행지에서 잠시 일렁이던 마음은 곧장 그를 만나면서 눈 녹듯이 사그라들었다. 복은 나를 진심으로 반겼고, 나는 그의 품에 안겨서 지난 이틀간 홀로 치른 전쟁의 후유증을 깨끗이 씻어냈다.

　나는 복에게 통장을 보여주었다.

　"이거 당신 거."

감격에 겨워할 거야. 내가 따온 돈도 반가워하겠지. 그리고 영미심쩍고 망설이던 나와의 결혼도 승낙하겠지.

그러나, 단순한 뇌 구조를 지닌 이 도박쟁이의 생각과 현실은 전혀 다른 방향으로 흘러가고 있었다.

나는 다시 한번 복에게서 거절당했다.

"결혼은… 하지 말자. 도저히 그걸 또 할 자신이 없다."

"왜? 왜 내하고는 안 되는데? 사랑한다면서 뭐가 이렇게 어려운 건데 당신은."

"…."

"당신 진짜 비겁하다. 기어이 이럴 거가? 끝까지?"

"미안하다."

"승낙 안 하면 헤어지겠다고 해도? 그래도 결혼은 안 되겠나."

"…."

내가 이별을 말하면 그는 늘 아무런 대답이 없다. 헤어짐을 받아들이지도 못하고 나를 붙잡아 주지도 않는 그에게 몇 번이나 화를 내고 울고 소리치며 억지 대답이라도 강요해 봤지만, 그는 여전히 입을 꾹 다물고 그 자리에 머물기만 했다.

이번엔, 진짜 이별이 가까이 왔음을 온몸으로 느꼈다. 치열했던 결혼 전쟁, 결국엔 그 끝이 나의 패배였다. 끝까지 나를 잡지도 놓지도 못 했던 그를 내 손으로 떼어 내야 했다. 가슴이 무너지는 것 같았지만, 결과가 뻔한 전쟁은 나에게 아무런 의미가 없었다. 나는 생각보다 큰 상처를 받았고 치유할 방법도 찾지 못했다.

우리는 그렇게, 헤어졌다.

◇

눈을 떠보니 하얀 천장이 시야에 들어왔다.

뻐근한 목을 기울이며 시선을 돌려보지만, 그 하얀 천장만큼이나 하얀 벽들만 보일 뿐 다른 것은 아무것도 보이지 않았다.

눈을 질끈 다시 감았다 떴다.

역시 온통 하얀 세상이다.

지끈거리는 머리라도 짚어내려고 손을 뻗는 순간, 나는 깨달았다.

– 나 지금 묶여 있구나.

이곳이 정신병원임을 아는 데에는 그리 오래 걸리지 않았다.

나는 폐쇄 병동에 팔과 다리, 사지를 결박당한 채 누워 있었다.

"여기 누구 없어요?"

몇 번의 외침 끝에 푸른 의료복을 입은 의료진이 들어왔다. 문이 몇 겹이나 잠겨 있는 건지 그들은 자동문 인식기에 자신의 명찰을 대고 또 대고 몇 번을 반복해야만 묶여 있는 나에게로 올 수 있었다. 그리고 내 목덜미에 곧장 무언가를 주사했다.

다시 시야는 흐려지고 나는 깊은 수렁으로 빠졌다. 나는 영원히 그곳을 빠져나오지 못하리란 두려움에 갇히고 말았다.

차가운 철제 침대 위에 실린 나의 몸 위로 하얀 천이 덮인다.

이내 내 몸이 조심스레 들어 다른 어딘가로 옮겨졌다. 눈을 감고 있으니 아무것도 보이지 않았다.

이곳은 이전보다 조금은 편안한 느낌이 들었다. 나는 다시 잠이 쏟아져 깊은 잠에 빠지고 말았다.

눈을 떠보니 나는 자유로웠다. 어디든지 갈 수 있었고 무엇이든지 느낄 수 있었다. 뭉글뭉글한 향이 솟아오른다. 앞에는 하얀 꽃들이 나와 마주했다. 그리고 낯익은 얼굴들이 하나하나 보이기 시작했다.

나의 부모님이 그리 서럽게도 우는 모습을 이전에는 본 적이 없었는데, 멈추지 않는 그 울음을 보고만 있자니 가슴이 곧 터져버릴 것만 같았다.

그리고 내가 죽도록 사랑했던 나의 복이 보인다. 이내 준석의 얼굴도 보였다. 모두가 울고 있었다.

눈물과 곡성으로 가득한 이 얼굴들의 중심에는 내 사진이 놓여 있었다. 얇은 액자에 검은 띠를 사선으로 두른 사진 속 나의 얼굴은 웃고 있었다.

◇

"씨발!"

나는 일어나면서 바로 욕을 내뱉었다.

"뭐 이런 개 같은 꿈을 다 꾸노."

커튼 뒤 창문으로 새벽을 깨우는 여명이 희미하게 들어왔다. 등과 겨드랑이는 땀에 흠뻑 젖어 있었다. 잠이 도통 오질 않아 평

소보다 수면제와 안정제를 몇 개 더 먹고 잤더니 이런 꿈을 꾸었
나 보다.

잠에서 깬 뒤에도 한동안 나는 이 더럽고 꺼림칙한 기분에서
좀처럼 벗어나기가 힘들었다.

복이 떠난 뒤에도 세상은 변함없었다. 나의 일상도 마찬가지
였다. 아무리 힘들고 지옥 같아도 때가 되면 배가 고프다는 게 참
서글펐다. 밥도 먹고 잠도 잔다. 사람이라는 게 이렇게 얄팍했다.

나는 필리핀 카지노 여정에서 남은 시드를 가지고 급매 나온
아파트 하나를 장만했다. 번화가는 너무 비쌌고 좁은 아파트는
굳이 가고 싶지 않아서 나는 평소에 살던 동네와 꽤 떨어진 외곽
의 46평 아파트를 샀다. 아는 지인이 시행사에서 일하면서 세금
문제로 얽혀 있던 집을 처분했던 터라 그나마 시세보다 5,000만
원은 싸게 살 수 있었다. 물론 대출 80%를 꽉 채워서.

그 집에는 8년째 같은 월세 세입자가 거주하고 있었는데, 명도
소송이라도 해야 하나 고민하다가 이사비용 겸 위로금으로 150만
원을 주고 내보냈다. 그편이 훨씬 싸고 빠르다고 판단했다.

내가 바로 부동산으로 재산을 넣어버린 데에는 나를 자제하고
자 하는 마음이 가장 컸다. 물론, 내 집 장만의 꿈도 한번 이뤄보
고 싶었다. 일단 집으로 뿌리 박은 시드는 내가 당장 어쩌지 못하
니까 돈을 묶어 둘 가장 안전한 방법이라고 생각했다.

아파트는 연식이 그리 짧은 편이 아니라서 반 리모델링을 거

쳤다. 지인과 인맥을 최대한 동원하여 비용을 줄였다. 일단 급한 리모델링 공사를 마쳤고, 공사가 끝난 다음 날 나는 곧장 이곳으로 이사했다.

46평은 그냥 보기에도 넓었지만, 혼자 살기엔 너무도 넓게 느껴졌다. 오래된 아파트라 실평수가 더 큰 것 같았다. 구조는 실용적이지 못했으며 자투리 공간도 많이 남았다. 침실 4개. 화장실 2개. 베란다 4개. 세탁실 1개.

당시 시세는 3억 4,000만 원, 실매매가 2억 8,700만 원. 다운계약서를 적은 터라 700만 원은 현금으로 찾아서 줬다. 최대한 대출을 냈으니 집을 사고 취득세 등을 내고도 꽤 남았다.

남은 돈은 개인 사채를 돌리기로 했다. 이 방법은 복이 부수입을 올리던 방법이었다. 복은 군대를 막 제대하고 노름방 꽁지를 하며 쏠쏠한 재미를 보았다고 했다.

이러저러한 루트로 나도 이 재미를 알게 되었다.

예전에 내가 몸담았던 회사의 직속 상사였던 장 사무관이 내 돈 5,000만 원을 빌려 갔다. 이자율은 사악했지만, 그게 개인 돈의 관례다. 월 3부의 이자.

그렇게 내 이자 수익은 월 150만 원씩 꼬박꼬박 입금되었다. 안정적인 부수입 하나 만들기에 성공한 셈이다. (물론 저당은 잡았다. 채권 최고액 6,000만 원을 채무자의 여동생이 살고 있는 아파트 근저당으로 잡아놨다) 이런 비싼 이자를 주고도 이 개인 돈을 쓸 사람은 많다 못 해 넘친다.

단, 도박하는 사람과는 절대로 거래하지 않았다.

내 집을 갖는다는 게 어떤 의미일까. 등기부등본에 내 이름이 적힌 나의 첫 집. 나는 등기부등본을 손에 쥔 채, 거실 한복판에 대자로 누웠다. 원목 마루에 누워서 바닥을 어루만져보았다.

내 집을 갖는다는 건, 이 바닥이 내 거라는 거다. 중간중간 패인 세월의 흔적이 있었지만, 이 상처까지 내가 산 거다. 밖을 보면 강이 보였다. 2층이어서 경관이 조금 아쉬웠지만, 이 집에 누워서 저 호숫가를 볼 수 있는 특권도 내가 산 거다. 벽에 못질을 해도 상관없었고, 창문은 원한다면 뜯어도 좋았다. 방 2개는 쓸데없어서 빈방으로 두었지만, 침실과 거실, 드레스룸은 여느 집처럼 꾸며놓고 살았다. 내가 잠들고 일어나 숨 쉬는 이 모든 공간이 온전히 내 거라는 거다. 비록 오래된 아파트이긴 해도, 나는 내 힘으로 홀로 일어서기에 성공했다고 느꼈다.

최소한의 금액으로 집을 샀고, 5,000만 원은 채권으로 가지고 있었다. 그래도 시드는 남았다.

당시 나는 음주 운전으로 면허취소 상태였다. 그래서 차도 필요 없었다.

그렇다면 남은 시드는 어찌 쓰겠는가?

당연히, 노름이다.

이걸 다 잃는다고 해도 나에게는 집과 채권이 남아 있었다.

집을 담보로 빌린 대출 이자 상환액이 월마다 약 80만 원씩 들어갔지만, 나에게는 장 씨로부터 입금되는 150만 원의 이자 소득이 있었기에 일단 먹고 사는 데는 문제가 없었다.

나의 채무자인 장 사무관이 매달 150만 원이나 되는 이자를 감당해 내는 것도 그의 몫이고 능력이었다. 나에게 돈을 빌린 장 씨는 그 이자보다는 훨씬 더 값나가는 일에 투자했을 것이다.

이후 3년이 넘는 시간 동안 나는 장 씨에게서 꼬박꼬박 이자를 받았다. 1년 반이 지나서 나는 장 씨를 성실납부자로 판단해 이자를 120만 원으로 깎아주었다. 그리고 다시 1년이 지나서는 100만 원으로 내려주었다.

150만 원씩 18개월, 120만 원씩 12개월, 100만 원씩 14개월. 그는 1~2주씩 늦는 때도 있었지만 대부분 꾸준히 납부했다.

몇 해 후, 장 씨의 부고가 전해지면서 그의 이자가 더는 들어오지 않았다. 사인은 자살이었다.

나는 노름을 했고 장 씨는 투기를 했다. 장 씨의 투기 예상 기간은 짧았지만, 시행이 될 듯 안 될 듯 자꾸만 기간이 늘어갔다. 부고가 전해진 후에 알게 된 사실이지만, 장 씨가 목을 매어 죽은 곳은 다름 아닌 홀라 하우스였다. 그는 투기만 한 것이 아니었던 듯했다.

3년이 넘는 동안 사실 원금 이상의 이자를 받긴 했다. 그래서 한편으로는 측은한 마음이 들었지만, 그 홀라 하우스의 가스 배관에 목을 매 죽은 장 씨에게 나는 원금 5,000만 원을 받을 권리가 공증되어 있었다.

나는 담보로 잡은 여동생의 아파트에 권리를 행사하기로 했다.

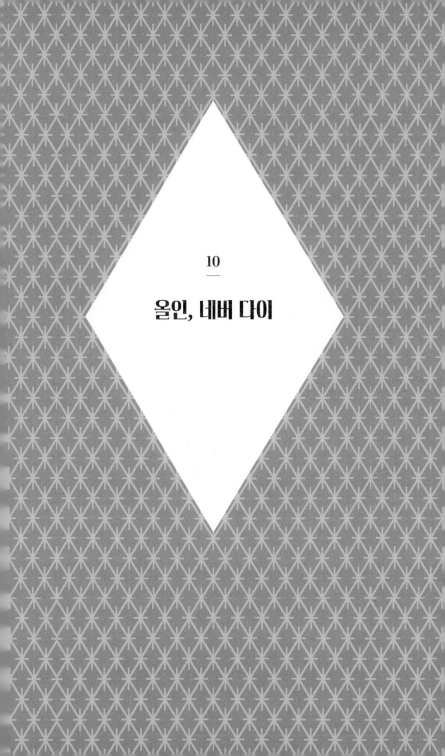

10
—

올인, 네버 다이

밤낮은 뒤바뀌고, 그러다 그 밤낮이 다시 바뀌어 제자리를 찾기도 하는 지루한 일상이 계속됐다. 몇 달 동안 술과 우울증약을 달고 살다 보니 내 몸무게는 큰 키에 어울리지 않게 앞자리가 4까지 내려와 있었다.

일절 사람을 만나지 않았으며 집 밖에도 잘 나가지 않았다.

밤이 되고 해가 뜨기 전, 그러니까 볕이 들기 전 가장 어두운 시간이 있다. 끝나지 않을 것 같은 어둠의 시간, 무기력증이 왔다. 그것이 내 몸과 마음을 모두 장악해 버려서인지 온라인 카지노에 접속해도 재미를 느끼지 못하는 신기한 상황까지 오게 되었다. 오프라인으로 대승을 거둔 경험도 해봤고, 온라인 사이트는 조작 의심이 강하게 들었기 때문에 도무지 집중이 되지 않았다. 온라인에서 몇백만 원씩 베팅하는 내 자신이 너무도 무모하단 생각이 계속해서 들었다.

이제 온라인 카지노를 졸업할 때가 된 것인가?

속단은 하지 않기로 했다.

무료한 하루하루가 간다. 나는 온라인 카지노에 흥미가 떨어졌음에도 여전히 사이트는 기웃댔다.

그러다 그마저도 재미가 없어지면 나는 침대로 올라가 한동안 시체처럼 누워만 지냈다. 다시 밤이 찾아오고 강가를 걷는 사람들의 발걸음 소리나 말소리가 사라질 땐 외로움에 몸서리가 쳐졌다.

핸드폰을 만지작거리다가 준석과의 메신저창을 열어 메시지를 보냈다.

[잘 지내나.]

[밥은 묵었나. 잘 지냈나.]

몇 번을 썼다 지우기를 반복했다. 나는 보통 필리핀 여행이 끝나고 일상으로 돌아오면 절대로 준석에게 연락하는 법이 없었다. 준석 역시 볼일이 있어 겸사겸사 한국에 들어왔을 때만 연락을 해왔다. 그러니 내가 이 늦은 밤에 준석에게 메시지를 보내는 건 서로에게 여간 불편한 일이 아닐 수 없었다.

나는 메시지 전송 버튼을 누르고 베개 옆으로 핸드폰을 던졌다.

[아바타 간다. 50만 바잉해 줘.]

준석은 늘 그렇듯 나를 만류했다.

나와 복이 헤어진 건 눈치를 챈 모양이었다. 그는 복의 친구이기도 하니까.

준석은 차라리 필리핀으로 와서 게임을 하라고 했다. 나는 그냥 집에서 필리핀 카지노를 경험하고 싶었다. 아바타라면 대충 시스템은 익혀 알고 있었다.

준석은 처음에는 내 아바타를 직접 잡아주지 않았는데, 주로 오프라인 고객을 대하다 보니 내 아바타를 잡아줄 시간이 없었다. 어차피 나도 아바타는 모르는 사람이 잡아주는 게 편했다.

내가 오프라인, 온라인 사이트 등 바카라를 접했던 모든 경험 중에서 이 아바타로 인해 가장 극적인 생존을 많이 겪었다고 장담한다.

아바타는, 올인 네버 다이다.

오래 지나지 않아 김 아무개가 내 아바타로 지정되었다. 처음에는 늘 그렇듯 전화 베팅으로 시작되었다. 이 사람은 능숙하게 내 베팅을 따라왔다.

나는 처음으로 핸드폰 화면에 비친 바카라 카지노 테이블을 영접했다. 내가 앉던 자리, 내가 게임하던 그곳엔 내가 아닌 김 아무개가 대신 앉아서 나 대신 베팅을 해주고 있었다.

"D01 테이블 5번 자리에 앉았습니다. 50만 출발합니다."

그렇게 나를 태운 아바타는 닻을 거두고 순항을 시작했다.

"뱅커로 3만 가주세요."

"네. 뱅커로 3만. 진행합니다."

아바타는 내가 베팅하기를 기다렸다가 대기한다는 표시로 테이블에 올려놓은 펜을 거두고 내가 시키는대로 뱅커 3만을 걸어

주었다. 핸드폰으로 송신되는 화면은 필리핀 날씨가 안 좋거나 비가 많이 오면 더디게 진행되는데, 그럴 땐 정말 짜증이 솟구친다. 내가 먹었는지 아닌지 전화 속 음성만으로 먼저 확인하고, 수십 초가 지나야 화면에 나타나니 성질 급한 나는 기다리는 시간이 정말 짜증 났다.

그래도 온라인 사이트보다는 훨씬 안심되기에 나는 아바타에 점점 빠져들 수밖에 없었다. 화면이 약간 느린 거 말고는 현장감이 귀에 쏙쏙 들어와 박히는 게 굉장히, 아주, 할 만했다.

출발은 순조로웠다.

나는 아바타가 첫 경험이었기 때문에 낮은 텐션을 유지하며 순항하고 있었다.

보통 아바타와 게임을 하다가 그림을 만나면, 아바타들이 마구 몰려들어 볼펜을 올려놓는 까닭에 게임 진행은 엄청 더뎌진다. 그래서 아바타 게임에서는 대부분 그림이 아직 여물지 않은 곳으로 옮기고 또 옮기며 최대한 내 스피드로 게임을 조절한다.

아바타는 보통 나보다 나이가 많은 아저씨다. 필리핀에서도 가장 갈 길 없는 사람들이 주로 이 아바타를 잡는다. 하루 10시간 아바타를 잡으면 8,000페소를 번다. 일당이 20만 원이 될까 말까 하지만, 그들도 노름쟁이라는 걸 잊어선 안 된다. 그들은 하루 벌어 하루를 먹고 산다.

시간이 지나 아바타가 조금 익숙해질 때쯤엔 전화 대신 메신저를 이용해서 베팅을 지시했다.

보통 카지노에서 부담하는 해외전화로 베팅하는 게 빠르고 편하지만, 나는 나이가 많은 아저씨들에게 베팅을 부탁하는 게 조금 불편하게 느껴져 주로 메신저를 이용한다.

뱅 4만, 플 2만, 프리 등의 짧은 메시지로도 베팅이 가능하다.

화면 속에서 아바타는 베팅을 마친 후 주먹을 꽉 쥐고 높이 들어 한번 흔든다.

파이팅이란 뜻이다.

패는 다시 돈다.

다리가 나오면 아바타는 화면에 보이게 손가락 2개를 위로 올려 보여 준다.

손가락이 2개가 아니라 1개만 보이면 노라인이란 뜻이다.

이 정도의 번거로움은 감수했다. 나도 현장에 있는 것 같은 느낌으로 최대한 현실 베팅을 하려 애썼다.

내추럴을 잡으면 페이가 이루어지기 전에 메시지를 보내준다.

[나이스.]

친절한 아바타들은 이런 식으로 내가 먹고 죽는 모든 베팅에서 나와 그 시간 만큼의 감정을 함께해주려 애썼다.

나는 어느새 아바타에 매달려 있었다.

아바타 게임의 단점이라면, 미니멈이 작지 않다는 것이다. 온라인 사이트에서는 최소 5,000원 정도로도 한 게임에 베팅할 수 있지만, 이곳은 보통 5,000페소, 약 12만 원의 베팅이 최소로 시작된다. 이런 특성 때문에, 운이 좋으면 아바타를 앉히고 1시간이 되지 않아서 게임은 피니쉬 됐다.

　나는 목표 금액을 최대한 정확히 지켰고, 그 금액을 채우면 미련 없이 피니쉬 했다.

　다만, 내 목표 금액이 200만 원이었을 때, 190만 원에서는 절대로 멈출 수 없었다는 게 이 노름쟁이의 영원한 구멍이었다.

　그날도 마찬가지로 나는 느지막이 자리에서 일어나 라면 하나로 끼니를 때우고는 바로 아바타를 불렀다. 준석은 곧 알아보고 연락해 준다더니 아바타가 없다고 했다. 손님이 많아 아바타를 예약하고 기다려야 한다는 말에 내가 한숨을 내쉬니 준석이 직접 나섰다.

　"내가 하나 잡을게. 전화로 진행하자."

　"오케이."

　준석이라면 실시간 전화로 진행해도 불편함이 없었다.

　준석이 아바타를 잡는다면 베팅을 조금 더 올려도 괜찮겠다 싶었다.

　"80만 바잉."

　첫 게임에서 50만을 바잉한 이후 나는 울렁거리는 마음을 다잡기 위해 20만에서 30만 정도로 출발을 잡았다. 평소에 비하면 엄청나게 큰 금액으로 시작점을 잡은 것이다.

　"너무 많지 않아?"

　"괜찮다."

직접 표현하지는 않았지만, 나는 준석이 직접 아바타를 잡아주는 것에 든든한 마음이 들었나 보다.

패가 돈다.

그리고 두어 시간 후, 내 시드는 말랐다.

남은 건 겨우 5만.

"뱅커에 5만."

지면 올인이었다.

아바타를 하면서 가장 큰 금액을 가장 신속하게 잃는 중이었다. 준석의 목소리도 가라앉았다.

결과는 뱅커로 올인벳 승.

"나이스! 나이스!"

준석의 목소리가 쩌렁쩌렁 귀에 울렸다.

"좋아하기엔 아직 이르다. 다시 뱅커에 남은 거 다 베팅해라."

준석은 재빨리 남은 칩들을 모두 주워 담아 뱅커에 베팅한다.

두 번째 올인.

결과는 6대 7로 히든 없이 뱅커 승.

시드는 커미션을 떼여 20만이 조금 안 되게 채워졌다.

나는 가만히 휴대폰 화면 속 그림을 쳐다보다가 자꾸만 밀려드는 생각에 고개를 절레절레하며 준석에게 플레이어에 다시 올인 베팅을 해달라고 말한다. 생각이 많아지면 좋지 않은 신호다.

준석은 멈칫했다.

"이거 다 가게?"

"어. 나는 이미 아까 올인했다. 그냥 가라."

플레이어 쪽에 칩을 쌓는다. 화면에선 느릿느릿 준석이 칩을 올려다가 펜을 빼지 못하고 있는 모습이 보였다.

"대기 빼라. 오픈."

준석이 짧게 웃었다. 펜을 거둬들였고 패는 다시 돌아왔다.

"석아, 씨카see card."

준석은 이내 내 말을 받고 딜러에게 씨카라고 말했다.

아바타 게임을 할 때는 보통 소통이 원활하지 않은 관계로 하우스 오픈을 주로 했었는데, 어차피 올인을 선언한 상태라 카드는 한번 쪼아보고 싶었다. 준석에게 돌아간 플레이어 패는 1장씩 준석의 손으로 쪼아졌다.

"첫 장 다리. 두 번째도 다리. 다리에 다리."

준석이 카드 쪼는 것을 처음 본다. 새삼스럽게 웃음이 났다.

"다시 첫 장은 투싸. 두 번째 장도 투싸."

아바타가 카드를 잡게 되면 이런 식으로 1장 1장 사이즈를 말해준다. 노름이라곤 해 본 적도 없는 녀석이 카지노 생활 몇 년 됐다고 카드는 제법 그럴듯하게 쫀다.

준석은 보통 빌릴 손이 없을 때 본인이 직접 아바타를 잡는데, 주로 고객의 바잉이 크거나 롤링이 클 때 자기가 직접 나선다.

아바타를 줘도 롤링은 준석의 몫이었지만, 이것도 고객 서비스의 일종이 아니겠는가.

투싸에 투싸. 확률이 좋다.

둘 다 중간을 찍으면 25%의 확률로 바카라지만, 일단 사이즈는 이만한 게 없다.

"하나 먼저 확인할게."

첫 번째 카드를 돌려서 깊숙이 손을 넣은 카드를 확인하는 준석의 뒤통수가 보였다.

"아… 찍혔다. 나머지 하나 볼게."

그리고 준석이 테이블을 툭툭 두 번 치며 뱅커 패를 오픈시켰다.

'이 자식. 세컨 카드에서 빠졌구나.'

그렇게 3연승을 했고, 반 본전은 했다.

"이제 줄여서 가자."

아무리 준석이라도 노름판에서 그의 의견은 나한테 중요하지 않았다.

"프리 베팅 한 번 빼자."

그림은 각이 나오고 있었다.

"플레이어로 올인. 머뭇대지 말고."

준석도 그림을 보더니 내 생각에 동조했는지 남은 칩들을 모두 플레이어에 베팅했다.

"한 번 더. 씨카."

결론은 또 나의 승.

네 게임 만에 기적같이 연명하고 본전을 찾는 데까지 성공했다.

나는 이 여세를 몰아가야 한다고 판단했다.

"다시 뱅커로 모두 베팅."

"진짜 이건 아니야. 줄여서 가자. 제발 내 말 한 번만 들어주라."

준석이 나를 생각하는 마음은 알고 있었다. 나는 여기서 다시 갈등했다.

내가 베팅을 계속해서 얹어간 이유는, 80만이 부러지는 데 2시간이 걸렸기 때문이다. 그 시간 동안 나는 꿈틀 한번 해 보지 못한 채, 희망 한번 가져보지 못하고 가랑비에 옷 젖듯이 돈을 잃어갔다. 베팅을 줄이면 나는 이 결말 없는 먹죽을 얼마나 더 지속해야 할지 몰랐다.

그래도 이제 본전은 했고 이 돈은 2,000만 원이다. 어차피 5만 페소가 남았을 때 올인을 가면서 나는 초탈했다. 내 페이스대로 하면 이건 그대로 얹어야 한다.

준석이 끙, 하며 앓는 소리를 냈다. 나도 사람인지라 머뭇거리는 시간이 길어질수록 마음이 수십 번 왔다 갔다 했다.

"그래 줄이자. 40만 가자."

"뱅커 40만. 진행할게."

베팅은 반으로 줄였다. 다시 준석의 씨카.

카드는 뱅커 내추럴 9승.

40만을 땄다. 물론 큰돈이지만, 나는 이미 200% 목표액을 세웠던 터라 부족하게 느껴졌다.

준석의 표정은 안 봐도 뻔하다. 카지노 테이블을 비춘 화면에는 준석이 두 손을 모아들고 있었다.

"됐다. 이제 40만 한 번 더 먹고 게임 끝내자."

나는 다음 게임에서 졌다.

그리고 그 이후로도 졌다.

단박에 올라간 120만 시드는 다시 10만을 남기고 기적 같은 연패로 사망했다. 이쯤 되니 아까 120만에서 멈췄어야 했다는 후회만 남았다. 120만에 피니쉬했어도 40만을 땄다. 그럼 한화로 1,000만이 아닌가.

내가 입금한 건 80만 원이었지만 내가 찾아야 할 본전은 이미 120만 원으로 불어나 있었다. 생각이 그쯤 머물자, 나는 한 번 더 마틴으로 승부를 보는 건 불가능하다고 여겨졌다.

"50만 더 하자."

그렇게 나는 남은 시드 60만으로 게임을 재시작했다. 내가 입금한 게 130만이 됐으니 금액이 커져도 너무 커졌다.

가속이 붙을 대로 붙은 나의 베팅은 그때부터 롤러코스터를 타기 시작했다. 60만으로 재출발 할 때의 나는 본전이라도 털고 일어서면 원이 없겠다는 생각이 들었다.

입금할 때부터 잘못됐다. 첫 방부터 80만 출발을 해선 안 됐다. 너무 큰 금액이었다. 3,000만 원을 때려 넣은 내 통장 잔고는 별 볼 일이 없었다. 이대로 게임이 끝나면 나는 어떻게 해야 할지를 몰라 난감해졌다. 만감이 교차했고 가슴은 쿵쿵대며 뛰었다.

간신히 90만 정도로 불어난 칩을 보며 나는 다시 승부를 걸어야겠다고 생각했다.

40만을 더 따면 이제 본전인 것이다. 하지만 이 40만을 한 게임에 태울 수는 없었다. 그러면 시드가 다시 원점으로 돌아와 버리고 만다.

초조해졌다.

나는 생전 없던 버릇인 손톱까지 물어뜯기 시작했다.

나의 이 소리 없는 아우성을 준석은 조금은 이해하고 있었을 것이다. 준석도 나의 침묵에 침묵으로 대답하고 있었다.

일단 100만을 채우자.

10만 베팅. 6에 7로 잡혔다.

도파민에 절은 이 분노 베팅의 결과는 처절했다.

20만 베팅. 이번엔 내추럴로 깨갱거리며 잡혔다.

다시 60만으로 돌아왔다.

평정심을 찾으려고 애써봤지만, 마약에 중독자가 제시간에 마약을 접하지 못한 것처럼 초조했고 온몸이 떨렸다. 60만에서 2배를 딴다 해도 내 시드엔 못 미쳤다. 아까 멈추었어야 했다. 아까 5만 시드 올인을 박고 몇 번의 마틴 성공으로 120만을 쳤을 때 그만뒀어야 했다.

나는 그때 노름의 아킬레스건인 멘탈이 결국 산산이 조각나버리고 말았다.

그도 그럴 것이 아바타를 접하며 두어 달 동안 나는 작은 시드로 짭짤한 수익을 내고도 남았다. 그런 내가 갑자기 이렇게 판을 키웠고 결국 나는 이 수렁에서 빠져나갈 방법을 도무지 찾을 수가 없었다.

숨이 막힌다. 싸늘하다. 이젠 올인이 되어도 나를 위로해 줄 복도 없다. 철저하게 혼자라는 사실을 잊어선 안 됐던 것이다.

나는 잠시 승자라도 된 양 으스댔지만, 결국 이 노름판에서 개미 떼같이 수많은 노름꾼 중 하나에 불과했다. 머릿속에선 이 60만으로 본전을 찾아야 한다는 생각이 뒤덮였다.

빨리 이 게임을 피니쉬하고 싶었다.

게임은 생각보다 오래 지속 됐다. 60만으로 100만까지. 칩의 장소만 바뀔 뿐 승부는 좀처럼 나지 않았다. 노름꾼들이 겁을 상실하는 때가 바로 이 '구간 단속' 중이다.

먹죽먹죽 하다 보면 초심이었던 '본전만 했으면 원이 없겠다.'라는 생각이 '여기서 반드시 승리해서 이겨서 나간다.'로 바뀐다.

게임 중에는 '이 판만 먹으면.', '한 번만 더 먹으면.' 하다가 살아서 기어나갈 기회를 수없이 얻고 또 떠나 보낸다.

배도 고파왔고 조금 쉬고 싶었지만, 온라인 카지노와 다르게 준석 아바타는 기다려주질 않는다.

여기서 피니쉬하면 나는 또 하고 싶어도 다시 아바타를 잡고 테이블을 고르고 앉아서 호흡을 맞춰야 하는 번거로운 일이 생긴다. 어쩔 수 없이 다시 강승부로 들어간다.

시드 70만 중 20만을 뱅커 혹은 플레이어 어딘가로 베팅했다.

결과는 승.

내 출발이 130만이었으니 이제 40만이 남았다.

40만 다시 베팅.

뒤집어진 카드는 박스 2장.

1,000만 원짜리 패에서 그림에 그림을 밟는다.

운 좋게 받은 서드 카드는 4라인이었지만 10으로 막을 내린다.

이제 남은 50만을 걸어야 할 때가 왔다

마지막 승부다.

테이블을 옮겼다.

플레이어 뱅커가 3.3.2로 진행되고 있었다.

플레이어에 올인.

올인, 네버 다이 간다.

결과는 뱅커가 내추럴을 잡으면서 잡혔다.

결국, 올인.

나는 3,000만 원이 넘는 큰돈을, 화면을 보며 전화만 4시간을 하다가 잃은 것이다.

여기서 더 박을 시드가 없는 건 아니었지만, 큰돈을 날리고 나니 배가 더 고팠다. 뭐 좀 먹어야겠는데 도저히 음식을 해먹을 엄두가 나지 않았다. 배달 앱을 뒤지다가 나는 다시 내려놓았다. 혼자 먹으면서 2인분을 주문해야 하니까 음식값이 아까웠다. 어차피 한 끼 때우면 그만인데 2만 원이 넘는 배달 음식을 시키는 게 참 아깝게 느껴졌다.

나는 어느새 200만 원짜리 베팅은 돌려도 2만 원짜리 음식은 못 먹는 바보가 되어 있었다.

냉장고에서 술을 꺼내왔다. 소주는 열량이 높다. 나는 배달 음식 대신, 이 소주로 배를 다 채우려고 마음먹었다. 음주는 노름꾼에게 허락된 가장 저렴하고 쉬운 자위 방법이었기에.

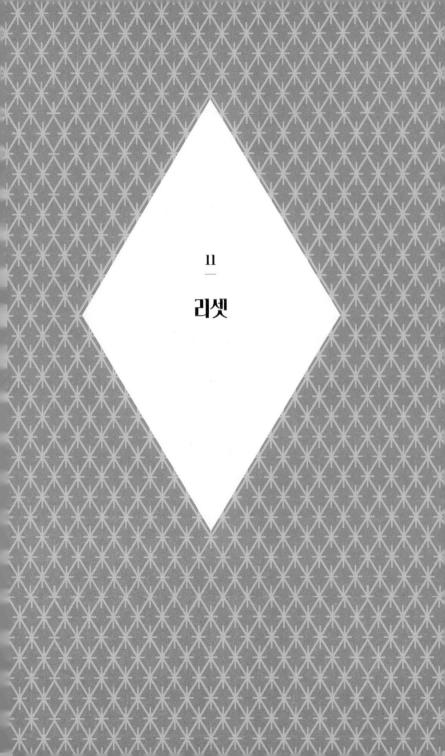

11
—

리셋

호구가 돈을 따는 것만큼 위험한 일은 없다.

돈을 따서 통장에 꽂히는 순간의 쾌감, 원 없이 돈을 쓰면서 깊게 빠지고 마는 돈의 맛을 느끼는 순간, 사람은 간사해진다

나는 한 달에 200만 원 언저리 벌며 하루하루 상사 눈치나 보고 감옥살이처럼 반복되는 일반인들의 하루를 비웃었다.

한 달에 100만 원씩 적금 부으며 시집갈 종잣돈도 모으고, 어버이날이 되면 봉투에 10만 원, 20만 원씩 챙기는 친구들이 간혹 있다. 그런 친구들과 밥을 먹으면 계산은 내가 한다. 좋아하는 친구들에게 꽤 고가의 선물도 내가 한다.

길지 않은 인생이지만 크게 배고프지 않았던 축복 받은 삶이라 또래보다 늘 넘치는 돈으로 많은 것을 누릴 수 있었다. 나는 딴 돈으로, 가진 돈으로, 늘 돈으로 살 수 있는 것들만 사면서 인생을

살았다.

그때의 나는, 사실 치기 어린 마음에 돈으로 살 수 없는 것들은 하나도 없다 생각했다. 노트북 안에서 돌아가는 카드 게임에 밤을 새우고 창밖을 내다보면 수많은 사람의 출근 행렬이 보였다.

다들 개미처럼 열심히 사는구나. 나는 저렇게 살진 말아야지. 어차피 맨몸으로 태어나 수의壽衣 한 장 걸치고 죽는 인생이 아닌가.

명품은 명품대로 샀고, 집도 샀다. 면허취소가 풀리자마자 나는 면허부터 따고 중고차 매장으로 달려가 중고 아우디 한 대를 샀다. 할부? 그게 뭐야. 그냥 현금으로 산다.

이렇게 실컷 사도 내 마음의 다른 한구석은 채워지지 않았다.

도박보다 더 징한 것. 그놈의 사랑. 도박꾼이지만, 나도 분명 여자였다.

복의 부재는 도박이 가져다주는 기쁨, 쾌락, 고통, 슬픔 따위 등과는 비교도 되지 않았다. 너무도 보고 싶었고 눈물 나게 그리웠다.

한 번씩 창밖을 내다보면 하얀색 카이엔 한 대가 꽤 오랜 시간 한자리에 머물다 간다. 복이었다.

그런 날은 지독히도 더 힘들었다. 복은 나를 떠나지도, 잡지도 못한 채 하염없이 내 주변을 맴돌았다. 이틀이 멀다고 주변에서 기웃대는 그의 그림자를 알면서도 나는 못 본 체했다.

내가 복에게 줄 수 있는 게 없었다.

돈으로 사지 못하는 것, 그중에 하나.

공허함이 커질수록 나는 더욱더 카지노에 의존했다. 지는 날도 많았고 이기는 날도 많았다.

나는 아바타로 올인을 당해도 그저 그런 날 중에 하나뿐이라 여겼고, 분하고 억울한 마음도 조금 지나면 사라졌다. 모든 게 무감각해졌다. 그렇게 반복되는 일상 속에서 내 안에는 자기혐오와 환멸, 나를 향한 분노만이 자리를 넓혀가고 있었다.

도박쟁이의 생활 바카라는 사실 그리 오래가지 못한다.

밑천이 부족해서가 대부분인데, 사실 돈이 많아도 오래가지 못하는 건 당연한 이치다.

내 경우는 정확히 날짜를 기억하진 못하지만 그래도 6개월 정도는 버텼으니 갈 만큼 갔다. 올인은 올인으로 거듭난다.

집도 있고 차도 있고 명품도 있는데, 돈은 없는 지경에 빠졌다.

집은 현금화할 수 없었고, 차는 정말로 손대기 싫었다. 명품은 간혹 전당포 아저씨 손에 넘어가기도 하고 다시 찾아오기도 하며 빚은 늘어갔다. 내가 근로 소득이 없었던 덕분에 빌린 액수가 어마어마하진 않았지만 그래도 이자 소득만으로는 버텨낼 수는 없었다.

무직자 대출, 여성 대출, 소액 대출, 카드깡, 카드론, 대부 업체, 일수 월변(사채) 빼고는 전부 다 최대한으로 냈다. 약 7,000만 원 가량의 신용대출이 생겼다. 거기에 아파트 대출금까지 포함하니 총 액수가 3억 원이 훌쩍 넘었다.

밀레니엄 종말론부터 시작해 수많은 지구의 종말론이 돌고 있지만, 지구는 종말을 맞지 않았다.

그러나 나의 종말은 6개월이 넘어가던 시점에서 드디어 터져버리고 말았다. 나는 끼니를 곧잘 건너뛰었고, 술로 몸과 마음의 허기를 채웠다.

이날도 적디적은 밑천을 전부 싹싹 긁어모은 것을 올인하고 말았다. 그리고 3박 4일 동안 술로 지냈다. 술김에 우울증약을 털어 넣고 서너 시간 눈을 붙이고 지독한 숙취로 잠에서 깨면, 다시 안주 없이 술만 찾았다.

이런 생활이 오래 지속되다 보니, 이젠 술에서 깨고 숙취가 없어질 때까지 술을 참으면 세상이 빙글빙글 돌았다. 뇌에 이상이 생긴 것 같았다. 직립보행이 이렇게 어려운 것이었을까. 나는 맨정신으로 걸어도 이내 쿵 하고 주저앉았다.

귀에서는 이명 현상이 반복되다가 급기야 너무 심해져서 티브이 소리조차 제대로 들리지 않을 정도였다. 음식은 먹기만 하면 구역질이 나서 뱉어냈고 각혈, 혈변, 혈뇨 등 피를 쏟는 일이 잦았다. 이 모든 증상이 내가 지금 죽어가는 중이라고 말하는 것 같았다.

정말 서서히 죽어가고 있었는지도 모른다.

친구들도 내가 먼저 멀리하게 됐다. 가족들과도 거리를 두었다. 내가 이렇게 사는 걸 들킬 것 같아서 불안한 나머지, 세상과의 단절을 선택했다.

아이러니하게도, 그동안 남의 일상을 비웃어 왔던 나는 평범한 삶과 그런 삶을 사는 정상인들이 부러워졌다. 부러워서 만나기조차 싫었다. 공감대가 다르다 보니 만나도 할 말이 없었다. 어쩔 수 없이 나가게 되는 모임에서도 내 비참한 삶을 들키지 않으려고 가장 비싼 명품을 두르고 좋은 차를 타고 나갔고 매번 음식값을 계산했다.

그들은 화려해 보이는 나를 부러워했고, 나는 그들의 삶을 미치도록 부러워했다. 이런 부러움이 커질수록 내가 패배자라는 생각이 머릿속에 강하게 박혔다.

겉만 화려한 외출에서 돌아오면 내가 계산한 음식값을 충당하기 위해 소액 충전을 또 반복한다.

따고 잃는다.

나는 내 삶 자체를 리셋하고 싶었다.

그게 불가능하다면, 이 지독한 삶을 이제는 끝내야 한다. 술에 완전히 취하기 전에 나는 펜과 종이를 찾았다. 최대한 천천히 소주를 들이켜며 나에게 고통을 주는 것들에 대해 글을 써 내려갔다.

생각나는 대로 글을 쓰다보니 나는 여기서 내 삶을 마감하기로 마음의 결정을 내렸다. 블랙아웃 상태를 이용해야 한다.

마음을 크게 먹고 나니 그 와중에도 씻어야겠다는 생각이 들었다. 죽으면 발가벗겨 염할 내 몸뚱이를 생각해 간단하게 샤워를 했다. 깨끗한 속옷으로 갈아입고 하얀색 잠옷을 입었다.

주방에서 칼을 가져와 자리를 잡았다.

이 비겁한 겁쟁이는 자살에도 술의 힘이 필요했다.

남은 소주는 대여섯 병. 이 정도면 충분하다.

술 먹는 속도를 올렸다. 잔술로는 애매하게 취할까 싶어 소주를 병째 들이키기 시작했다. 그렇게 2병을 마셨는데도 이게 마음을 먹고 마셔서인지 금세 취기가 오르지 않는다.

엄마 목소리라도 듣고 싶었지만, 자신이 없었다. 엄마의 목소리를 들으면 내가 살고 싶어질까 봐 두려웠다. 이렇게는 더 살고 싶지 않았다. 복도 생각이 났다. 하지만 복은 나를 잘 안다. 내 목소리를 들으면 금세 알아차리고 내 계획을 무산시키기 위해 할 수 있는 모든 행동을 취할 것이다.

부산스럽게 가고 싶지는 않았다.

나는 거실 베란다로 자리를 옮겼다. 구형 아파트라 그런지 유난히 한기가 느껴졌다. 유리 밖으로 보이는 호숫가에는 지나는 사람 하나 없이 어둡고 적막했다. 슬슬 술에 취한 나는 다시 종이를 찾아 몇 글자 써 내려갔다. 되는대로 글을 쓰다가 눈물이 났다.

나는 아직 젊은데. 나는 아직 예쁜데. 나는 아직 효도도 못 했는데. 나는 할 일이 더 많은데. 내가 죽으면 남겨진 우리 엄마도 나를 따라가겠다고 같은 결정을 할지도 몰라. 나도 가정을 갖고 싶었어. 단란하고 따뜻한 가정. 이 집을 팔고 차를 팔면 빚은 대부분 정리가 되려나. 남으면 어떡하지.

다시 미련이 생겼다. 기회가 있을지도 모르잖아.

나는 주방용 칼의 무딘 부분만 어루만지며 망설이고 있었다.

이 칼….

내가 이사한 기념으로 엄마가 선물한 주방용 기구 중 하나였다. 엄마는 평생 요식업을 하셨는데, 다른 건 몰라도 칼은 좋은 걸 써야 음식이 좋다고 했다.

눈덩이가 뜨거웠다. 한여름 소낙비보다 더 거센 눈물방울이 뚝 뚝 떨어졌고, 그것은 용암보다 더 뜨겁게 느껴졌다.

이 노름쟁이의 내일은 전봇대에 쌓여있는 폐지 조각보다 더 가벼웠고 쓸모없었다. 미련이 맴돌다 머물면 술로 삼켜 버렸다.

다시 칼끝을 어루만졌다. 이번엔 무딘 쪽이 아니라 날이 선 쪽을 힘주어 만져봤다. 손가락에는 불그스름한 자국만 남기고 깊지 않은 상처만 생겼다.

이걸로는 안 되겠다 싶어 커터칼을 찾았다. 무뎌진 칼끝 조각을 하나 떼어내자 이내 날카롭게 날이 선 부분이 나왔다.

나는 소주를 벌컥벌컥 마셨다. 1병을 한 번에 다 비워내고 싶었지만, 구역질이 나올 것 같아 입을 뗐다. 취기가 오르는 시간만큼 망설임도 깊어지자, 나는 이내 욕실로 발길을 돌렸다.

한 번에 끝내야 한다.

면도칼.

나는 사놓고 사용하지 않은 새 면도기를 가지고 베란다로 돌아왔다. 손과 입을 사용해 면도기를 분해했다. 베이지 말라고 여러 겹 쌓아놓은 안전장치들을 입으로 뜯어내니 서슬 퍼런 칼날 3개가 떨어졌다.

입가가 움직일 때마다 아픈 걸 보니 이빨로 뜯어내는 과정에서 이미 상처가 많이 난 듯했다.

좁은 칼날 하나를 손에 쥐었다. 동맥을 끊으려면 손목 두께의 절반까지 그어야 한다.

힘껏 손목을 그었다.

한 번에 끝나길 바라면서….

상처는 붉어지더니 이내 투두둑하며 핏방울을 뱉어냈다. 바닥으로 피가 떨어진다. 피는 눈물보다 훨씬 더 뜨거웠다.

죽음의 문턱에서 나는 한 가지를 깨달았다. 모든 것을 내려놓았을 때 떠오르는 것은 좋은 기억이라는 것을. 그것은 내가 수년 동안 머릿속에서 떠나보내지 못한 바카라의 그림도 아니었고 돈을 땄을 때의 쾌감도 아니었다. 잃었을 때의 고통도 아니고 친구들에게 가진 열등감도 아니었다.

노름이 지배해 버린 나의 지난 시간 사이, 아스팔트의 빈틈에서도 뿌리를 내리고 꽃을 피우는 민들레처럼 그 지옥 같았던 세월 속에서도 아름다웠던 나의 청춘. 그리고 가족. 내가 받았던 사랑. 내가 사랑을 많이 받고 살던 행복한 사람이었다는 걸 그 순간 깨달았다.

나는 취기를 용기 삼아 미친 듯이 손목을 난도질했다. 깊게 긋기 시작하니 슬슬 힘이 풀려서 상처가 얕게 마무리됐다. 그래서 나는 내 팔의 반동을 이용해서 계속해서 그었다. 손목에 더 그을 수 있는 여백이 남지 않을 때까지.

이내 줄기를 이루며 내뿜는 핏방울.

나는 깊은숨을 내쉬었다.

드디어 끝났구나.

◇

눈을 떠보니 하얀 천장이 시야에 들어왔다.

뻐근한 목을 기울이며 시선을 돌려보니, 하얀 천장만큼이나 하얀 벽들만 보일 뿐 다른 것은 아무것도 보이지 않았다.

눈을 질끈 다시 감았다 떴다. 역시 온통 하얀 세상이다.

지끈거리는 머리라도 짚어내리려고 손을 뻗는 순간, 나는 깨달았다.

- 나 지금 묶여 있구나. 이번에는 진짜다.

이곳이 정신병원임을 아는 데에는 그리 오래 걸리지 않았다. 나는 폐쇄병동에 팔과 다리, 사지를 결박당한 채 누워 있었다.

"여기 누구 없어요?"

몇 번의 외침 끝에 푸른 의료복을 입은 의료진이 들어왔다.

문이 몇 겹이나 잠겨있는 건지 그들은 자동문 인식기에 자신의 명찰을 대고 또 대고 몇 번을 반복해야만 묶여 있는 나에게로 올 수 있었다. 그리고 내 목덜미에 곧장 무언가를 주사했다. 다시 시야는 흐려지고 나는 깊은 수렁으로 빠져들어 갔다.

나는 꽤 오랜 시간 병원에 있었다고 한다.

동맥과 신경의 파열이 심해 봉합하고 네 차례나 넘는 수혈을 받았다고 했다.

내가 정신을 잃기 전, 나는 결심이 흩어져 엄마 목소리만이라도 듣고 싶어져 결국 휴대폰을 들었다. 무슨 이야기를 했는지는 기억 나지 않았다. 자살을 암시하는 말은 아니었다고 한다. 엄마는 단지 늦은 밤 딸에게서 걸려온 전화에 내가 너무도 보고 싶었다고 했다. 술을 많이 마신 것 같아 해장국이라도 끓여주려고 온 엄마 앞에 처참한 내가 있었다.

수술이 끝나고도 의식이 없어서 나는 중환자실에 며칠간 입원해 있었다. 몸 속 피가 30% 밖에 남지 않았지만, 그래도 더 늦지 않게 발견되어 목숨을 건졌다고 한다.

내가 깨어났을 땐 자살 고위험군으로 분리되어 격리 조치된 정신병원이었다. 위험한 고비를 넘기고 나는 이곳으로 옮겨진 것이다.

폐쇄 병동에서 사지가 묶인 채로 버티는 시간은 피를 흘리며 죽어가던 시간보다 더 괴로웠다. 나는 나를 결박한 모든 것들로부터 자유로워지고 싶었다. 상황 파악은 금방 끝났다. 나는 의사나 건강한 남자 간호사의 질문에 고분고분 대답했고 반나절쯤 지나자 결박에서 풀려날 수 있었다.

2평 남짓한 병실에는 철제 다리에 딱딱한 매트리스가 고정된 침대 하나, 그리고 맞은 편에 변기 하나가 전부였다. 다행히 변기쪽은 감시 카메라가 보이지 않도록 안쪽에 있었다.

나는 보호자 면회를 요청했지만, 오늘은 늦어서 불가하다는 대답만 돌아왔다.

식사 시간이 되니 식판에 대강 퍼 담은 밥과 말라비틀어진 반찬 몇 개를 얹어 갖다 준다. 밥 생각이 없었지만, 먹지 않으면 나를 또 묶을까 봐 억지로 몇 술 떴다.

그렇게 나는 술도 없고 자유도 없고 사람도 없는 작은 방에서 오로지 숨 쉬는 것만 허락된 채 미라처럼 누워서 하루를 보냈다.

그 하루가 내 인생에서 가장 길었고 가장 고통스러웠고 가장 힘들었던 날이다.

다음 날 아침, 간호사가 식판을 들고 들어왔다. 나는 다시 고분고분한 말투로 보호자를 볼 수 있게 해달라고 부탁했다. 간호사는 연락해 놓겠다는 짧은 대답만 한 채 식판을 얹어두고 병동을 빠져나갔다.

3시간쯤 지났을까. 간호사와 함께 엄마가 들어왔다.

처음 보는 엄마의 얼굴이었다. 얼마나 급하게 뛰어왔는지, 얼굴은 땀범벅이었다.

우린 한참 말이 없었다.

먼저 침묵을 깬 건 나였다.

"여기서 나가게 해 줘."

나의 말이 침묵을 깨기가 무섭게 엄마는 참아왔던 모든 것들을 터뜨렸다. 화를 내는 건지 울고 있는 건지 분간할 수 없었다.

"도대체 왜, 니가 왜…."

엄마는 흘러넘치는 눈물만큼 많은 말을 하진 못했다. 말을 하

186

다 번번이 목이 메는지 몇 번이나 곡을 삼키려 애쓰던 엄마는 어느새 많이 늙어 있었다.

"엄마하고 같이 가자. 니 가면 엄마도 간다. 어떻게 엄마를 두고 이렇게 갈 생각을 하노. 여기가 니가 있을 곳이가! 내가 니를 어떻게 키웠는데…."

엄마는 다시 큰 울음을 삼켰다.

"내가 그날 안 갔으면 내 딸 죽는 것도 몰랐겠네. 딸아, 우리 딸, 뭐가 문제고? 엄마가 다 할게. 이 엄마가 대신 다 해줄 테니까 뭐가 문젠지만 말해라. 응?"

미처 삼키지 못한 엄마의 눈물과 땀이 내 손등으로 툭툭 떨어졌다. 몇 날 며칠을 울었던지 엄마의 얼굴엔 실핏줄이 다 터져있었다. 피부는 거칠고 얼굴은 홀쭉해져서 주름만 도드라져 보였다. 그때 나는 눈물이 나오지 않았다.

엄마가 아버지의 도박 때문에 얼마나 힘들었는지 안다. 엄마는 내가 도박이란 몹쓸 것에 중독되어 이곳까지 오게 됐음을 짐작조차 못 할 것이다.

울부짖는 엄마의 말을 듣다 다시 이명이 생겼는지 삐 소리만 나고 아무 소리도 들리지 않았다. 사실 듣지 않아도, 엄마가 무슨 말을 하는지 다 알 수 있었다.

"괜찮다, 딸. 엄마가 다 괜찮게 해줄 거니까 니는 아무 걱정하지 마라."

"내 좀 나가게 해도. 여기 너무 힘들다."

엄마는 내 손끝 하나 건드리지 못했다. 나를 키울 때도 불면 날아갈까 건드리면 다칠까 조심하고 지독히 아끼며 키웠다. 그 딸이 먼저 세상을 등지고자 했다. 나는 엄마한테 해선 안 될 짓을 하고 말았다. 어리석게도 그땐 내가 해선 안 될 짓이 바로 살아난 것이란 생각을 했다.

엄마는 나에게 가까이 다가왔다가 다시 겁이 났는지 주춤주춤 물러서길 반복했다.

"안돼, 여기 있어. 엄마는 니 못 보낸다."

퀭한 눈으로 엄마를 바라보는 딸의 시선을 뒤로한 채 엄마는 모진 척 떠나버렸다.

엄마는 주방용 앞치마를 그대로 맨 채 그 위에 겉옷만 걸치고 나온 차림이었다. 주방에서 신던 구멍 송송 뚫린 실리콘 슬리퍼 그대로였다.

엄마가 떠나고 나는 한참 동안 생각했다. 밀가루가 덕지덕지 묻어있던 그 파란색 앞치마를. 빨아도 지워지지 않은 벌건 김칫국물 얼룩이 그대로 묻어 있는 슬리퍼도.

나는 다시 한번 내가 죽었어야 했다고 생각했다.

어디서부터 잘못된 걸까. 내가 노름을 처음 접하게 된 마카오에서? 불법 다운로드를 하다 발견한 온라인 카지노 사이트에서? 아니면 내가 필리핀 카지노를 가게 된 순간부터?

나는 떠오르는 모든 순간을 원망하지 않았다. 아마 그때 처음 접하지 않았다고 하더라도 시간의 문제였을 뿐. 나에게 도박이란 숙명과도 같은 것이다.

◇

아버지는 젊었을 적부터 도박을 좋아했다. 가난한 집 장남으로 태어나 줄줄이 딸린 동생들을 돌보느라 최종 학력이 초졸밖에 되지 않았던 나의 아버지.

아버지는 초등학교를 졸업하고 한 시골 이발소에 시다로 취직했다. 그렇게 경력을 쌓고 돈을 모아 이발소를 개업할 때 즈음, 내가 태어났다. 아버지는 내가 아주 어렸을 때부터 화투패를 들었고 힘들게 개업한 이발소는 이내 하우스로 변했다. 주종은 화투 섯다였는데, 아버지는 오래지 않아 이발소를 팔아먹고 만다.

그렇지만 젊고 건강한 아버지를 믿은 나의 엄마는 가족이라는 울타리를 지키고자 끝까지 용서했고 아버지는 노가다판으로 전향했다.

내가 아버지에 대해 모르는 게 더 많겠지만, 확실한 것은 근면 성실 하나는 1등이었다. 쉬는 꼴을 못 봤다. 비가 오나 눈이 오나, 아버지는 뺑기쟁이로 청춘을 살았다.

뺑기쟁이로 일을 하고 또 실력도 쌓고 경력도 쌓일 때 즈음, 아버지는 한 팀을 꾸려 일을 맞추는 반장이 됐고 그 후로 또 몇 해 흘러 10층 미만의 아파트 건설 공사도 직접 수의 계약을 따내 인부들을 부리는 사장이 됐다.

보통 장마가 시작되거나 혹한기에 눈이 많이 내리면 일을 쉬는데, 그땐 화투를 쳤다.

남자가 밖에서 사람 좋다는 말을 들으면 그 남자의 집안은 망한다. 우리 아버지가 딱 그런 사람이었다. 아버지는 친구들도 많았고 인심도 좋았다. 다만, 우리 가족에게만은 예외였다. 공사 대금도 떼이기 일쑤여서 엄마가 대신 쫓아다니며 받아오곤 했다.

엄마는 공사가 길어지면 부수비용이라도 줄이고자 식사와 참을 직접 만들어 배달하며 아버지의 인력들을 먹이고 돌봤다.

어느 날. 비가 참 많이 오던 날이었다. 그날따라 아버지가 공사 대금을 받으러 간다고 성화를 부렸다. 공사 대금을 받으러 간 아버지는 돈을 주지 않는 그 놈팡이와 술을 거나하게 마시고 회포를 풀었다. 집에 돌아올 때가 되어서야 어렵사리 꺼낸 돈 이야기에 약간의 몸싸움이 생겼는데, 하필 가파른 계단을 등지고 섰던 아버지를 그치가 밀쳤고 아버지는 계단에서 굴어 떨어지는 사고를 당했다.

아버지는 그 이후로 한참이나 일을 쉬어야 했다. 그래도 오래 일한 경력이 있다 보니 반장이나 소장이 일을 대신 보러 다녔고, 엄마는 더 악착같이 공사 대금을 받으러 다녔다. 그 이후에도 사고가 한 번 더 있었다. 높은 아파트에서 고공 작업을 하다가 안전벨트가 풀어지는 바람에 아버지는 그대로 추락했다. 그래서 아픈 데가 참 많았지만, 몸이 성치 않아도 아버지는 결코 쉬는 법이 없었다.

엄마는 점점 생활력이 강한 여자가 되어야 했다. 자식을 향한 애정도 책임감도 강했던 엄마는 꿋꿋하게 가정을 지켜냈다. 나의 유년 시절은 상냥한 아내이길 포기하고 대장부가 되어버린 엄마의 힘으로 그나마 부족한 것 없이 보낼 수 있었다.

그런데 딸이 도박과 알코올 중독에 빠져 자살 시도를 했다니, 엄마에겐 받아들이기 힘든 충격이었을 것이다. 나는 더더욱 입을 다물 수밖에 없었다.

얼마나 지났을까?

초점 없이 멍하게 앉아 있는데, 다시 출입구 문이 열린다.

"면회 있습니다."

엄마일 것 같았다. 다시 나를 꺼내주러 왔을 것이다.

나는 문에 들어서는 사람을 쳐다보지 않고 바닥만 내려다보며 처분을 기다리고 있었다.

"니가 왜 여기 있어!"

복의 목소리다.

어떻게 왔을까. 어떻게 알고 온 것일까.

나는 복에게 전화를 건 적이 없다. 그 순간 불현듯 기억 하나가 떠오른다.

나를 이곳에 가둘 때, 나는 복의 전화번호와 이름을 외쳤다. 나를 여기 가두도록 허락한 것은 엄마겠지만, 나를 여기서 꺼내줄 수 있는 사람은 복이었다.

복은 웬만한 연줄은 줄줄이 달고 사는 사람이라 내가 이 정신병원에서 나갈 수 있도록 도와줄 수 있을 것 같았다.

이미 약물을 주사해 비몽사몽이던 순간 나는 복의 연락처와 번호를 거듭해서 외쳤고, 원래 보호자 외 연락을 하지 않는 간호 사지만, 나를 측은히 여겼던 건지 복에게 전화해 나의 입원 사실을 알렸다고 한다.

나는 살은 빠질 대로 빠져 뼈만 앙상히 남아 있고 머리카락이나 목덜미에는 채 닦지 못한 핏자국이 그대로 남아 있는 상태로 그와 재회했다.

팔에는 붕대를 칭칭 감고 과다출혈 탓에 얼굴은 창백했을 것이다. 무엇보다도 복이 놀란 건 자신을 올려다보는 나의 휑한 눈빛이었다.

"내 좀 꺼내도."

다른 말은 필요 없었다. 죽든 살든, 나는 나가야 했다. 심지어 날 가둬두고 하루 내내 결박하고 약물까지 주사한 이곳은 내게 두려움 그 자체였다.

복은 가만히 서서 말없이 나를 쳐다만 봤다. 나를 본 그는 오랜 시간 죄책감에 시달렸다고 한다. 자신이 떠난 뒤 홀로 남겨진 도박쟁이의 비참한 말로 앞에서 그는 차마 말을 잇지 못했다. 그렇게 20~30분가량 가만히 서 있던 그는 말없이 나갔다.

'나를 꺼내주려고 나간 걸까? 이대로 나를 여기 두고 가진 말아야 할 텐데.'

걱정됐다. 조금만 늦었어도 나는 지금 장례식장 뒤에서 향냄새를 맡고 있었을 사람이었다. 살아나자마자 갇혀 있다는 사실이 두려웠다.

그때 문을 열고 들어온 건 복이 아니라 간호사였다.

"저… 보호자 분이 이것 좀 전해주라고 하셔서요."

비닐봉지 안에는 새 옷과 양말이 들어 있었다. 급하게 샀는지 내가 환갑쯤 되어도 절대 꺼내 입지 않을 옷들도 몇 벌 담겨 있었다.

내 몰골을 상상해보았다. 헤어진 남자친구에게는 절대로 보이고 싶지 않은 모습들이 있다. 민낯이라든가 지금의 나처럼 참담하고 초라한 모습, 혹은 슬퍼하는 마음 같은 것들.

나는 헤어진 남자친구에게 내 밑바닥까지 적나라하게 보여주고 말았다.

해가 지고 어둑어둑해진다. 창은 막혀 있어서 밖이 보이지는 않았지만, 창문 위편에 대어놓은 가림막 사이 틈새로 밤인지 낮인지 정도는 분간할 수 있었다.

의사가 들어와 내 컨디션 등을 체크하고는 내가 이곳에서 나가려면 사흘은 있어야 한다고 했다. 들어온 지 하루하고도 반나절이 됐으니 내일모레는 자진 퇴원이 가능하단 것이다.

결코 짧은 시간이 아니다.

사람이 죽어서 심판을 받으러 가는 7개 관문을 통과하는 시간도 이보다는 길지 않을 것 같다는 생각이 들었다.

하루빨리, 아니 1초라도 빨리 이곳에서 벗어나고 싶었다.

나는 다시 눈을 감았다. 이대로 지옥에 떨어지더라도, 다시 눈을 떴을 때 이곳만은 아니길 바랬다. 그때, 또 문이 열렸다.

"얼른 옷 입어라. 가자."

엄마였다.

엄마는 낮에 본 그 모습 그대로, 밀가루가 덕지덕지 붙은 파란색 앞치마를 그대로 두르고 있었다. 엄마는 병원에서 보호자에게 요구하는 모든 서류에 사인을 마치고 나를 데리러 왔다. 나는 복이 사다 준 그 최악의 옷으로 갈아입고 병원을 나섰다.

병원은 놀랍게도 도심 한가운데 있었다. 하늘 언저리만 대강 보이는 좁은 방안에 갇혀 있다 나오니 밖은 너무나 생경하게 느껴졌다. 이 곳은 화려한 네온사인으로 가득한 도심 안이었다.

병원에서 멀어질수록 그곳은 참 작게만 느껴졌다.

이승과 저승. 갇혀 있었던 정신병동과 이 자유로운 바깥세상.

삶과 죽음.

이 모든 게 고작 벽 하나를 두고 나누어져 있었다.

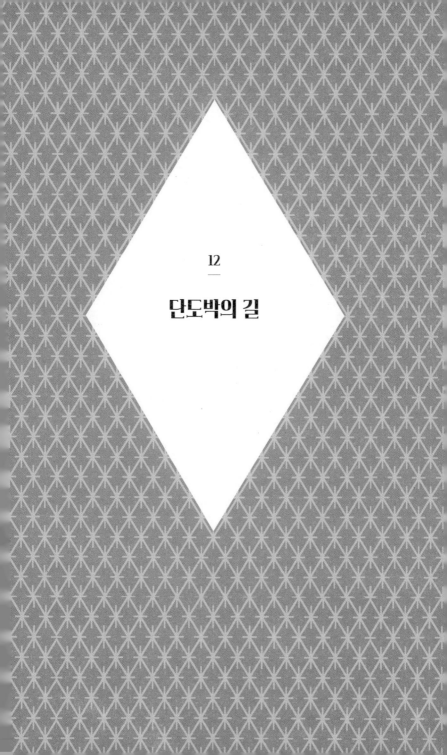

12
—

단도박의 길

♠

손목의 상처는 시간이 지날수록 아물어갔다.

상처가 아물어 붕대를 풀고 실밥을 제거한 지 며칠이 지났지만, 손가락 감각은 전혀 돌아올 기미가 없었다. 정상으로 돌아가긴 힘들 거라는 진단을 받았다.

장애라고 판정하긴 애매했지만, 그 이후 나는 뜨거운 걸 만져도 뜨거운 줄 모르고, 칼에 베여도 통증을 느낄 수 없게 되었다.

흉터는 꽤 컸다. 수술 당시 200바늘을 넘게 꿰매야 했기에, 너덜너덜해진 내 살가죽을 잡히는 대로 꿰고 기웠다. 그래서인지 왼쪽 손목부터 팔꿈치까지 두께가 오른팔 반밖에 되지 않았다. 물론, 힘을 제대로 주는 것은 전혀 불가능한 일이었다.

하지만, '노름쟁이는 손가락을 잘라도 노름을 한다.'는 말이 틀리지 않았다. 나는 어느 정도 회복이 되자마자 다시 바카라에 손을 댔다.

변화가 찾아온 건 내가 아니라 복이었다.

회복기가 거의 끝나고 굼뜨게나마 왼손으로 이것저것 집을 수 있게 되었을 때, 복에게서 연락이 왔다.

받지 말까 생각도 했지만, 그래도 마지막으로 본 게 정신병원에 갇힌 모습이었으니 변명이라도 하고 싶었다. 다시 잘살아 보고자 마음도 고쳐먹었고 제법 괜찮아지고 있다는 허세도 좀 부리고 싶었다.

나는 퀭한 얼굴과 어두운 표정을 화장으로 덮고 깡마른 몸을 감춰줄 옷을 골랐다. 시간이 꽤 오래 걸렸다.

복의 차는 늘 있던 그 자리에 주차되어 있었다.

내가 조수석에 타자 복은 내 얼굴을 말없이 몇 번이나 쳐다보더니 이내 어디론가 차를 몰았다. 그는 아무것도 묻지 않았고, 나 역시 아무 말도 하지 않았다.

도착한 곳은 한 아파트였다.

이 아파트는 내가 예전부터 꼭 살 거라고 의식처럼 말했던, 나의 꿈이자 이 도시의 랜드마크인 고급 아파트였다. 누구 집으로 가는 걸까 궁금했지만 나는 복의 걸음만 뒤따랐다. 엘리베이터에서 복이 누른 것은 이 아파트에서 가장 높은 층이었다. 엘리베이터가 도착하자마자 그는 익숙하게 현관문의 번호키를 누르고 집 안으로 들어섰다. 나는 그제야 걸음을 멈추고 물었다.

"여가 어딘데."

복은 대답하지 않고 뒤에서 내 어깨를 잡고 집안으로 밀었다.

좋은 집이었다.

가구가 듬성듬성 있어서 곧 이사를 나가거나 들어오는 집인가 싶었다. 지나가는 길에 먼발치서 구경만 해봤지 실내까지 들여다 본 적이 없었는데, 막상 안에서 보니 집은 더할 나위 없이 좋았다. 내가 사는 집도 40평이 넘었지만, 이 집의 고급스럽고 세련된 분위기에 비할 수가 없었다. 게다가 가구가 몇 개 있지 않아서 그런지 집은 정말로 웅장하게만 느껴졌다.

나는 입구 복도에서 다시 걸음을 멈추고 복을 올려다봤다. 그가 내 눈을 마주보며 말했다.

"여기가 우리 집이다. 우리 여기서 다시 시작하자."

나는 '무슨 수작이야.'라고 말하고 싶었지만, 말 대신 눈썹을 치켜세우고 그를 매섭게 흘겨보기만 했다. 그가 정식으로 말했다.

"결혼하자."

그 말을 듣자마자 가슴이 뻐개지는 것 같았다. 얼마나 듣고 싶었던 말이었던가. 내가 얼마나 간절히 원했었던가. 내가 수없이 물었을 적, 그렇게 모질게 거절하더니 내가 이 꼴이 되고 나서야 이 말을 듣게 되다니…. 온몸이 땅으로 꺼지는 기분이었다.

"싫다!"

나는 그 한마디만 하고 곧장 뛰쳐나왔다. 어디로 향하는 길인지도 모른 채 눈앞에 보이는 길로 최대한 빠르게 달렸다.

동정.

내가 가장 싫어하는 감정. 내가 절대로 받지 말아야 하는 감정. 그게 바로 동정이었다. 곱씹을수록 기분 나쁘고 화가 났다.

머리도 곱게 만지고 오랜만에 화장도 하고 최대한 괜찮은 척 건강한 척 애써봤지만 나는 결국 밑바닥이었다. 그걸 복이 최악의 방법으로 상기시켜준 것이다.

내가 그렇게 간절히 바랄 때는 거부하더니, 인제 와서 내 꼴이 불쌍해졌을까. 한순간도 잊은 적 없었던 그를 향한 그리움과 남아 있던 사랑의 감정이 휘몰아치며 갑자기 분노로 바뀌었다.

다시는, 절대 다시는! 이런 감정 느끼지 않을 거야!

뛰다가 숨이 차면 잠깐 걷기도 했다. 걷다가 치욕스러운 마음이 들면 다시 달렸다. 목적지도 없었고 멈출 기미도 없었다. 해가 질 때까지 걷거나 뛰기를 반복하다 보니 내가 사는 아파트까지 걸어왔다. 내가 길치라는 점을 감안하면 얼마나 헤매고 걸었는지는 알 수 없었다.

집에 도착하자마자 곧장 욕실로 향했다. 날은 추웠지만 나는 춥지 않았다. 욕실 거울에 비친 나는 초라했다. 한없이 초라했다. 다 망할 도박 때문이다.

내가 도박만 하지 않았어도 이런 모습의 나를 만났을까?

나는 가위를 들고 머리카락을 잡히는 대로 몽땅 잘라버렸다. 아주 오랜 시간 거울 앞에 서서 잘려나가는 머리카락과 변하고 있는 내 모습을 지켜보았다.

새사람이 되어야 한다는 생각뿐이었다.

아직 공부했던 머리가 남아 있을 것이고, 다시 정상인 궤도에 오르고도 남을 젊음이 있었다. 훗날 멋지고 근사한 사람이 되면, 그깟 실수쯤이야 젊은 날의 객기였다고 웃으며 말할 수 있는 그런 날이 올 것이다. 밝고 창창한 미래가 그려졌다. 정말 멋진 여자가 되어서 나의 사랑에 동정으로 답한 그에게 복수하고 싶은 마음도 들었다. 노름을 끊어야겠다.

나는 난생처음 진심으로 단도박의 길을 결심했다.

다음 날 모자를 덮어쓰고 미용실로 향했다. 한쪽 귀가 시원하게 보이도록 투블럭컷을 했다. 나의 결연한 의지를 표현하기 위해 선택한 나름 과감한 결정이었지만, 뜻밖에도 나는 쇼트커트가 잘 어울리는 여자였다.

단도.

사이트를 탈퇴하는 것만으로는 내게 큰 영향이 없다. 한 사이트에서 탈퇴나 정지를 해봤자 5분 안에 새로운 놀이터를 찾아낼 수 있을 만큼 도박 사이트는 무궁무진했다.

확실하고 평화로운 단도의 길을 걸어야 했다.

일을 다시 하기로 마음먹었다. 나는 입사지원서를 몇 군데 추려 넣고 합격 연락이 오기만을 기다렸다.

노름을 멈춘 나의 일상은 심심함과 지루함의 연속이었다.

일어나자마자 습관처럼 보던 운세 앱은 삭제한 지 며칠 되었다. 나는 보통 노름을 하기 전 그날의 운세를 점쳐보는데, 이게 생각보다 도움이 많이 되었다. 앱에서 간단히 점괘를 보고 난 다음, 포털사이트에 생시를 입력해서 한 번 더 오늘의 운세를 확인했다.

이게 왜 도움이 됐느냐 하면, 점괘가 좋게 나오면 그날은 가벼운 마음으로 노름을 할 수 있었다. 그렇지만 둘 중 하나에서 재물운세가 좋지 않게 나오면 나는 꽤 긴장하는 마음으로 노름을 했다. 두 곳 다 '도박성이 강한 투자는 절대로 피해야 한다.'라는 점괘가 나오면, 그날만큼은 노름을 하지 않으려고 애썼다. 어쨌든 노름은 운세와 크게 상관없이 진행되었지만 마인드 컨트롤에 도움이 됐던 것은 확실하다. 점괘를 맹신하는 것은 아니지만 조심하라면 더 조심하고, 운이 좋지 않다면 입금액을 줄이며 자신을 스스로 다독이는 데에는 꽤 효과가 있었다. 간땡이가 부을 대로 부은 노름꾼한테 이러한 위축 효과는 생각보다 파급력이 강하다. 오늘은 안 될 거로 생각하고 게임을 시작하면, 일단 분노 베팅도 덜하게 되고 슬금슬금 겁도 나기에 돈을 따는 것보다 덜 잃는 데에 도움받는 것이다.

손목의 상처는 어느 정도 아물었지만 붉은 흉터는 언뜻 보기에도 심하게 남았다. 거기에 울퉁불퉁한 요철이 한번씩 소름이 끼칠 만큼 징그럽게 느껴지기도 했다.

일을 다시 시작하면 시간이 없을 터라 마지막 휴식이라고 생각하고 나는 최대한 마음을 편하게 먹으려고 애썼다.

그러던 어느 날, 준석에게서 연락이 왔다.

"요새 조용하네. 티켓 보낼 테니 한번 와."

"아니다. 내가 몸이 좀 안 좋아서. 그리고 노름할 돈도 없다."

"어디 아파? 노름하라고 오라는 게 아니고 여행 와서 그냥 쉬어. 내가 준비해둘게."

여행….

이번에는 정말로 그 여행이란 걸 해 볼 수 있지 않을까?

그동안 필리핀을 수십 차례 갔지만, 내가 본 건 공항과 호텔을 오가는 새로 생긴 지 얼마 안 되는 고속도로뿐이었다. 정말 필리핀을 '여행'하고 싶다는 마음도 들었다.

나에게는 지금 여행이 필요할 것 같기도 했다.

"갈게."

"그래. 그럼 가장 빨리 들어올 수 있는 일정으로 잡아볼게."

준석은 바로 그 주 금요일 출발하는 비행기로 일정을 잡아주었다. 급하게 잡은 탓에 필리핀행 비즈니스석은 매진되었고 다시 한국으로 돌아오는 비행기만 비즈니스석으로 예약되었다. 이코노미를 타고 4시간을 가야 한다니…. 불편할 것 같았지만, 나는 다른 생각은 모두 접어두기로 했다.

과거와는 다르게 이번에는 조금 더 신경 써서 짐을 챙겼다. 더운 나라에 여행 가는 것이니 바캉스 룩도 챙기고, 반소매 티셔츠에 모자와 선글라스까지. 여느 동남아 여행을 하는 사람들처럼 짐을 꾸렸다.

나는 저녁 비행시간을 고려해 3~4시간쯤 여유를 두고 집을 나섰다. 그러나 집 앞에는 나를 맞이하는 익숙한 차와 익숙한 사람이 기다리고 있었다. 복은 한 손에는 커다란 꽃다발을 들고 차 옆에 서서 멀뚱멀뚱 나를 쳐다보았다.

저 사람이 왜 꽃을 들고 저기에 서 있는 거지?

설마….

당황한 와중에도 복과 꽃은 참 어울리지 않는 조합이라는 생각이 들었다. 나는 무심히 복을 지나쳐서 내 차로 걸음을 옮기려 했으나 그가 내 팔을 붙잡았다.

"태워다 줄게. 가면서 얘기도 좀 하고."

준석이 녀석이 벌써 복에게 이야기한 것 같았다. 어쩌면 내 여행을 권유한 게 복의 계략일지도 모른다.

복은 짧아진 내 머리를 어색하다는 듯 보고 있었다. 그는 나를 보며 무슨 생각을 하는 걸까. 나는 그런 복을 보며 무슨 생각을 하면 될까. 어려웠다. 단순하게 출발하려던 여행이 갑자기 복잡해졌다. 두어 번의 실랑이 끝에 나는 복의 차에 몸을 실었다.

복은 재차 결혼 이야기를 꺼냈다.

"그 말 한 번 더 꺼내면 여기서 내릴 거다."

나는 단호하게 말했고 복은 조용히 내 손을 잡았다. 그 손이 너무 따뜻해서, 너무 놓고 싶지 않아서 나는 또 화가 났다.

복과 나는 별말이 없이 공항에 도착했고, 나는 짐을 챙겨 공항 안으로 걸음을 재촉했다.

복의 시야에서 완전히 해방됨을 느끼자 감정이 미묘하게 요동쳤다. 티켓팅을 하기 위한 줄이 굉장히 길었다. 비즈니스 티켓을 가진 사람들은 이 줄에 서 있지 않고도 금세 출국장으로 이동할 수 있다. 지금까지 당연히 비즈니스 전용 티켓 창구에 섰었는데, 이제는 프리미엄 이코노미 티켓을 들고 길게 늘어져 있는 줄 끝에서 기다려야 했다.

나는 'ㄹ'자로 늘어선 관광객 행렬 가장 뒤쪽에 주춤대며 줄을 섰다. 행복한 마음을 가지고 고국으로 돌아가거나 설레는 마음을 안고 여행지로 가려는 사람들. 같은 줄에 서 있지만, 이 줄 끝에 서 있는 나에겐 그들과 비슷한 감정이란 없었다.

줄은 좀처럼 줄어들 기미가 보이지 않았다. 나는 시간이 갈수록 자꾸만 손목에 새겨진 흉터가 떠올랐다. 그리고 복의 얼굴이 떠올랐다. 준석도 떠올랐다.

나는 짐을 들고 그대로 공항에서 도망쳤다.

◇

나는 한동안 단도에 성공했다.

여전히 복은 우리 집 근처를 맴돌았고 종종 연락하였으며 그 빈도는 조금씩 잦아졌다. 내가 복의 청혼을 받아들이지 않은 이유는 단지 자존심 때문만은 아니었다.

돈으로 살 수 없는 것 둘. 신뢰.

나는 여전히 나 자신을 믿지 못했고, 이런 나를 받아들이지 못하던 복이 갑자기 마음을 바꾼 것 역시 믿을 수 없었다.

노름꾼은 다시 평범한 삶으로 돌아갈 수 없다.

갑자기 깨닫게 된 사실이 아니라, 이미 그 사실을 알면서도 나를 받아주지 않는 복에게 오기를 부렸던 건지도 모른다. 텅 빈 내 삶에서 노름까지 빠져버리자 껍데기만 남아 있는 것 같았다.

다행히 오래 지나지 않아 내가 입사 지원을 한 기업에서 면접 요청 소식이 들려왔다. 나는 당당히 최종합격해서 그 기업에 입사하게 되었다.

초봉 3,800만 원. 성과금 없음. 상여금 없음. 연차가 존재하지만, 분위기상 사용 불가. 나쁘지도 좋지도 않은 조건이었다.

그렇지만 나는 정말 쉬어도 너무 오래 쉬었다. 세상과의 소통도 필요했고 무엇보다 사람답게 살기 위해서는 안정적인 직장이 필요했다. 부모와 사랑하는 남자의 그늘에서 빠져나와 가진 게 하나도 없던 나는 소속된 회사의 그늘에라도 들어가고 싶었다. 몹시도 간절하게 바랐던 평범한 삶이었다.

첫 출근은 걱정보다 순조로웠다. 교육 및 연수 기간 1달 정도가 지나서부터 내겐 몰입할 수 있는 업무가 주어졌다. 일의 강도는 셌지만, 힘들어도 그마저 즐거웠다.

출근하면 보통 야근까지 11시간 이상을 근무했고, 입사 동기가 둘이나 빠져나가 내 몫의 일은 차츰 포화상태가 되었다. 차라리 그편이 나았다. 집중해야 하는 일, 미친 듯이 밀려들어 오는 업무 속에서 나는 조금씩 고통을 잊어갈 수 있었다. 나는 무언가에 꽂히면 그게 뭐든 끝을 보는 성격이어서, 꽂힌 게 일이 되다 보니 회사에서 능력을 빨리 인정받았다.

일이 끝나지 않으면 나는 오전 8시에 출근해서 오후 11시가 다 되도록 퇴근하는 법이 없었다. 나를 찾는 상사들이 늘어갔다. 늘 의존했던 술에서도 조금씩 벗어났다. 조금 일찍 퇴근하는 날에는 오랫동안 찾지 않던 친구들의 연락에 응하기도 하고, 비 오는 날에는 삼겹살에 소주 1~2병쯤 걸치고 기분 좋게 취하기도 했다.

그러나 내 인생은 이렇게 물 흐르듯 흘러가면 섭섭한 모양인지, 생각지 못한 사건이 생겼다.

평범한 일상이 지속되던 어느 날, 회사에 전체 회식이 잡혔다. 나는 회식에서는 한 모금의 술도 마시지 않고 일찍 귀가하는 편이었는데, 그날따라 고생이 많다며 다독이는 상무 하나가 유난히도 들러붙었다.

"한 잔 마셔, 다 같이 고생했는데 이렇게 빼면 섭섭하지."

내가 정말 싫어하는 상사였다. 이 사람 입에서는 참을 수 없는 악취가 났다. 내가 입사하고 이 사람이 양치하는 모습을 단 한 번도 본 적이 없었다.

식사가 끝난 후엔 입에 물을 잔뜩 머금고 우글우글하며 엄청난 소리로 가글을 하다 곧장 그것을 꿀꺽 삼킨다. 틈만 나면 줄담배에 믹스커피를 마시는 이 상무에게선 헛구역질을 유발하는 냄새가 났다. 나는 꽤 서글서글한 성격이라 사람들과 두루두루 잘 지내려 애썼지만, 이 상무에게는 그게 잘되지 않았다.

회식은 2차까지만 참석했다. 다행히 2차 회식 장소가 우리 집 근처로 잡혀 조금만 걸어가면 집에 갈 수 있겠다 싶었다. 슬슬 눈치껏 꽁지를 뺄 생각이었다.

내가 꽁지를 뺀 건 다행히 걸리지 않은 듯했다. 그런데 터덜터덜 집으로 걸어가는데, 아까 그 상무가 우리 아파트 단지 앞으로 쑥 들어오는 게 아닌가.

거기서 끝나지 않았다. 인사고과부터 시작해 거의 모든 업무를 꿰뚫는 자리에 있어서인지, 그는 나의 아파트 동호수까지 정확히 알고 따라왔다. 무서웠냐고 묻는다면 더러웠다고 답하겠다.

불쾌감을 꾹 누르고 모른 척 못 본 척 천연덕스럽게 연기하며 집안으로 들어섰다. 현관문이 닫히기 바로 직전 상무의 발이 쑥 들어왔다. 이 엿 같은 상황에 정말 소름이 끼쳐서 모든 행동과 생각이 올스톱됐다.

따라오는 줄 알고 나서 어떻게 대응해야 할지 고민하고 계획을 세우느라 바쁘게 움직이던 내 두뇌 회로가 멈추었다.

닫히려던 문은 상무의 발에 맞고 통겨져 다시 열렸다.

"어머, 상무님 아니세요?"

나는 최대한 침착하게 대응했다. 그래야 했다. 저 개자식이 술에 취해 발정 난 짐승 새끼라면 내가 위협적으로 느낀다고 판단할 때 이성의 끈을 완전히 놓아버릴 수 있다.

"아, 어. 그래 그게, 여자 혼자 가면 위험하니까 걱정돼서 따라왔지."

그 위험한 행동을 지금 본인이 하고 있다는 걸 모르겠지.

"아 그러셨구나. 이제 집에 들어왔으니, 걱정 말고 가세요."

"그래도 여기까지 왔는데 커피 한 잔도 안 주나?"

내가 회사에서처럼 '네네' 거릴 줄 알았을까. 부하 직원들은 자신의 집, 사적인 공간에서도 상사에게 무조건 복종해야 하는가?

아니다.

나는 회사에서만 그의 부하 직원이었고 지금은 엄연히 내 집이다. 그리고 이미 퇴근한 상황이다.

여자로 태어났다는 이유로 나는 이런 불쾌한 경험을 자주 겪었고 많이 참아왔다. 씁쓸한 것은, 그렇다고 대놓고 화를 내거나 몰아붙일 수 없다는 사실이었다. 장소가 회사는 아니지만, 그가 내 상사인 것은 분명하니까.

나는 최대한 우회적인 표현으로 그를 돌려보내려고 했다.

"상무님. 회사에서 타 드릴게요. 커피."

상무는 다른 핑계를 찾고 있는지 헛기침만 계속하며 현관 앞을 떠날 생각이 없어 보였다.

나는 개를 키운다. 나의 사랑스러운 퍼피는 미니핀인데 내가 너무 잘 먹여서 키운 탓에 그냥 '핀' 같다. 내 강아지는 겁이 많다. 사람도 겁내고 다른 작은 강아지를 만나도 겁을 먹는다. 겁이 많다 보니 짖는 게 가히 위협적이다.

겁나는 만큼 다가오지 못하게 하려고 미친 듯이 짖는다. 개나 사람이나 이런 면에서 보면 참 비슷하다. 겁이 많은 사람의 목소리가 더 크다. 무서우니까 더 짖는 강아지처럼 사람도 겁쟁이들은 늘 요란하다. 그게 사실은 겁이 나서 그런 거다.

나의 강아지가 세차게 짖어대는 소리가 이만큼 반가웠던 적이 없었다. 중문에 매달려 미친 듯이 문을 긁고 우렁차게 짖었다. 이 상무는 그 소리에 놀랐는지 중문을 열고 달려들 것처럼 짖어대는 소리에 그만 물러났다.

나는 이렇게 내 인생의 위협 하나를 또 간신히 넘겼다.

기업의 상무란 사람이 하마터면 성범죄자로 낙인찍힐 뻔했으니, 술의 힘이란 게 이토록 무서운 거다.

나는 어릴 적부터 꿈이 무엇인지, 무얼 이루고 싶은지 물으면 '권력'이라고 생각했다.

여자가 어릴 땐 '외모'가 권력이다. 조금 더 세월이 지나면 '돈'이 권력이 된다. 만약 그것들을 지켜냈다면 그다음엔 '인성'이 권력이 된다. 돈과 지위를 가진 사람의 품위 있고 배려할 줄 아는 인성 그 자체가 권력이 된다.

나는 지금 '돈'이라는 단계의 권력에 매달리고 있었다.

돈이 있으면 세상은 달라진다. 어느 정도 현실 감각이 찾아오던 나이부터 지금까지 내 꿈은 '가격표를 보지 않는 삶'이었다. 물건을 살 때, 음식을 먹을 때, 여행을 갈 때 등등 이런 평범한 일상에서도 수많은 선택의 갈림길에 선다. 일단 주머니가 빵빵하면 나는 세상에서 가장 자애로운 사람이 된다. 가격표를 보지 않는 삶. 가격은 따지지 않고 내가 이걸 원하는지만 생각한다. 많은 것들이 나의 중심으로 돌아간다.

나는 다음 날 출근하지 않았다.

노름에 빠졌던 것을 제외하면 내가 인생에서 저지른 가장 무책임한 일, 무단 퇴사였다. 실수는 상대가 했는데, 왜 내가 숨어야 하는가.

사실 이 일을 공론화하고 싶은 마음은 없었다. 그러기엔 내가 너무 자존심이 상했다. 슬프게도 이런 일이 생겼을 때, 먼저 추궁받는 건 여자의 처신 문제였기 때문이다.

내 이야기가 사람들 입방아에 오르내리는 것이 너무도 싫었다. 그래서 피하고 숨는 방법을 선택했다. 아침부터 난리 난 휴대폰은 전원을 꺼버렸다. 입 냄새만큼 생각도 비상식적인 상사 때문에 나는 실패를 또 겪어야 했다.

사흘 뒤 친하게 지내던 남자 동기에게 회사에 있는 내 짐을 부탁했다. 카페에서 동기를 만나 짐을 건네받고 고맙다는 인사를 몇 번이나 하는데, 결국 이 동기 놈도 고마우면 술 한잔하자는 말을 했다. 밥 한 끼 사겠다고 대답하고 헤어졌다. 그런데 며칠 뒤 자정이 다 되어가는 시간에 취한 목소리로 내게 전화해서 한잔하러 나오라고 했다. 정말 나랑 술 한잔하는 게 목적이 아닐 것이다.

나는 종종 점집이나 철학관을 찾아가곤 했는데, 내 사주팔자에 도화살이 3개나 있다고 했다. 반세기만 전에 태어났어도 나는 남편 잡아먹고 집안 말아먹을 여자였다고 했다. 요즘 시대가 변해 이 도화살이 여자에게 상당히 좋은 매력이라고들 하는데, 나는 잘 모르겠다.

그리고 또 한 가지, 나는 화려한 것을 옆에 두어야 한다고 했다. 화려한 것이라 하면 꽃 같은 거 말이다. 꽃, 보석, 화려한 샹들리에. 나는 이 말이 내가 기생 팔자라는 말로 들렸다.

찬찬히 생각해보면, 나에게 꽃이 정말 가까이에 있긴 했다.

도박의 꽃. 바카라!

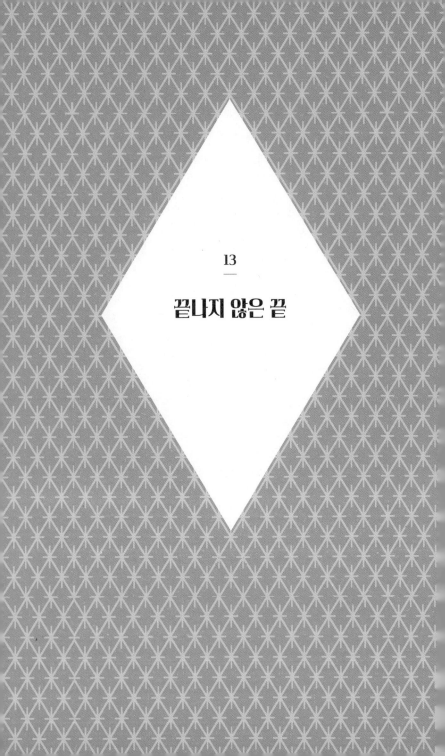

13
—

끝나지 않은 끝

정신병원에 갇히고, 복과의 이별을 겪고, 긴 머리카락을 잘라 내면서까지 결심한 단도였지만, 퇴사 이후 마음속에 다시 악마가 자라나고 있었다.

도박 앞에서 나는 정말로 나약한 사람이었다. 그 악마의 속삭임에 다시 귀가 멀고, 빨간색 파란색 동그라미에 현혹되어 눈이 먼다. 도박의 꽃. 바카라.

재발이다.

보통 노름이란 게 계속 돌고 돌면 죄책감까지 무뎌지는데, 한동안 내가 정상인과 같은 삶을 살다가 재발하니 마음이 여간 불편한 것이 아니었다. 돈을 따도 찝찝하고, 잃으면 정말 지옥 같았다. 그래도 돈을 따야 내일 또 노름을 할 수 있으니, 따는 편이 훨씬 좋긴 하다.

어느 순간부터 나는 돈을 따면 제법 잘 쓰기도 했다. 어차피 내일까지 있을지 없을지 모르는 돈 아닌가. 환전을 마친 돈이 통장에 꽂히면, 일단 쓴다. 맛있는 음식을 사 먹고, 백화점 가서 엄마에게 200만 원이 넘는 코트도 사드렸다. 좋은 화장품을 사고 명품 가방도 샀다. 전혀 아깝지 않았다. 어차피 내일이면 잃을지도 모르는 돈이었다.

도박으로 딴 돈은 내가 원래부터 가진 돈이라는 착각에 빠진다. 이것은 많은 노름꾼이 겪는 오류다. 그러니까, 100만 원을 따고 20만 원을 쓰면 80만 원이 남는다는 생각이 아니라 그냥 마이너스 20으로 느껴지는 거다.

노름쟁이가 노름하는 사이클에서 가장 큰 작용을 하는 것이 '결핍' 상태다. 돈이 넘쳐나서 재미로 시작하는 사람도 있고, 주변에서 다들 하니까 용돈이라도 벌어볼 생각으로 손대는 사람도 있지만, 재발의 문제는 다르다.

막상 성실하게 일해서 월급을 탔는데, 그간 벌려놓은 빚들을 감당하기엔 한 달 동안 번 돈은 하염없이 적다. 조금만 더 보태면 이번 달 이자라도 해결할 수 있을 것 같다. 사실 10원짜리 1장도 없으면 도박을 못 하는 건 당연한 것 아닌가.

이 얄팍한 결핍 상태에서 우리는 다시 호구가 된다.

돈이 있으면 응당 소비를 한다. 빚을 갚는다든지 밥을 먹는다든지 가족에게 생활비를 준다든지 하는 당연한 이유로 소비를 한다. 소비한 돈에서 결핍은 다시 찾아온다.

정상인의 두뇌는 돈을 벌고, 번 만큼 상쇄할 수 있는 범위에서 소비를 한다. 개중에 또 생각이 있는 사람들은 적금을 붓고 계획적인 투자도 한다.

노름쟁이의 재발에는 일단 나갈 돈이 많다는 게 가장 흔히 쓰이는 평계다. 나갈 돈이 많으면 아끼거나 계획성 있게 하나씩 정리를 해나가야 하는데, 일단 받은 월급을 불릴 생각밖에 없다. 수중에 들어온 게 1만 원이든 10만 원이든 액수는 관계없다.

가장 위험한 것 중에 노름꾼이 돈 따는 일 만한 게 없다. 하느님이든 부처님이든 그날따라 삘 꽂히는 운 탓이든 노름꾼한테 돈 따는 기회를 한 번이라도 주면, 절대로 그 한 번으로 멈추는 법이 없다.

사람이 도박을 이기지 못하는 이유는 조작이나 사기 때문이 아니다. 조작이 아니고 사기가 없어도 잃게 되어 있다. 사람은 욕심에서 벗어날 수 없는 동물이기 때문이다.

'이번 한 번만, 딱 이번 달 이자만, 딱 이 빚 하나만.'

만약 성공했다손 치더라도, 우리는 절대로 멈추지 않는다. 또 본전 생각이 나는 법이다. 그런 욕망, 욕심들과 우리는 인생을 맞바꾼다.

나 역시 노름에 빠져 허우적거리는 동안 젊은 날의 추억과 소중한 가족과 사랑하는 남자, 소소한 일상의 수많은 기회비용을 이 욕망과 맞바꾸었다. 내 일상은 입금 신청으로 시작해 출금 신청으로 끝난다. 아주 운이 좋으면 말이다. 보통은 바닥을 드러내고 종말처럼 하루가 끝난다.

재발과 함께 나의 지옥은 다시 시작되었다.

복은 오늘도 어김없이 꽃과 음식을 문 앞에 두고 조용히 사라졌다. 복을 받아들일 수 없는 이유는 더 있었다. 복이 좋은 아파트를 마련했다면, 전에 겪던 경영난에서 빠져나와 융통할 수 있는 돈이 꽤 생겼다는 것이다.

물론 전에도 복은 늘 좋은 집 좋은 차를 타는 여유 있는 사람이었지만, 힘들어하는 남자를 위해 노름으로 딴 돈 따위를 내밀며 힘이 돼주고자 했던 나의 지난 시간이 부끄러웠다. 그리고 자신의 힘으로 그 역경을 딛고 일어서 또 성큼성큼 앞으로 나아가고 있는 복에게 내가 너무도 초라하게 느껴졌다. 수지타산이 맞지 않는 관계였다. 나는 못나 빠진 자격지심 덩어리여서, 성큼성큼 잘 나아가고 있는 복에게 걸림돌이라 생각했다.

재발로 인한 재중독은 더 진행이 빨랐다.

아바타 그리고 온라인 카지노.

여행이 불발된 이후로 아바타는 조금 꺼려져 온라인 카지노에 더 비중을 두었다.

이제 먹을 땐 신나게 먹고 잃을 때도 미련 없이 진다.

이제부터 빚테크다. 다들 노름 밑천은 빚으로 당긴 거겠지만, 결국 돈을 따서 다른 빚까지 모두 갚는다. 이게 내 빚테크 목표였다.

성공 여부는 당연히 'yes or no'다. 그래서 도박 아닌가.

나는 어차피 빌릴 빚을 갚았고, 또 애써 갚은 걸 다시 대출한다. 그렇게 반복하다 보니 내 신용등급은 6이라는 숫자를 찍고 말았다. 최악의 숫자. 6.

물론 이보다 더 아래 등급에 위치한 사람도 많겠지만, 빚테크를 시작하고 나는 카드론이나 현금서비스 한도를 모두 막아버렸다. 일단 이 두 가지가 신용등급 떨어뜨리는 데 부스터 역할을 한다.

번거롭더라도 그냥 심사받고 대출을 낸다. 그리고 돈을 따면 중도 상환을 하는 게 아니라 대출 철회를 이용했다. 이게 금융권마다 1년에 1번 정도는 허용이 된다.

제1금융, 제2금융, 제3금융도 각각 연간 한 번씩 대출 철회가 가능하다. 대출을 받아서 돈을 많이 따면 대출 철회를 이용해서, 사용한 며칠 간의 이자와 원금만 상환하면 대출 정보까지 모두 삭제할 수 있었다. 철회하면 중도 상환 수수료도 물론 없다.

삭제가 되면 좋은 점은 재대출이 편하다는 점이다. 중도 상환을 하면 몇 달의 시간을 걸쳐야 회복이 되지만, 철회는 다르다. 오늘 철회하면 내일 재대출이 가능하다.

그러다가 어느 날, 나는 또 큰돈을 따고 말았다. 시드가 다시 5,000만 원을 넘게 찍었다. 집 대출 마이너스 통장을 빼고 빚도 모두 갚았다. 마이너스 통장은 원래 죽을 때 갚는 거라고 했다.

어느덧 나는 복이 포장해다 준 음식을 곧잘 먹었으며, 잘 먹었다는 답장도 보냈다. 다시 주머니에 돈 좀 들어오니, 슬금슬금 사랑의 감정에도 여유가 생겨버린 탓이다.

봄볕이 따사로이 창가에 부서지던 커피숍이었다.

나는 복의 청혼을 받아들였다. 결혼식도 없고, 축하해 줄 하객도 없었지만, 우리의 사랑은 견고했고 복의 마음만은 김중배의 다이아몬드보다 더 대단했다.

결혼 전쟁과 헤어짐까지 1년 반에 걸친 이 스토리는 일단 해피엔딩인 셈이다. 아니, 해피스타트인가.

일단 우리는 집부터 이사했다. 우리의 신혼집이 된 복의 집은 넓고 깨끗했으며 웅장한 느낌이 났다. 평당 2,000만 원이 훌쩍 넘었던 이 아파트에는 대형마트, 각종 프렌차이즈 및 은행을 모조리 끼고 있는 상권의 중심에 있었다. 이후에 집값은 계속 오르는데, 이게 그냥 앉아서 1~2년 살기만 해도 값이 껑충껑충 뛰니 돈 있는 놈이 돈 벌기가 얼마나 쉬운 세상인가 싶었다. 내가 살았지만, 괴리감은 한동안 지속됐다. 여긴 관리비도 후덜덜했는데, 두 식구 사는데도 관리비만 60만 원이다

나는 신데렐라가 된 기분이었다.

난 맨몸으로 시집을 왔다. 혼수도 복과 내가 하나씩 고르면 복이 모두 부담했다. 이사와 동시에 이전에 살던 내 집은 처분하려고 내놨고, 시세보다 약간 더 싸게 급매로 내놓은 탓에 오래 걸리지 않아 집도 정리됐다. 집이 정리되면서 대출은 자동소멸했고, 나는 두

집 살림을 하나로 합치느라 한동안 도박에는 신경 쓸 겨를이 없었다. 나는 내가 가진 돈을 지참금 조로 복에게 모두 건넸다. 그래 봐야 8,000만 원 정도였다. 물론 내게는 전 재산이었지만.

복은 내가 아직도 도박한다는 사실을 알고 있었기 때문에 돈을 받았다. 그리고 머스탱 컨버터블 레이스레드 한 대를 선물해 줬다. 이것이 내 첫 새 차다.

나는 내가 운전을 했던 20살 때부터 새 차를 한 번도 타본 적이 없었다. 액셀 한 번 밟으면 바로 중고차가 되면서 쭉 내려가는 감가상각이 너무도 아까웠는데, 새 차를 받고 비닐 한번 쭉 뜯어 주고 1,000만 원짜리 액셀 한 번 밟아보니 돈은 이렇게 쓰는 거라는 생각이 들었다.

복은 내가 민낯에 추리닝 차림으로 레이벤 선글라스 하나 쓴 채 컨버터블 뚜껑을 열고 달리는 걸 참 좋아했다. 물론 시끄러운 EDM 소리와 함께.

살맛이 났다.

그동안 내가 돈으로 사 본 거라고는 기껏해야 외곽에 있는 오래된 아파트 한 채와 중고차 한 대였다. 화려한 집에 좋은 차까지 있으니 다른 물욕이 수그러들었다. 옷차림은 더 편해졌고, 성공해야 한다는 압박감과 모든 가치를 돈으로만 평가하던 자격지심 같은 것도 조금씩 내려놓게 되었다.

복과의 하루하루가 꿈 같았고, 좋았다.

한 번씩 가위에 눌려 잠에서 깰 때마다 이곳이 우리의 집임을,

내 옆에 복이 누워있음을 다시 깨닫고 그 악몽을 떨쳐낼 수 있었다. 무엇보다 엄마가 안심했다.

이 정도면 해피엔딩이 맞지 않는가?

나는 이제 좋은 집에 살고 좋은 차를 타며 먹고 싶은 음식은 거의 다 먹는다. 남편은 내가 원하는 대로 다 맞춰주고 필요한 건 모조리 사주려고 애썼다.

나는 행복했다.

이런 게 사는 거다.

그렇지만 아무것도 속단하지 말아야 한다.

나는, 노름꾼이었다.

14
—

나는, 노름꾼이다

♠

인생에 필요한 것들을 다 갖추고 산다면 오직 행복하기만 할까.
그 대답에 나는 'NO'다.

일단 필요한 것이 내 것이 되면 익숙해져 버리고 만다. 그래서
더 만족도가 높은 무언가를 찾게 되고, 그 불만족을 메꾸어 줄 또
다른 일거리를 만들어낸다.

물론, 만들어가는 것마다 노름뿐인 내가 죄인이다.

《페스트》란 책의 등장인물 중 '그랑'이란 남자와 '잔'이라는 여
자가 나온다. 페스트는 말 그대로 흑사병이란 뜻인데, 치사율이
전무후무한 이 전염병으로 인해 몰락해 가는 인간성을 냉소적으
로 그려낸 소설이다.

나는 이 책에 나오는 흑사병이 우리의 도박병 같이 느껴져서
한동안 이 책을 몰입해서 읽었다. 페스트란 이름을 빼고 도박 중

독이란 병을 넣어도 이 책은 완성될 것이다.

내가 생각했을 때, 도박 중독은 흑사병보다 더 무섭다.

그랑과 잔은 부부이고, 그 둘은 남부럽지 않은 애정을 가지고 행복한 결혼을 했으나 사랑한다는 사실을 깜박 잊어버릴 정도로 일을 한다. 피로해진 탓도 있고 해서 그는 무심한 사람이 되어갔고, 점점 더 말이 적어졌으며, 젊은 아내는 자기가 사랑을 받고 있다는 생각을 하게끔 이끌어 나가지 못했다.

복은 바쁜 사람이었다.

일을 세상의 가치 중 가장 으뜸으로 생각하는 사람이었으며 책임감 역시 강했다. 새벽에 일어나 365일 단 하루도 쉬는 날 없이 스스로 일을 찾아다녔고, 저녁에 퇴근한 그는 녹초가 된 몸으로 차려준 밥을 먹고 티브이 앞에서 꾸벅꾸벅 졸다가 이내 코를 골고 잠들어 버렸다.

그런 그가 처음엔 너무도 안쓰러웠다.

복은 연애 때부터 나를 걱정하는 일도 게을리하지 않았는데, 이 때문에 내가 다시 사회생활을 하는 것을 꺼렸다. 물론 나도 마지막 회사에서 불편하게 퇴사한 것이 마음에 걸려 취업은 하지 않기로 했고 적당한 취미를 갖는 것으로 합의했다.

노름꾼이 노름이 아닌 다른 취미를 가지는 것.

일단 취미라 하면, 내가 흥미가 있어야 하고 약간의 적성도 맞아야 하며 잘할 수 있는 것일수록 더 좋다. 나는 예전부터 글 읽는 것을 좋아했다.

초등학생 때 전학 간 학교에 새로운 친구들이 좀 낯설어 도서관에서 노는 게 습관이 된 덕에 나는 고3 수능 성적표에도 언어영역은 1등급, 고인 물이었다.

- 그래. 공부나 하자.

공부해서 남 주는 것도 아니고. 게다가 내가 20대를 노름에 빠져 산다고 뇌가 멍청해진 걸 문득문득 느꼈던 터라, 이참에 나는 공부를 더 하기로 했다.

무슨 공부를 할까 고민하던 중, 이왕이면 돈이 되는 거면 좋겠다는 생각이 들었다.

요즘 무슨 직종이 핫한가 검색해보니 10년이 넘도록 공무원이다. 매년 공무원 일자리는 계속해서 늘어가는 것 같았다.

오래 고민하지 않고 나는 공시생이 되었다. 하지만 막상 공시를 준비하니 여간 빡빡한 게 아니었다. 공무원을 생각했을 때 좋은 보직에 정년까지 보장되고 연금까지 잘 나오니 이만하면 되겠다 싶어 도전장을 내밀었는데, 행정학에 행정법에 영어 한국사까지. 언어영역도 다시 보니 쉽게 볼 게 아니었다. 요새 공시생들이 참 힘들겠구나 싶었는데, 그런 30대 공시생이 여기 있었다.

이 결혼 생활에서 내가 당당해지기 위해서는 뭔가를 이루어내는 것을 보여줘야 할 것 같았다. 내가 흔히 말하는 '취집'이라는 걸 한 셈인데, 요새는 이 '취집'이 평생직장이 될지 아닐지는 아무도 모르는 거다. 일단 내 앞가림을 할 방비책을 마련해 놓는 것도 좋은 방법이었다.

나는 몇 달 동안 열심히 공부했다. 책상에 오래 앉아 있는 습관이 배지 않아 공부 장소를 딱히 책상으로 정하지 않고 소파에서도 하고 침대에서도 하고 식탁에서도 하며, 되는 대로 책을 보고 인강을 들었다. 매주 한 번씩 학원에 가서 실전 모의고사를 푸는 것도 잊지 않았다.

복은 자신의 퇴근만 기다리다가 강아지처럼 쪼르르 달려 나오는 나를 좀 귀찮게 여긴 터라, 내가 공부하는 모습 자체를 좋아했다. 시험이 끝나면 곧바로 여행을 가자며 필리핀 여행도 제안했다. 복과 함께하는 바카라는 배당은 낮지만 안전한, 일종의 합법적인 종이 토토 같은 거였다.

나는 그렇게 분기가 두 번쯤 도는 시간 동안 단도도 잘 지켜갔다. 그리고 비가 내리던 시험지에서도 빨간색 동그라미가 늘어가고 있었다.

시험 D-4.

공부를 너무 무리하게 했던 탓인지, 시험 날짜가 다가와서 그런지 스트레스가 극에 달했다.

단번에 합격까지 바란 건 아니었지만, 이게 시간에 쫓기다 보니 스트레스가 정도를 지나치고 있었다. 형편없는 점수가 나올까봐 걱정됐다. 그 점수가 꼭 나의 인생을 말해줄 것만 같았다. 강박 증세가 도졌다. 괜히 시작한 것 같아 후회가 계속 들었고, 요즈음 자주 짜증 내는 나의 모습에 복도 눈치를 많이 보고 있던 터라 그가 실망하게 될까 봐 겁이 더 났다.

글자가 눈에 들어오지 않아 나는 앉았다가 누웠다가 비스듬하게 기댔다가 무의미한 시간을 보내고 있었다. 스트레스 해소가 필요했다. 몇 개월 동안 나는 한 번도 노름을 하지 않았다.

나는 D-4에 노트북과 OTP 카드를 들고 서재로 들어와 문을 잠갔다.

띠링.

'바카라 게임에 오신 것을 환영합니다.'

플레이어 뱅커. 다시 플레이어 뱅커.

딜러는 테이블을 한 번 쓸고 손바닥을 앞뒤로 한 번 흔들어 보곤, 다시 패를 깐다. 패는 다시 돈다.

나는 시험을 약 100시간 정도 남겨두고서 다시 게임 속으로 빨려 들어갔다. 그동안 참아왔던 모든 감각이 봇물 터지듯 쏟아졌다.

힘겨루기 구간은 다시 찾아왔다.

오랜만에 접한 게임이어서 나는 초반 승부를 또 미뤘다. 조금 더 즐기고 싶었다.

내가 베팅한 쪽은 곧잘 높은 숫자를 깔았으며 보유금액은 조금씩 올라가고 있었다.

오랜만에 하면 대체로 게임이 잘 되는 것 같다.

게임을 오래 쉬다가 하면 베팅이 훅 줄어드는 걸 알 수 있는데,

도파민이 한동안 솟지 않고 게임에서 멀어져 있을수록 돈의 가치가 현실화하기 때문이다.

노름과 노름 사이에서 살다 보면 돈은 그냥 가상화폐다. 돈은 나에게 승리 혹은 패배를 안겨줄 수단에 불과하지만, 오랫동안 게임에서 손을 떼고 현실을 살면, 돈이란 것이 맛있는 음식을 먹을 수 있고 좋은 가방을 살 수 있는 등의 손으로 만져지고 느껴지는 것들로 귀결된다. 그래서 베팅에 힘이 잘 실리지 않는다.

게임은 다시 돌고 돌며 하루를 삼킨다.

반대로 생각해 보면 그렇게 모든 게 하나같이 현실이던 시간.

다시 그 현실이 가상화폐로 전환되는 순간.

먹고 만지고 느끼고 살 수 있는 것들이 한낱 15초짜리 실시간 게임머니에 지나지 않는다는 걸 다시 느낀다. 그렇게 무수히 많은 것들을 누릴 수 있는 그것이 순식간에 없어지길 몇 번 반복하다 보면 이성은 금세 사라진다.

재발은 보통 작은 베팅으로 시작해 분노 베팅으로 허망하게 끝난다. 모든 노름의 루틴이 그렇지만 재발하면 이 속도는 더욱더 빠르다.

나는 시험을 사흘 앞두고 시험의 존재를 아예 잊어버렸다.

다시 대출을 알아봤고 대출은 몇 달간 내 주머니 사정이 소강상태였던 걸 고려해 한도도 속도도 빠르게 나왔다. 나는 그 이튿날까지, 그러니까 시험 바로 전날까지 5,000만 원이 넘는 돈을 전부 잃었다.

그리고 서재에 처박혀 밤새 멍하게 앉아 있었다. 차라리 내일이 오지 않았으면 하는 생각이 들었다.

복은 내가 공부를 오랫동안 하는 줄 알고 잠들기 전에 서재에 들어와 너무 무리하지 말라며 어깨를 다독이고 나갔다.

그렇게 나는 뜬눈으로 밤을 지새운 후 시험장으로 출발했다.

두리번거리며 내가 응시할 교실을 찾고 내 자리에 앉았다. 오랜만에 보는 고등학교 책걸상이었다. 사이사이에 연필 자국, 생활 기스, 낙서 자국 등으로 움푹 팬 흔적들이 많았고 간간이 이니셜과 하트를 칼로 긁어낸 유치한 낙서도 보였다.

우리의 찬란했던 10대. 이렇게도 작은 책상과 교실이 내 세상의 전부였던 시간. 그 시절의 나는 이 책상에 앉아 열정적으로 공부했고, 틈날 때마다 눈을 붙이며 꿈을 꾸었다. 내 꿈은 키가 컸으며 그 꿈속에서 나도 그것들과 함께 자랐다. 10년이 더 지나 이곳에 앉아 있으니 아련히도 그때의 느낌이나 냄새 같은 것들이 아련하게 떠올랐다.

시험은 치르고 싶지 않았지만, 이제 와서 달아날 생각도 없었다.

밖에서는 복이 내가 시험이 마치고 나오기만을 기다리고 있을 터이다.

패가 도는 대신 시험지가 돌았다.

나는 전날 밤까지 내 패를 까며 내가 얼마나 바닥인지 확인했고, 지금은 시험지를 보며 또 내가 얼마나 최악인지를 경험할 차례였다. 시험지와 답안지를 모두 받아 내 응시번호를 적고 시작

알림 방송에 맞추어 나는 시험지를 열었다.

첫 번째 과목, 국어.

익숙한 고전문학과 시들이 보였다. 그래도 다행히 내가 아는 문학에서 나온 것 같았다. 좋아하는 시도 한 편 나와서 어렵지 않게 답을 적어냈다.

내가 국어에서 가장 취약한 파트는 바로 한문이다. 나는 시간이 너무도 부족했기 때문에 천자문을 다 외울 수가 없었다. 이건 찍는 거로 하고.

시험 시간이 짧아 아는 문제는 빨리 풀고 모르는 문제도 빨리 넘겨야 한다. 그래야 알 것 같기도 하고, 아닌 것 같기도 한 문제에서 시간을 좀 더 잡아둘 수 있었다.

시험지를 열고 문제를 푼다. 나는 배당된 시간에 맞게 과목을 바꾸었고 시험을 보는 내내 마음이 조금씩 편해졌다. 내가 아는 문제들이 생각보다 많이 나왔다. 게다가 내가 가장 어려워하던 과목은 난이도가 조금 쉽게 나온 것 같았다. 마지막 과목은 내가 거의 꿀 빨고 가는 수준인 경영학이었는데, 여기서 난제가 많았다. 정말 듣지도 보지도 못 한 생소한 단어들이 튀어나왔고 여기서 살짝 멘탈이 무너질 뻔했지만, 어느 정도 점수만 유지해주면 나는 어쩌면 합격할지도 모른다는 생각도 했다.

정해진 시간 안에 마킹을 끝내고 답안지까지 모두 제출을 완료했다. 어쩌면 내가 합격할지도 모른다는 희망까지 마음속에 차고 들었다.

어제의 괴물은 온데간데없이 사라지고 나는 그저 시험 끝난 아이의 표정으로 복에게 돌아왔다. 기분이 홀가분했다.

복은 나를 집에 다시 데려다주고는 일이 있어서 가봐야 한다며 미안하다고 했다.

시험이 끝났고 나는 강박에서도 자유로워질 수가 있었다. 나는 뭐라도 하고 싶었지만, 수중에 돈이 한 푼도 없었다. 복이 간 후 그동안 공부를 핑계 삼아 미뤄두었던 집안일을 마쳤다. 그리고 몸을 깨끗이 씻고, 일단 한 가지 숙제를 마친 것에 대하여 나는 만족하려고 애썼다. 하지만 끝이라는 해방감은 그리 오래가지 않았다.

나는 이제 뭘 해야 한단 말인가.

사실 할 게 없었다. 딱히 하고 싶은 것도 없고, 시험은 내년에 다시 응시할 거지만 당장 다시 시작할 마음도 없었다.

그리고 무엇보다도 나는 돈이 없었다.

나는 사흘 연속 패배를 했고 빚도 늘었다. 무직자 주부가 낼 수 있는 빚도 없을 터였다. 기분이 좋아진 지 단 몇 시간 만에, 나는 다시 한번 멘탈이 터져나가는 상황이 오고 말았다.

시험이 끝날 때까지만이라도 참았어야 했는데.

나는 또 후회를 한다. 복구도 하고 싶고 복수도 하고 싶다. 그러기엔 충분한 시간과 마음의 여유도 있는데, 젠장…, 이젠 시드가 없다.

나는 침대에 누워 이불을 머리끝까지 덮어쓰고 이 지옥이 무너지기만을 기다려야 했다. 핸드폰은 무음으로 바꾸어놓고 티브이도 틀지 않았고 음악도 듣지 않았다. 시험 끝난 걸 축하하는 몇 안 남은 친구 중 하나가 만나자고 했지만, 그럴 기분도 아니었다.

몇 시간이나 흘렀을까. 이 고통스러운 시간도 지루해져 간다. 사람은 정말로 이렇게 간사할 수가 없다.

슬그머니 손가락만 이불에서 쏙 빼서 핸드폰을 집어 이불 안으로 들여왔다. 카톡도 겉 읽기만 하고 문자 내용을 보는데, 분명 비어 있던 내 통장 잔고에 알림 문자가 하나 와 있었다.

[입금 5,000,000원, 입금자명 수고많았어]

나는 누군지 바로 알아차렸다. 복이었다. 복은 늘 내게 응원해주고 싶을 때마다 저렇게 짧은 메시지와 함께 현금을 입금해주곤 했다. 현금만큼 내게 힘이 되는 것도 없을 테니까.

가뭄의 단비였다.

나는 이걸로 뭘 해야 할지 정확히 알았다.

그동안 공부하느라 수고했으니 갖고 싶은 걸 사고 스트레스 풀라고 준 돈이었다.

내가 지금 하고 싶은 건 죽어도 노름이다. 죽여도 노름이다.

복에 대한 죄책감이 강하게 들었지만, 내가 이 돈으로 빚이라도 갚을 요량만 하면 별문제가 되지 않을 것만 같았다.

나는 곧바로 복이 보내준 500만 원을 사이트에 집어넣었다.

띠링.

게임은 다시 시작되었다.

나는 그 순간, 돈이 생긴 게 좋았던 것보다 다시 게임을 할 수 있다는 사실이 기뻤다.

나는 복이 내게 건넨 이 돈을, 그가 피땀 흘려 벌어 내게 준 이 돈을, 12배로 만들어 버렸다. 또다시 하늘은 내게 구원의 기회를 주었고 나는 냉큼 낚아채 넙죽 받아먹었다. 간단하게 말해서, 나는 다시 부자가 됐다. 이 머저리 같은 부자는 자신을 행운의 신으로 여기며 또 한 번 세상을 발아래로 보았다.

◇

언젠가 내가, 복과 결혼을 하기 전에 아바타에 손댄 사실을 고백하게 되었는데, 이때 복은 준석에게 곧장 전화를 걸어 평소에는 절대 입에 담지 않는 쌍욕을 퍼부었다고 한다.

아무리 자기가 없었더라도, 니가 아바타를 잡는 게 사람이 할 짓이냐며 욕을 퍼붓는 순간에도 준석은 이내 죄송하다거나 잘못했다고만 대답할 수밖에 없었다. 사실 내가 우겨서 게임에 들어간 거지만, 복에게 준석은 꽤 우정 깊은 동생이기도 했기에 복이 화내는 이유를 준석도 수긍했던 것 같다.

이후에 내가 준석에게 사과의 메시지를 보냈다. 준석은 본인이 잘못한 게 맞다고 미안해할 필요 없다고, 말은 그렇게 했지만 내내 냉랭했다. 제대로 삐진 게 틀림없다. 나였어도 화가 났을 것 같아 나는 진심으로 준석에게 미안한 마음이 들었다.

헤어진 남녀 사이에 끼어 있는 존재는 이내 다시 붙은 연인에게 질타의 대상이 되기 쉽다.

어느 편에 서도 안 되며, 누구와 어떤 비밀을 공유해서도 안 된다. 다신 보지 말자며 이를 갈고 헤어진 연인이라도 다시 붙는 순간 그사이에 낀 존재는 바로 역적이 되곤 한다. 이런저런 점에서 나는 준석에게 빚을 진 기분이 들었다.

◇

행복한 나날이 몇 주 지속되었고 우리는 예정되어 있던 필리핀 여행을 떠났다. 정말 오랜만에 가는 원정 도박이었다.

오랜만에 다시 만난 준석은 메시지를 주고받았을 때처럼 내게 거리를 두고 있는 듯했다. 얼굴은 웃고 말은 다정했지만, 준석은 진심으로 화가 난 것이 틀림없었다.

이제 반대로 내가 준석의 눈치를 살피게 되었다.

하지만, 그런 마음도 카지노에 들어서자마자 이내 사라지고 말았다. 다시 만난 그 향기와 그 온도. 모든 것이 몸서리치게 좋았다. 복과 다시 여길 오게 되다니, 새삼 마음이 더 벅찼다.

전에는 연인으로, 이제는 부부로.

물론 준석은 이런 자세한 내용을 그땐 몰랐다.

나는 복과 결혼한 이후에 나만의 게임을 해 본 적이 별로 없다. 복은 내게 절대 게임을 독단적으로 하지 않겠다는 다짐을 받고 또 받았고, 나는 아바타 사건 이후로 소심해진 입장이라 그러겠노라고 약속을 했다. 이제부터 게임은 2인 합 1게임으로 돌아간다.

우리는 절대로 서로 다른 테이블에서 게임하는 법이 없었다. 무조건 같은 테이블에 나란히 앉아서 베팅의 턴을 서로 주고받으며 게임을 했다.

그러니까, 내가 이기면 질 때까지 내 턴이 유지된다. 내 베팅이 바로 죽으면, 복이 버튼을 이어받아 베팅한다. 이건 연패를 겪으면 울렁거리고 베팅이 세지면서 감정 조절이 안 되는 것을 방지하기 위한 시스템인데, 굉장히 많이 답답하긴 해도 큰 탈 없이 게임하는 데는 도움이 많이 됐다.

나는 플레이어가 나올 거로 생각했고 복은 뱅커라고 생각하며 그림을 봤다면, 그게 누구의 턴인지에 따라서 그 베팅은 방향을 잡게 된다.

물론, 정말 이건 아니다 싶으면 서로를 만류했고, 우리는 프리베팅을 한 바퀴 돌리며 엇갈리는 의견으로 인한 베팅 실패를 피해갈 수 있었다. 이게 큰돈은 절대 따지 못하는 시스템인데, 큰돈을 잃기도 어려운 시스템이라 나는 일단 만족했다.

시험 결과는 일단 접어두기로 했다. 한 달을 계획한 일정이었기에 이 여행을 만끽하고 다시 한국으로 돌아가서 한심한 나날을 보내고 있으면, 결과는 알아서 나올 것이다.

이렇게 둘이 하나의 게임을 만들어가면서 우리는 24시간 밀착형으로 붙어 있었고, 나는 복의 게임 스타일을 더 정확히 파악할 수 있었다. 복의 베팅력이나 그림 보는 눈은 정말 형편없다. 그냥 사이드 베팅이나 하면서 옆에서 잠자코 있었으면 좋겠다는 생각이 들었지만, 내색은 하지 않기로 했다.

이번 필리핀 여행에서도 사실은 복병이 있었다. 바로 내 건강 문제였다.

갑자기 몰아친 태풍과 기상악화, 안개 등의 이유로 출발 직전의 인천공항은 말 그대로 아비규환의 상태였다. 비행기는 계속해서 연착되었고, 연착된 다음 비행기도, 그다음 비행기도 계속해서 연착되었다.

보딩패스는 이미 받았고, 우리는 퍼스트 라운지에서 간단하게 샤워도 마치고 샐러드바에서 약간의 허기를 채운 상태로 출국 방송 시간에 맞추어 게이트 앞으로 나왔지만, 시간이 지나고 지나도 비행기 탑승 안내는 나오지 않았다.

공항 측에서도 언제까지 지연될지 상황을 잘 알지 못해서 우리는 다시 라운지로 들어가 쉴 수도 없었고 그저 게이트 앞 딱딱한 의자에 앉아서 자그마치 9시간을 기다렸다.

공항에서 기다린 우리 처지는 그나마 나았다. 비행기에 몸담고 24시간 이상을 기다린 사람들도 있었다고 하니, 공항 자체가 정말 심각한 상태였다. 밤이 깊어지자 하나둘 식당과 식료품 가게가 문을 닫았기 때문에 우리가 그 시간을 버티는 동안 겨우 정수기에서 물을 받아와 마시는 거 말고는 아무것도 먹고 마실 수 없었다.

사람들의 불평은 쏟아졌고 이마저도 지친 관광객들은 벽이나 구석에 자리 잡고 하나둘 비박을 시작했다. 모두 굶주렸고 지쳐

갔다.

아침이 되자 가게는 하나둘 문을 열었고 밤새 굶주린 탑승객들의 줄은 끝을 모르고 길게 이어졌다. 공항 측에서 실수를 인정하며 물과 간단한 요기 거리를 탑승객들에게 제공했다.

나는 줄 서서 음식을 사 먹는 것을 곧바로 포기했다. 단단한 의자에서 밤을 지새워서 그런지 몸이 너무 피곤했고, 얼른 편한 비행기 퍼스트 석에 타서 맛있는 기내식, 그리고 다시 상공 2만 피트에서 끓인 라면을 먹어 치우고 싶었다.

그렇게, 보딩부터 면세점 쇼핑, 라운지에서의 휴식, 9시간의 기다림 끝에 13시간 만에 비행기는 간신히 뜰 수 있었다. 다 해도 족히 6시간이면 도착해야 하는 필리핀에 우리는 20시간 가까이 걸려 도착한 것이다. 그리고 나는 이 시장통 같은 공항에서 독감 바이러스에 그대로 노출되고 말았다.

하지만 게임을 하다 보니 역시나 재밌었고 카드를 쪼다 보니 차가운 손발은 다시 온기로 따뜻해졌다.

첫날은 간단히 손맛 만 보고 잠이 들었고 다음 날 다시 게임을 하는데 컨디션이 별로 좋지 않았다. 컨디션만 좋지 않은 게 아니라 둘째 날 저녁부터 곤두박질 치기 시작한 밑천의 하향세는 그다음 날 오후까지도 계속됐다.

나는 영 감도 안 좋고, 몸도 안 좋은데, 복이 너무 열중하고 있으니 반대로 내 열정이 식어버리는 기분이 들었다. 역시 노름은 "이러시면 안 됩니다", "재미로 하셔야지요." 하며 살살 말려줄 때가 죽도록 재미있는 건가 보다.

복은 어느새 나를 잊고 나의 존재를 잊고 나의 부재 또한 잊어 버렸다.

몸이 너무 좋지 않았다. 난기류를 만난 우리의 배는 거침없이 흔들렸기에 나는 이내 혼자 방으로 돌아와 버렸다.

복은 내가 언제 가버렸는지 알고는 있을까?

준석에게 연락이 왔다.

"언제 방으로 올라갔어?"

"몸이 안 좋아서 호텔 올라왔다. 좀 쉬다가 내려갈게."

"많이 안 좋아? 어제부터 안색 안 좋더니. 메딕 불러줄까?"

"이따 더 안 좋으면 얘기할게. 복한텐 그냥 아무 말 마라."

이미 꼬라박은 돈이 몇천은 넘어갔으니 복은 나 대신 이 카지노 전쟁터에서 홀로 전쟁을 치러야 한다. 하필 내가 아파서 홀로 싸워야 하는 저 장군의 멘탈이 흔들리기라도 한다면 우리 가정의 안위는 보장받을 수 없다.

나는 복을 누구보다도 믿고 응원해야 했다. 컨디션 난조가 사흘쯤 지속되더니, 급기야 온몸이 콕콕 찌르는 것같이 아프기 시작했다. 열도 오르는 것 같고 식욕도 없어졌다. 중간에 근육이라도 풀어볼까 하고 마사지사를 불렀지만, 손을 대는 족족 바늘로 찌르는 것처럼 통증이 계속돼 돌려보냈다.

이국땅 호텔 방에 혼자 올라와 콧물도 나고 열도 나고 몸도 으스스하니 서러운 마음이 들었다. 복이 나한테 이렇게 신경을 쓰지 않은 적은 한 번도 없었다.

전에 내가 멘탈이 나간 복을 혼자 호텔 방에 남겨둔 채 8층 객장으로 떠났던 기억이 났다. 그리고 난 이 게임을 무조건 끝내야겠다며 복을 먼저 한국으로 보내고 필리핀에 남아 마지막 전쟁까지 다 치르고 말았던 나 자신이 떠올랐다.

그때 내가 겪었던 책임감, 복구해야 한다는 중압감과 압박감, 긴장감. 그 모든 게 지금 내가 아닌 복에게 향해 있었다. 카지노에서 돈을 잃은 사람에게 그 순간 게임보다 중요한 것은 없다.

나는 아픈 몸을 이겨내기 위해 참이슬 오리지널을 땄다. 술을 꽤 오랫동안 마시지 않았더니 2병째 열자마자 갑자기 취기가 올라오기 시작했다. 취기와 열기가 오르니 몸의 오한 증상은 사라졌는데, 술이 점점 더 들어가며 맥박이 상승하고 혈압이 올랐고 곧 호흡곤란 증세까지 찾아왔다. 나는 준석에게 급하게 메딕이라고 메시지를 남겼다.

준석은 내가 아프다는 걸 알고 이미 호텔 방 카드키를 따로 챙겨뒀던 터라 금세 방으로 달려왔다. 얼굴이 하얘진 내가 호텔 바닥에 누워 숨을 잘 고르지도 못하고 있자, 준석은 놀랄 대로 놀라 어디론가 전화를 걸었다. 나는 그 정신에도 복한텐 말하지 말라며 복의 승부에 걸림돌이 되지 않으려 애썼다.

호흡곤란은 생각보다 고통이 심했다. 제대로 숨을 들이마시고 내쉬는 게 내 맘 같지 않았다. 숨이 고르게 쉬어지지 않아 흡흡흡, 하며 들이마시기만 하다가 또 내쉬기만 하다 보니 혈압은 터질 듯이 올랐다. 나는 여기서 또 한 번 정신을 잃고 만다.

이쯤 되니 술이 문제인가 싶기도 하다. 필리핀에서 두 번이나 실신을 하는데 두 번 다 음주 상태였다.

아니다. 문제는 도박이겠구나.

눈을 떴을 때, 지난번처럼 메딕이 보이거나 걱정스러운 준석의 얼굴은 보이지 않았다. 이번엔 좀 더 당황했던 게, 당시 5성급 호텔이던 그곳에 상주하고 있는 의료진이 전부 내 방으로 출동했던 것이다. 이 의료진은 5명으로 구성되어 있었는데, 전부 방역 당국 정도의 위생 상태를 갖추었고 검은 제복의 차림으로 상당히 신뢰가 갔다.

그들은 나를 필리핀 현지 응급실로 데려가려 했다. 맥박이 치솟고 호흡이 가빠졌다. 구조대원 중 한 명이 내게 종이 봉투를 건네주며 숨을 쉬라는 제스처를 취했다. 그리고 정맥에 혈압을 낮추는 약물을 투여했다.

주사를 맞고 의료진의 지시에 따라 종이 봉투를 이용해 숨 고르기를 몇 분 더 하자 숨 쉬는 게 한결 편안해졌다. 이국땅의 병원까지 실려 갈 뻔한 급박한 상황에서 나는 가까스로 안정을 되찾았다.

약물 투여 후 호흡이 돌아오자 나는 잠시 잠이 들었다.

깨어보니 검은 옷을 입은 외국인은 모두 사라졌고 준석만 덩그러니 옆에 남아 있었다.

"다 갔나? 내 이제 괜찮다나?"

"응. 너 진짜 병원까지 갈 뻔했어. 괜찮은 거야?"

"괘안타. 복은?"

"게임 중이지. 안 좋아."

"아직 안 좋나…. 복한테 내 얘기하지 말고 옆에 가서 응원이나 좀 해줘라."

준석은 내 말을 듣지 않고 옆에 조금 더 있겠다고 했다.

"진짜 괘안타니까?"

"그러니까 괜찮은지 아닌지 조금만 지켜볼게."

다시 방안에 나와 준석만이 남겨졌다.

술기운인지 감기 기운인지 열로 발갛게 상기된 내 얼굴과 땀에 젖어 있는 머리카락을 연신 떼어 내는 준석을 보고 있자니 이놈이 일전에 내 아바타를 잡아줬단 이유로 복에게 된통 욕을 먹은 일이 다시 생각났다.

"미안하다, 그땐. 그 사람한테는 얘기 안 할라고 했는데."

"아니야. 괜찮아."

"진짜 미안. 내가 비밀로 하고 잡아 돌라 해놓고 내가 얘기해 버려서 난감했제…."

"응…. 근데 화내는 게 당연하지. 괜찮아. 아픈데 그런 거 신경 쓰지 마."

이놈은 다시 말하지만, 화성인이 아니다.

늘 다정하고 내 기분을 잘 알았다. 그리고 간호하는 실력 또한 상당했다. 게다가 마음은 또 얼마나 따뜻한 녀석인가.

"근데 니 여기 와 있는 거 복은 아나? 가 봐야 하는 거 아이가."

"조금만 더 있다가 갈게. 아, 이사님이 나 여기 있는 거 알면 좀 그런가?"

"아이다. 니하고 내 사이에 뭐."

준석은 이내 쓰다듬던 내 머리칼에서 손을 뗐다.

그리고 한참 동안 말없이 쳐다만 보다가, 다시 입을 뗐다.

"너하고 내 사이가 왜."

◇

어제. 그러니까 내가 이 정도로 아프기 전날.

복과 나는 더블 플레이를 꽤 오랫동안 했는데, 나는 처음에는 이게 영 적응되지 않았다. 복이 지면 바로 내 턴이라 내가 베팅을 할 수 있다. 내 베팅에서 지면 나는 다시 버튼을 복에게 넘겨줘야 했다. 내가 이번에 판단 미스가 났지만, 다음번엔 확신이 있어도 복에게 순서가 넘어가 버리기 때문에 복구할 수가 없다는 말이다.

심하게 질 땐, 나 한 게임, 복 한 게임, 그리고 다시 나 한 게임. 이렇게 계속해서 턴을 주고받았다.

계속해서 졌다. 이기면 계속해서 이긴 사람이 게임을 주도하니까 이 게임에서 승부가 나지 않는 건 자명한 일인지라, 나는 조금씩 흥미를 잃어가고 말았다.

게다가 나는 이번만큼은 시내를 구경하고 오겠단 의지도 강하게 있어서 복에게 게임을 잠시 멈추고 보니파시오에 있는 쇼핑몰에 가자고 졸랐다. 내가 평상시에 절대로 하지 않는 행동이었다. 이번엔 필리핀의 도심은 어떻게 생겼는지 궁금하기도 했고, 조금 게임이 루즈했던 터라 기분 전환 겸 나가서 현지를 둘러보고 싶은 마음이 컸다.

복은 이번 여행에서 게임에 제대로 꽂혔는지 이따, 나중에, 내일, 하며 미루기만 하다가 이내 준석에게 나를 넘겨버렸다.

"석아. 니가 얘 데리고 그 쇼핑몰이나 한번 다녀온나."

"나는 당신하고 같이 가고 싶은데."

"그냥 먼저 가서 가방이라도 하나 사 온나."

두 번 더 조를 수는 없었다. 나는 여행지에 와서 여행을 하고 싶었을 뿐인데, 복은 그런 나를 준석에게로 넘겨버린 거다.

물론, 우리가 관광하고 쇼핑하는 곳마다 준석이 무조건 동행을 해야 맞긴 하다. 많은 폐소를 가진 채 대중교통을 타고 위험한 필리핀을 돌아다닐 순 없었으니까.

나는 살짝 툴툴대며 챙겨온 반소매로 갈아입고 준석과 보니파시오로 출발했다.

준석의 차는 산타페가 아니라 아우디 A6 신형으로 바뀌어 있었다. 필리핀에서 차량 가격은 한국보다 2배 가까이 비싸다. 필리핀에서 외제 차를 모는 건 돈이 많이 드는 일이다.

필리핀 차량에는 번호판이나 차량 후면에 부착된 스티커로 이게 할부인지 아닌지도 구분할 수 있는데, 할부 차량은 번호판이 종이다. 그런데 준석의 차 번호판은 종이가 아니었다. 이곳에서

A6 정도 타려면 1억 이상을 줘야 한다.

'짜식, 많이 컸구나.'

필리핀 러시아워는 상상 그 이상이다. 도로가 엉망이라 교통체증이 심해도 진짜 심하다. 귀경길 경부고속도로보다 더 밀린다.

우리는 가까운 거리를 1시간이 넘게 달려 필리핀 번화가에 들어왔다. 이곳은 필리핀이라고 하기엔 너무도 깨끗하고 고급스러운 주택가들이 펼쳐져 있었다. 그리고 그 중간쯤 꽤 커다란 규모의 쇼핑센터가 들어서 있었다.

"여기는 필리핀 아닌 것 같다. 강남 같은데?"

"여기가 필리핀 강남이라고 보면 돼."

나는 여기저기 분포된 명품관들을 둘러보러 다녔고 준석은 말없이 따라다녔다.

"이게 예쁘나, 아니면 아까 봤던 그 가방이 예쁘나?"

"응? 아까 그거랑 이게 뭐가 다른데?"

"야. 내가 제대로 보라고 했잖아. 아까 그건 누드 베이지색이고 이건 핑크색이잖아 똑바로 안 보나!"

"진짜 뭐가 다른지 모르겠어서…."

나는 그런 준석을 데리고 바로 이전에 방문했던 매장을 다시 찾아갔다.

"다시 봐라. 이거 이거 다르제?"

준석은 난감해했다. 그리고는 어물쩍 거리며 대답했다.

"아까… 아까 그게 더 예뻐."

"아… 음… 그런가? 아까 그게 더 예쁜 것 같아?"

나는 곧바로 대답했다.

"아니. 이게 더 이쁘다. 이걸로 살 거다."

준석은 지친 표정이 역력했다.

여자들이 이게 이쁜지, 저게 이쁜지 묻는 말에 답은 사실 정해져 있다. 나는 이미 예쁜 게 뭔지 정해놨었고 그것에 대한 동조만을 구했을 뿐인데, 준석은 틀린 대답을 한 격이다.

후에 준석과 쇼핑을 몇 번 더 다녀보면서, 준석은 이제 뭐가 더 예쁜지 묻는 내 질문에 그냥 둘 다 사라는 현명한 대답을 내놓게 된다.

나는 골라놓은 가방을 하나 구매했고, 이렇게 어렵게 나왔는데 바로 들어가긴 싫어서 주얼리 매장에도 가겠다고 했다. 준석은 고개만 끄덕이며 말없이 따라만 다녔다.

나는 까르띠에, 티파니 두 매장을 오가며 예쁜 주얼리에 매혹되고 말았다.

"이거 예쁘다."

"살 거야?"

"안 산다. 이거 진짜 비싸다."

"…."

"근데, 진짜 이쁘다."

"사 줄까?"

"니가 왜?"

우리는 그렇게 쇼핑을 적당히 마치고 근처 식당으로 가서 밥을 먹었다.

호텔 식당보다 퀄리티는 확실히 떨어졌지만, 밖에 나오니 모든 게 다 즐겁고 유쾌했다. 매일 먹는 호텔 음식보다 한 번씩 먹는 바깥 음식이 그렇게 맛있을 수가 없었다.

즐거운 시간을 보낸 후, 돌아가려고 식당 밖으로 나오자 갑자기 비가 쏟아졌다.

"차 금방 가져올게. 여기서 기다려."

"싫다. 무섭다. 같이 갈 거다."

우리는 뛰기 시작했다. 차까지는 멀지 않았지만, 비가 제법 많이 쏟아졌다. 다행히 쇼핑백들은 모두 차에 두고 식당으로 옮겨 온 터라 나는 머리만 감싸 쥔 채 뛰었고, 준석도 내 정수리를 사수하기 위해 두 손을 모아 내 머리를 뚜껑처럼 덮은 상태로 뛰었다.

이 여행에서 가장 재밌었던 게 뭐냐고 물으면, 나는 이 몇 시간 동안의 외출이었다고 대답할 것이다.

복은 나와 여간해선 이런 쇼핑과 데이트를 즐기지 않는다.

같이 그런 데 다니는 걸 쑥스럽고 부끄러운 일처럼 여기는 가부장적인 성향이라, 나는 복과 여태껏 어디를 손잡고 돌아다니거나 쇼핑해 본 적이 별로 없다.

◇

다시 내가 호흡곤란을 겪다가 호흡과 바이털이 모두 정상으로 돌아왔을 때, 준석은 입을 열었다.

"나한테 너, 여자 아닌 적 없었는데."

만약에, 지난번 준석이 필리핀 여행을 추천했을 때, 내가 공항에서 달아나지 않고 그 비행기에 탔더라면, 준석은 이 말을 그때 했을까? 그럼 그때의 나는 지금보다 조금 덜 당황할 수 있었을까?

나는 준석과 꽤 오랜 시간을 보내면서 우정에서 단 1%라도 벗어난 적은 정말로 없었을까?

그렇다면 지금 이 상황은 결국 필연적이었단 말인가.

나는 아무 말 없이 다른 곳만 응시했고, 한동안 침묵이 흘렀다.

준석은 그 침묵을 깼다.

"난 이사님께 가봐야겠다."

"가봐라, 얼른."

"나는 이사님도 좋고 너도 좋아. 이렇게 같이 보는 게, 나는 좋다."

가던 길을 멈추고 잠시 뒤돌아선 준석은 어수선하던 내 생각을 정리해 주었다.

그래. 준석이 말대로 우리는 그게 좋았다. 그게 맞았다.

여행지에선 많은 일이 일어난다. 낯선 장소이기에 평상시에는 잘 오지 않는 감각과 설렘이 어디서든 찾아든다. 보통 이런 것들이 생소하거나 낯설어서 다른 감정과 착각하기 쉬운 모습을 하고 있지만, 사실은 그냥 여행 자체에 머물러야 의미가 있다.

나는 한국에서 만난 준석보다 이곳에서 우릴 안내해주는 녀석의 모습이 좋았던 거다.

한국에선 내가 무엇이든 능동적으로 찾아서 해결할 수 있지만, 여기서는 배가 고파도 몸이 아파도 준석의 도움을 받아야 했으니 내가 준석에게 의지를 많이 했던 것도 사실이다.

나는 따뜻한 준석을 우정이란 상자에 넣어 예쁘게 포장한 채 이 감정 그대로 간직하고 싶었다. 사실 어떤 선물상자도 두근거리는 마음에 비해 막상 열어보면 별것 아니지 않던가.

◇

복은 내가 많이 아팠던 것을 끝까지 몰랐고, 나는 복에게 섭섭하고 서운한 마음이 들었다.

그는 비행기가 뜨기 불과 1시간 전까지도 강승부를 계속했고, 8,000만 원가량의 손실까지 입다가 본전을 다 찾았다. 덤으로 한 200~300만 원 정도 더 따버렸다.

복의 승리로 나의 서운함은 한 방에 해결됐다. 세상에 그렇게 기특하고 장할 수가 없었다. 나는 힘들어서 처져 있는 복의 어깨를 치켜세우기 위해 종일 그의 엉덩이를 두드리며 칭찬해 주었다.

하지만 돌아와서도 나는 계속 몸살에 시달려야 했다. 어지간해서는 병원에 잘 찾아가지 않았는데, 복은 자신의 얕은 의학적 지식으로 내가 독감이 아니라고 자체 판단을 내렸고, 나는 그저 감기몸살약만 먹어가며 일주일을 더 버텨야 했다.

병원에 갈 힘조차 남지 않았을 때가 되어서야, 복은 독감 진단키트를 내게 가져다주었다. 그러면서 복은 말했다. 독감은 보통

고열이 심하고 계속되며 오한이 심한데, 너는 그냥 감기몸살일 뿐이라고.

결과는 독감 양성.

뒤에 안 사실이지만, 내가 키트 검사를 하고 양성반응이 나오기 전에, 복은 먼저 병원에 가서 자신이 독감이 아님을 판정받고 왔다. 아무런 증세도 없었던 복은 자기 몸은 참 잘 챙긴다.

독감에서 완전히 벗어나 나는 다시 건강을 되찾았고, 내가 응시한 공무원 시험 결과가 나오는 날이 돌아 왔다. 나는 정해진 시간에 맞춰서 결과 확인 버튼을 눌렀고, 내 결과는 당연히 불합격이었다.

보통 하루가 더 지나면 내 점수까지 조회가 가능한데, 나는 불합격보다 내 점수를 보고 더 실망할 수밖에 없었다. 총점 4점 차. 단 1문제 차이로 필기시험 불합격.

시험 나흘 전에 도박병이 재발하지 않았더라면, 어쩌면 그사이 한 문제를 더 맞힐 수 있는 공부 시간이 더 있었을지도 모른다. 준비 시간이 짧았던 것을 고려하면 그래도 꽤 괜찮은 성적을 냈지만, 나는 만족보다 후회와 쓸쓸함이 더 컸다.

나는 합격을 대비해 면접 스터디도 꾸려놨었는데, 그 단톡방에 나의 불합격 사실을 알리고 나는 그 방에서 나가기를 눌렀다. 나처럼 불합격을 이유로 면접 스터디에서 나오는 이들도 몇몇 보였다.

노름꾼은 재발과 후회 그 악순환을 셀 수 없이 반복하는데, 우리의 후회는 늘 한 발짝 늦다. 그러지 말았어야 했다고, 저번에도 그 저번에도 이런 후회는 반복하지만, 그 일은 늘 과거가 아니라 현재가 되고 미래가 됐다.

나는 노름이라는 굴레에서 제대로 빠져나오는 법을 몰랐다. 사실 그 굴레에서 빠져나온다 해도, 나는 무엇을 해야 할지 잘 몰랐다.

나는 바로 공시를 포기했다.

나는 나를 잘 안다. 공시 준비는 머리가 아니라 엉덩이로 하는 거라는 말이 있을 만큼 시험 준비는 많은 지구력을 필요로 한다. 게다가 짧은 준비 시간 동안 높은 점수를 만들어본 나는 분명히 자만할 것이고 나태해질 것이다. 나는 공부를 쉽다고 말할 것이며 앞으로도 더 쉽게 공부할 방법만 찾을 것을 알았다.

공시를 완전히 포기한 나는 하나의 작은 꿈조차 사라져버리자 그제야 주위를 둘러봤다.

나는 꽤 괜찮은 대학 동기들을 두었는데, 두 친구는 은행에 다니고 한 친구는 작은 세무사 사무실에서 근무했다. 나는 그 친구들보다 늘 좋은 차를 탔고 값비싼 음식을 계산했지만, 어느 순간부터 동기들에 대해 부러움과 '평범하게 산다는 것'에서 도태되어가는 나 자신을 비교하며 자존감이 계속해서 떨어지고 있었다.

그들은 적당할 만큼 돈을 벌고 모아서 해외여행도 가고, 어쩌다 명품을 하나씩 사기도 한다. 남편과 맞벌이를 유지해 해운대에 꽤 전망 좋은 아파트 분양권에 당첨됐다며 기뻐하기도 했다.

오늘 먹은 저녁 사진이라며 무늬 없는 소박한 그릇에 홈메이드 음식을 예쁘게 플레이팅 해놓은 사진도 SNS에 올렸다.

동기들은 다들 비슷한 일상을 살고 있었고 틈새에는 여유와 행복이 녹아 있었다. 반면, 나는 도박을 시작하고부터 넘치는 스릴감과 중독성에 빠져 일상의 소소하지만 확실한 행복 같은 걸 완전히 잊어버렸다. 그저 오늘 한 방이 터지면 나는 기뻤고 잠시 행복했으며 금세 불안하고 초조해졌다. 그마저도 한 방이 터지긴 커녕 전 재산까지 탈탈 털어 노름에서 진 날이면, 나는 100% 우울했고 그것 이상으로 좌절했으며 그런 나는 내가 보기에도 사랑스럽지 못했다.

노름은 내 기본적인 성향까지도 완전히 바꾸어놓은 것 같았다.

보통 자아가 성립되고 실현되는 기준을 스물의 나이로 잡는다면, 나는 그 빛나던 스물부터 지금까지 노름이 없는 나보다 노름을 하는 내가 더 많았다.

나는 인내심이 짧아졌으며, 작은 일에도 크게 반응해 신경질을 내기도 했고 매사 부정적이었다. 남들과 나를 비교하며 내가 더 나은 삶을 살아야만 한다고 스스로를 채찍질했다.

사실 더 나은 삶이란 건 없다. 작은 행복 하나 느낄 줄 모르면서 그저 이기는 것, 그저 돈 몇 푼 챙기는 게 하루였고 그것이 길어지자 나의 삶이 되어버렸다.

꿈은 사라졌고 일상의 원동력도 희망도 모두 사라졌다.

단지 15초간 돌아가는 화면 속 게임 딜러가 내가 베팅한 쪽에 조금 더 높은 숫자를 깔아주기만을 바라고 소원했다. 그 외엔 다른 것을 생각하지 않았고 꿈꾸지 않았고 애쓰지도 않았다.

나는 매일 늦잠을 잤으며 낮에는 그냥 누워서 시간을 보냈다. 강아지는 씻기지 않은 지 오래됐고, 그마저도 어쩔 수 없는 숙제처럼 1달에 1번 정도 욕조에 들여놓고 건성건성 씻기고 다시 침대로 가 이불 속에서 움츠렸다. 집은 잘 정리하지 않는 날이 늘어갔고, 주방은 음식에 손 놓은 지 오래라 먼지가 쌓여갔다.

그나마 다행인 것은 복이 그런 나를 질타하거나 비난하진 않았다는 사실이다. 그렇지만 그는 내가 예전처럼 총명하고 반짝이는 사람이 되어주길 바랐다.

그는 나에게 취미나 여가활동을 하길 끊임없이 권했다. 나는 억지로 헬스를 다녔고 골프도 배웠다. 사실 그런 것들은 하나도 재미가 없었지만 그래도 꾸역꾸역 해냈다.

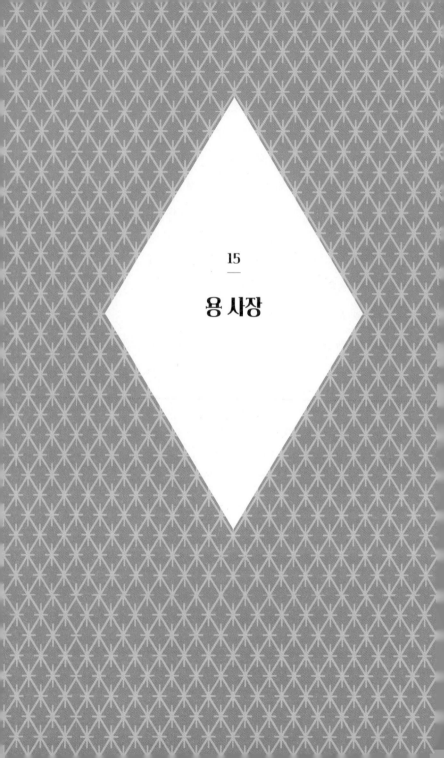

15
—

용 사장

용 사장은 토지나 건물을 가지고, 대출 하나 없이 신도시에 건물을 올린 갑부였다.

용 사장은 이른바 흙수저다. 집안이 가난해서 중학교에 진학하지 않고 자동차 정비공장으로 취업했다고 한다. 열심히 일을 배우고 번 돈을 알뜰하게 모아서 자산을 키웠다. 지금은 큰 정비공장의 사장이자 건물주가 되었다.

얼굴은 험악하게 생겼고 말투도 걸걸하고 행동도 거칠었지만, 예의에 벗어나는 행동은 없는, 흙수저와 성공한 CEO의 괴리 속에 잘 잡아놓은 선을 걷는 인물이었다.

나는 처음에 이 용 사장의 동행을 반대했는데, 일단 게임은 둘이서 하지만 곁에 누가 있느냐에 따라서 영향을 많이 받을 수도 있기 때문이다.

사람의 성격이나 허세 유무는 노름방 가서 패를 한번 쥐여 주면 바로 나온다. 그저 겉보기엔 걸걸하고 호탕하고 시원시원한 성격의 소유자 같아도 게임에서 지면 어떻게 나올지 모른다. 그 영향이 고스란히 일행에게 미치게 되는데, 그래서 나는 별로 안 내켰다. 그러나 한 번만 같이 가보자는 복의 부탁도 있고 해서 나는 못마땅했지만 수락을 해주었다.

그렇게 용 사장은 우리의 일행이 되어 필리핀으로 향했다.

새벽에 도착한 용 사장은 카지노를 쓱 한번 훑어만 보더니 자신은 게임하지 않고 들어가서 자겠다고 했다. 밤 비행기라 피곤하기도 하고 다음 날 일어나서 게임을 하겠다며 우리와 간단한 식사만 마치곤 바로 방으로 올라가 버렸다. 그래도 크게 방해는 안 되는 사람인가 싶어서 내심 마음이 놓였다. 그렇게 첫날 우리는 한 20만 페소쯤 딴 후, 기분 좋게 방으로 올라가 쉬었다.

늘 그렇듯 새벽에 잔 것과 별개로 우리는 이른 아침 눈을 떴다.

나는 오래 게임을 하므로 보통 민낯으로 카지노를 배회하는데, 용 사장이 복의 지인이라는 점을 고려하여 화장도 해야 해서 조금 일찍 일어났다.

돌체구스토 하우스 블렌드 한 잔을 마시고, 나와 복은 바로 객장으로 내려갔다. 부지런하기도 하지, 일찍 잠을 청한 용 사장은 벌써 정켓 식당에서 우리를 기다리고 있었다.

용 사장의 첫 환전 금액은 3,000만 원.

생각보다 큰 금액이지만, 이 첫 시드가 죽어버리면 그다음부턴

3,000만 원이 아니라 5,000만 원 정도는 바잉을 하게 될 것이다.

용 사장은 풍채가 아주 좋았다. 하지만 분명히 아침에 깨끗이 씻고 내려온 상태일 텐데도 그의 근처에선 얄궂은 냄새가 났다. 일단 용 사장은 다시 한번 테이블들을 쭉 훑어보더니 한 테이블에 자리를 잡고 앉았다.

난 항상 복과 함께 다녔기 때문에 준석은 이때 용 사장 옆에서 전담 마크를 하기로 했다. 용 사장은 마카오 카지노는 가봤지만, 필리핀은 처음이었기 때문에 준석의 도움이 필요했다.

나는 복과 번갈아 가며 베팅을 하는 틈틈이 용 사장의 게임을 훔쳐보았다.

그는 프리 베팅을 몇 번 빼지도 않았는데 첫 방에 맥스를 꽉 채워 베팅했다. 그 순간에 준석도 놀라고 나도 놀라고 복도 놀랐다.

출발 전 공항에서 용 사장은 자신의 도박썰을 좀 풀어주었다. 워낙 말이 많은 사람이라 건성건성 듣기만 했는데 가장 많이 딴 경험이 17억이라고 했다. 물론, 나는 믿지 않았다.

다른 일행과 함께 카지노에 가거나, 카지노에서 또 다른 인연을 만나 이야기를 하다 보면 '내가 한때는', '내가 그때는'과 같은 레퍼토리가 꼭 나왔고 그건 과장이나 뻥이 아주 많이 섞인 소싯적 이야기에 불과했다. 다들 어느 정도의 허언증은 가지고 있었다.

17억을 땄다는 용 사장의 '소싯적'에 나는 놀라는 척은 했지만, 솔직히 사실인지 과장인지 가늠하기가 어려웠다.

그런데 첫 방에 맥스를 친 것이다.

나는 이런 경우를 듣지도 보지도 못했다.

물론 용 사장의 재력이야 이미 전해 들어 알고 있었지만, 사실 노름판은 빌 게이츠가 와도 끝나는 건 시간 문제 아닌가. 여행은 어제 시작되었고 게임은 이제 막 시작되었는데 맥스라니.

나는 계속 흘끔대다가 어느샌가 대놓고 용 사장 옆자리에 자리를 차고앉아 구경하기로 했다.

물론 처음부터 티 나게 옆자리에 앉지는 않았다. 갬블러들이 게임을 할 땐 모든 것이 예민한 징크스가 되기 쉽기 때문이다. 혹시 타인이 테이블에 함께 하거나, 함께 하는 사람이 여자라는 이유로 기리가 상한다고 생각하는 사람들도 있었던지라 일단 먹을 때까지 뒤편에서 기다렸다가 몇 번 연달아 먹는 것을 확인하고는 슬그머니 자리에 앉았다. 사실이 구경이 내 게임보다 더 재미있었다.

첫 번째 맥스 베팅에서 용 사장은 바로 부러졌다. 하지만 크게 개의치 않는다는 표정으로 다시 맥스 베팅을 박는다.

결과는 다행히 용 사장의 승.

용 사장은 내가 텐션이 아예 터져버리고 나서야 했던 행동들을 처음부터 시작하고 있었다. 먹죽먹죽은 없었다. 용 사장은 거의 먹었으며, 상대가 8점을 깔아도 조용히 기다리라고 읊조리며 카드를 쪼았다. 용 사장은 손도 솥뚜껑처럼 커서 카드를 쪼려 손가락을 오므리면 그 모습이 흡사 두꺼비 같이 보이기도 했다. 손톱 밑은 거뭇했고 손등은 거칠었는데, 이 두꺼비 같은 손이 오물

거리다 펴지면 손안에선 나인이 나오는 게 아닌가. 그는 배짱만큼이나 손도 두꺼웠고 베팅도 두꺼웠다.

용 사장은 따로 테이블을 잡지 않았고 맥스를 올리진 않았지만, 그 맥스는 꼬박꼬박 지켜서 베팅했다. 영 감이 안 온다 싶으면, 거기서 절반 정도만 베팅을 했는데, 이 절반이 약 1,000만 원이었다.

사실, 이 구경거리는 나뿐만 아니라 준석에게도 즐거운 것이었다. 이 행복한 맥스 베팅을 계속해서 쳐대는데 준석의 롤링이 아니 올라가고 배길 리가 없었다.

그러다 두세 번 연달아서 지면, 용 사장은 자리에서 일어나 카지노 정켓을 둘러보며 올라온 텐션을 삭히고는 조용히 테이블로 돌아가 다시 맥스 베팅을 거는 것이었다.

말이 많던 용 사장은 게임 내내 조용히 '기다리. 대기. 가지고 와' 이런 몇 마디만 작게 읊조릴 뿐, 다른 쓸데없는 말과 행동들은 거의 하지 않는다. 걸걸한 말들을 쏟아 내던 입은 욕 한마디 없이 차분히 닫혀 있었다.

용 사장은 4~5시간 게임을 하다가 마사지사를 불러 몸을 풀고, 때가 되면 식사를 꼬박꼬박 챙겼으며 술은 마시지 않았다.

그날 용 사장은 3억 원을 땄다.

용 사장의 게임 스타일은 정말 인정할 만했다.

멘탈도 베팅도, 아주 나이스했다.

용 사장은 끼니때 맞춰서 식사를 챙겨주거나 마사지사를 불러 주고 나면 정말로 손이 잘 안 가는 사람이었다.

준석이 에이전시 직원으로 일하다가 혼자 독립한 지 얼마 안 되었을 때라, 독립한 준석에게 용 사장이 훌륭한 고객이 되는 건 당연했다. 준석은 이 징글징글한 카지노 정글 속에서 볼 때마다 성장하고 있었다.

사실 용 사장이 엄청나게 귀찮게 군다고 하더라도, 이 고객은 당연히 준석의 입장에선 우량주다. 일단 자신이 투입할 수 있는 것을 모두 쏟아부어도 이런 고객에게서는 인풋보다 아웃풋이 훨씬 더 크다.

테이블 슛이 다 돌아 셔플 되는 동안 용 사장이 우리 테이블 뒤에서 알짱댄 적이 있는데, 마침 나의 베팅 턴이라 나는 5만 페소쯤을 플레이어에 놓고 패가 돌기를 기다리고 있었다. 내 그림을 훔쳐본 용 사장은 자신도 동조했는지 이내 20만 페소를 옆에서 같이 베팅했다. 그러나 딜러는 멤버십 카드를 달라고 용 사장에게 요청했고, 그는 바로 뒤편에 있는 자기 테이블에 가서 카드를 챙겨 오기조차 귀찮았는지 나에게 대신 걸어달라고 부탁했다.

나는 기꺼이 내 5만과 용 사장의 20만을 함께 베팅했다.

결과는 보기 좋게 승.

용 사장은 대신 베팅해줘서 고맙다며 먹은 20만 페소 중에 내게 10만 페소를 주고 자신의 자리로 돌아가 버렸다.

가끔 뒤에서 돈 좀 걸어달라는 비렁뱅이들이 있는데, 용 사장처럼 큰 손의 부탁을 들어주면 이렇게 통 큰 팁도 받는구나 싶었다.

점심을 먹고 오후 3~4시쯤 되자, 용 사장은 승부를 보기로 결정한 것 같았다. 보통 3,000만 원 출발로 약 2억 후반에서 3억 초반까지 왔다 갔다를 반복하는데, 용 사장의 최종 목표는 5억이라고 했다.

카지노에 오면 항상 3,000만 원 출발, 5억 피니쉬를 목표로 온다고 했다. 그리고 5억이 되면, 일정이 남아 있든 아니든 게임은 끝을 낸다.

용 사장은 맥시멈을 3배나 더 올렸다. 맥스를 올리려면 테이블을 잡아야 했으므로 첫날 첫 베팅을 걸었던 그 테이블에 그대로 예약했다.

원래 맥스를 다 채운 베팅을 하면 다른 유저들은 게임 하고 싶어도 베팅을 걸 수조차 없지만, 개인 테이블이 된 용 사장의 자리는 맥시멈이 무려 300만 페소나 됐다.

한 게임에 7,500만 원이라…

과연 저 테이블에서도 맥스를 찍을 수 있을까 궁금했지만, 이내 궁금증은 해결됐다.

맥스가 올라가는 걸 확인하자마자 300만 페소는 바로 베팅 되었다. 이제 용 사장은 7,500만 원짜리 패를 만지게 된다.

어느 시점이 되자 용 사장이 힘든 구간이 온 것 같다. 먹죽 시간이다. 두 판에 1억 5,000만 원에 달하는 금액이 용 사장에게로 왔다가 다시 딜러에게로 넘어간다. 딜러는 오래지 않아 다시 그 돈을 용 사장에게 건넸고 그렇게 한동안 시간이 흘렀다.

나도 나와 복의 게임에 한동안 집중했었는데, 뒤돌아보자 용 사장이 자리에 없었다.

나는 준석을 불러 그의 행방을 물었다.

사우나엘 갔단다. 아니 이렇게 큰 도박을 진행하고 있는데, 시 드가 말라버린 것도 아니고 돈을 다 딴 상태도 아닌데 어떻게 게임을 멈출 수가 있을까.

베팅의 결과와 상관없이 그는 시간 맞춰 꼬박꼬박 밥을 먹고 사우나를 가고 마사지도 받고 잠도 잘 잤다. 나는 그런 일반적인 생활 루틴이 억대가 오가는 게임 속에서도 유지되는 걸 보고, 괜히 국졸에서 CEO까지 올라간 게 아니구나 싶었다. 멘탈이 정말 대단했다.

두어 시간 사우나에서 땀도 빼고 개운하게 씻고 온 용 사장은 옷차림이 어째 사흘 내내 그대로였다. 씻고 나와도 근처에만 가면 퀴퀴한 냄새가 나는 원인이 옷에 있었다. 물론 덩치가 너무도 좋아, 조금만 움직여도 밥을 먹을 때에도 쉴 새 없이 땀을 흘리는 체질이기도 했다.

용 사장은 과거에 17억 원을 땄을 때 입었던 그 옷을 카지노 유니폼으로 정해두고, 카지노에 오면 이 옷만 입기로 했다고 한다. 행운의 상징이란다. 땀을 뻘뻘 흘리는 그가 사흘 내내 같은 옷을 입고 줄담배를 피워대니, 나는 그의 게임이 아무리 궁금해도 뒤에서만 바라보지 옆에 앉질 못했다.

용 사장의 시드는 결국 4억 7,000만 원까지 올라간다.

내 눈앞에 곧 5억 원이 될 어마어마한 칩들이 보기 좋게 가지런히 정리되어 있었다.

그렇지만, 그에겐 5억 원이 피니쉬 라인이지 4억 7,000만 원이 아니었다. 4억 9,000만 원이었다고 해도, 이것은 그의 피니쉬 라인에 못 미치는 터라 게임은 계속된다.

"내가 저 돈을 땄다면 절대로 게임을 계속하지 않을 거다."

복은 자신이 저 돈을 땄더라면 절대로 더는 게임을 하지 않을 거라며 내게 귓속말을 했다. 출발 3,000만 원의 시드를 빼도 용 사장은 4억 4,000만 원을 딴 셈이니 말이다.

복의 말을 듣고 나는 생각했다.

'당신이 그러니까 1,000만 원도 못 따는 거겠지.'

용 사장은 호기롭게 마지막 게임이라 생각하며 다시 맥스를 쳤다.

안타깝게도 그 베팅은 자빠졌다. 그다음에도, 또 그다음에도.

그리고 그다음에도 베팅은 적중하지 못했다.

용 사장은 곧 올인이 났다.

용 사장은 분노했지만, 재환전은 하지 않았다.

4억 7,000만 원이 삭제되는 것은 그리 오래 걸리지 않았다.

처음부터 쭉쭉 따기만 해서 3억 원을 넘긴 것도 아니다. 용 사장은 자신의 시드가 1,000만 원밖에 안 남았을 때도 베팅을 줄이지 않았고, 올인 베팅에서 몇 번이나 구사일생하기도 했다.

그렇지만 용 사장이 잃은 것은 그 순간의 3,000만 원이 아니라

4억 7,000만 원이었다.

재환전을 하지 않은 이유 또한 자신과의 약속이라고 했다.

나는 4억 7,000만 원에서 멈추지 않고 게임을 해서 5억 원을 채우려는 그 마음은 백번 이해했지만, 그 고비를 넘기지 못하고 박살 나 올인까지 왔는데 재환전을 하지 않는 그의 마음을 도무지 이해할 수가 없었다.

그런 상태에서 자신과의 약속으로 재환전을 하지 않는다니.

이 정도면 용 사장은 카지노에 다닐 자격이 충분한 사람이다.

내가 가지지 못하고 그가 가진 것은, 엄청난 재산의 유무도 아니고 바카라 그림을 보는 실력도 아니었으며 베팅을 하는 수준 차이도 아니었다.

난 멈추는 법을 몰랐고, 용 사장은 멈춰야 한다는 것을 알았다. 그리고 지켜냈다. 이것이 내가 용 사장을 진정한 갬블러로 인정하는 유일한 이유다. 그는 게임을 정말로 잘하는 사람이었으며, 잘 멈출 수 있는 거의 유일한 사람이었다.

이런 상황에서 돈을 번 사람은 준석이다. 준석은 고객의 승패와 관계없이 돈을 번다.

용 사장이 비비고 간 테이블에서는 이틀간 5,000만 원 이상의 롤링 수익이 준석에게로 떨어졌다. 준석은 용 사장이 올인 나기 전, 나를 데리고 보니파시오 쇼핑몰로 데려가 티파니 팔찌를 사주었다. 그러니까 나도 이득을 보기는 했다. 이 정도로 영향력이 큰 고객을 준석 앞에 데려다주었으니 나에게 감사 선물을 한 것이다.

하지만 준석은 차량 배치로 문제를 만들었다. 안타깝게도 준석은 용 사장을 '터미널 2'가 아닌 '터미널 1'로 잘못 보냈다.

하필 그때 우리는 호텔에 여권을 두고 와서 우리를 태운 차량은 다시 호텔로 돌아가야 했다. 우리는 이제 이 정도 길은 훤히 아는 터라 '터미널 1' 쪽으로 향하려는 운전 기사에게 '터미널 2'라고 알려주어 제대로 공항을 찾아갈 수 있었다.

준석은 큰 고객이니만큼 자신이 직접 배웅을 하러 먼저 출발했다. 뒤이어 도착할 우리의 짐도 직접 옮겨다 주고 우리가 출국장 안으로 들어가 완전히 자신의 시야에서 사라질 때까지 잘 의전해 줄 요량이었다.

준석은 '터미널 2'로 가서 기다리고, 우리는 여권을 다시 챙겨서 '터미널 2'에 도착했다. 당연히 용 사장은 어디에도 보이지 않았다.

알고 보니 용 사장은 '터미널 1'에서 홀로, 쓸쓸히, 하염없이 우리와 준석을 기다렸다고 한다. 짧은 영어 몇 단어조차 전혀 하지 못하는 사람인지라 그의 불안감은 점점 더 커져 갔다. 결국 그는 얼마 되지 않는 영어 단어 몇 개로 택시기사에게 한화로 10만 원이나 뜯겨가면서 '터미널 2'로 겨우 올 수 있었다.

우리도 출국 시간이 임박했을 때 공항에 도착했던지라, 우리가 용 사장을 만났을 땐 이미 화가 머리끝까지 나서 우리에게 눈길

조차 안 주는 상태였다.

그 일로 용 사장은 한 달간 복의 전화를 받지 않았다.

준석은 한 달 내내 용 사장에게 보이스톡을 걸거나 카톡 메시지로 사죄의 뜻을 전했지만, 이 거대한 우량주는 달콤한 맛만 보고 두 번 다시는 준석을 찾지 않았다.

준석은 안타깝게도 단 한 번의 실수로 큰 고객을 잃어버렸다.

16
—

이 죽일 놈의 바카라

세상에서 가장 재미있는 것을 꼽아보라고 하면, 나는 단연 도박을 꼽을 것이다.

내가 그것에 손을 대고부터 10년이라는 긴 시간이 흘렀지만, 변하지 않은 유일한 사실이다. 한국으로 돌아와 나는 몇 번이나 온라인 카지노 재발을 경험했다.

2,000만 원짜리 마이너스 통장이 바닥까지 드러내며 훤히 뚫려 있던 순간보다, 그것을 다 메우고도 수천이나 늘어난 지금의 도박은 거의 마약 수준의 중독과도 같았다.

나는 아침 일찍 일어나 매일 게임에 접속했으며, 아침나절 집 안을 돌아다니며 약간의 정리 정돈과 간단한 청소를 쏜살같이 마치곤 인터넷을 켰다.

게임 테이블은 초반을 지나 숫이 약 20개쯤 찍혀 있는 곳으로 잡았고 한 테이블에서 오래 게임을 하는 것이 아니라 한두 게임 진행하다 먹으면 테이블을 옮기는 방식으로 진행했다. 먹죽 구간 이 와서 20초에 한 번씩 진행되는 게임마저 느리게 느껴질 땐, 멀티 테이블로 다시 네 테이블을 고정한 뒤 나름의 비율에 맞게 베팅을 걸었다.

감이 확실한 그림에 메인 베팅, 보험 삼아 그림 상으로 잘 나올 법한 그림엔 그 절반을, 그리고 절반을 다시 반으로 나누어 두 테이블에 각각 베팅했다.

첫 입금을 150만 원으로 고정해놓았고, 한동안은 수익이 100~150만 원만 나도 두 배 먹기에 성공했으니 바로 환전을 쳤다. 경험상 첫 입금액이 죽지 않고 환전으로 살아 나올 수 있는 확률은 다섯 번에 세 번쯤이었다. 약 70%의 확률로 재입금 없이 그날의 목적을 달성했다.

그동안 겪은 수많은 패배 사이에서 가뭄의 단비처럼 내렸던 승리의 기쁨. 나는 이것을 토대로 같은 시간, 같은 입금액으로 성실하게 카지노 사이트를 드나들었다. 그리고 다시 패배하지 않기 위하여 목표를 분명하게 두었다.

노름쟁이의 목표란 언제든지 흔들릴 수도, 바뀔 수도 있는 것. 그것이 욕심이고 카지노가 늘 승리하는 원리라지만 아직은 달성된 적이 없는 온라인 카지노 시드 1억 원을 목표로 나는 매일 조금씩, 그렇지만 절대로 쉬지 않고 시드를 부풀려 나갔다. 전처럼 며칠 크게 먹고 크게 지는 일이 반복되지 않도록 따는 날에도 쇼핑과 지출을 자제했다.

매주 평균 1,000만 원 언저리로 수익을 봤지만 나는 주말에도 많은 돈을 쓰지 않았다. 작은 명품 카메라 백 하나를 구입했고 남은 돈은 그저 맛있는 것을 사 먹거나 가끔 인터넷에서 파는 비싸지 않은 소품들을 사며 스트레스를 풀었다.

복에게도 언제 바닥날지 모르는 시드를 들키지 않기 위하여 많이 먹은 날도 적게 먹은 날도, 물론 잃은 날도 나는 포커페이스를 유지했다.

이렇게 비밀 생활 바카라의 기간이 길어지고, 패하지 않고 이기는 일이 많아질수록 나는 조금씩 안정적으로 이 생활을 영위하기 위해 전략을 세웠다.

'1억 따기 온라인 생활 바카라 프로젝트.'

물론 매일 승을 거두지는 못한다. 우리는 욕심에서 벗어날 수 없는 사람들이니까.

운이 안 좋아서, 타이밍이 늦어 걸었어야 하는 베팅에 걸지 못해서, 혹은 뱅커 플레이어를 잘못 보고 오 베팅을 해서. 이렇게 수많은 변수로 인하여 게임은 난항을 겪는 날도 있었지만, 나의 멘탈이 원인이었던 적은 단 한번도 없었다.

예전의 베팅 스타일대로 아홉 번의 승리를 거머쥐고 단 한 번의 실패를 한다면 나는 모든 수익을 갖다 바쳤을 것이다. 몇백의 마이너스가 난 날도 분명히 존재했다.

처음 첫 입금이 깨진 날, 분명히 재입금이 있었다. 나름의 룰대로 150만 원이 깨지면 그다음엔 250만, 그다음엔 350만. 이렇게 금액을 올려 입금을 시도했고 번번이 올인 당할 때마다 마음은 울렁댔고 머릿속은 어지러워졌다.

그래도 변한 것은 분명히 있었다.

수익이 나든 마이너스가 나든 게임은 반드시 끝내야 한다는 것.

매일 수익을 내는 게 불가능하기도 하고, 말 그대로 바카라가 생활이기에 내일도 모레도 지속하여야 하는 게임을 끝냈다. 승부를 보는 타이밍은 절대로 하향선에 있지 않다.

나는 반복되는 재입금의 금액이 어느 정도 커지면, 반 정도 복구하거나 그마저도 힘들면 다시 그 절반만 복구를 치르고 환전 버튼을 눌렀다.

매일 생활 바카라를 하면서 꾸준히 입금과 환전을 반복하는 일이 번거롭게 느껴질 때도 있었지만, 언제든 다신 돌아오지 않으리라 마음을 먹고 떠나기 위하여 나는 반드시 게임머니를 모두 환전한 후에 게임을 껐다.

그래서 다행히도 주에 한 번쯤 겪는 난항의 날에 올인이 아니라 겨우 몇백에서 1,000만 원 정도의 마이너스만 나 있을 뿐이다. 그렇게 종일 게임에 매달려 죽을 고비를 넘기고 나면, 나의 멘탈과 조금 줄어든 시드는 다시 단단해진다. 다음 날 다시 복구하면 되고, 다 하지 못했으면 또 다음 날 다시 하면 됐으니.

잃은 돈이 크지만 내가 가진 돈이 더 컸기에 나는 한 번에 복구하지 않고 생활 바카라답게 일상으로 복구해내는 방법을 선택했다. 그편이 그래도 훨씬 안정적이었다.

운이 좋으면 다음 날 그전에 진 것보다 더 큰 금액을 따 대승을 이룬 날도 있었고, 한 주를 꼬박 복구하는 데 보낸 적도 있다.

어쩐지 이번 생활 바카라는 목표를 채우고 손절하는 것이 가능할지도 모른다는 생각이 들었다. 이것이 몇 주간 이루어 낸 승리고 그것을 지켜낸 내 정신력의 결과였다.

돈을 따고 통장에 상상할 수도 없을 만큼 큰돈이 채워지면 늘 자만이 드리웠다. 돈 벌기가 이렇게 쉬운 거라고. 이렇게만 벌어들이면 나는 곧 부자가 될 거라고. 마치 이런 위대한 결과를 이룬 내가 또다시 대단한 사람이라도 된 양 나는 두 어깨가 으쓱했다.

물론 행복 회로는 좋았다. 사실 노름쟁이들이 이렇게 쉽게 많은 돈을 잘 따내는 것이 생소한 경험은 아닐 테니까. 모두 일확천금을 노려보았고 경험한다. 다만 노름판에서 이것을 지키는 것이 절대로 불가능한 일이라는 것을 아마 도박에 중독되었다 싶은 사람들은 모두 알 것이다.

도박으로 큰 손실 없이 시드를 차곡차곡 불리며 보낸 시간 동안 나는 일주일에 서너 번은 잠을 설쳤다. 매번 같은 일과로 노름을 접하지만, 늘 불안했기 때문이다. 언제든 내게 풍요와 마음의 안정을 선사하던 통장의 잔고와 엄청난 승률이 곧 나를 집어삼키고 그 기억 속의 나조차 부정해 버릴 것을. 기억 저편에 당연한 수순으로 기다리고 있다는 것이 수십 번을 반복해 온 재발과 쾌락

그리고 탕진의 연결고리 어디쯤이라는 것. 잠이 들라치면 불안감은 엄습했고 나는 아침이면 자주 퀭한 얼굴로 잠에서 깼다.

돈을 따서 행복한 순간은 환전 버튼을 누르고 입금 내역을 보는 그 잠시뿐이었다. 마음은 자주 헛헛했고 굴러들어온 검은 돈은 두려웠다. 그러면서도 그것을 버리지도 잠그지도 못 하고 다람쥐처럼 쳇바퀴를 굴리는 나 자신이 두려웠다. 도박이 없는 일상에서 나는 정말로 아무것도 아닌 게 될 것 같았기에 다른 생각은 엄두도 내지 못했다. 나는 이미 또다시 깊이 '이 죽일 놈의 바카라'에 젖어 들고 만 것이다.

노름꾼들의 평생 숙제는 '이 좋은 것', '이 죽일 것', '이놈의' 노름을 끊는 것이다.

주로 이용하던 사이트가 오랜 점검에 들어가자, 나는 모 사이트에서 검증한 새로운 놀이터에 입성했다. 기존의 사이트보다 입금 포인트나 롤링 콤프comp가 매우 낮았지만, 입금액이 적지 않았기에 안정적으로 검증된 사이트가 필수였다.

새로운 사이트에는 금액 전환이라는 새로운 단계가 하나 더 필요했다. 충전 금액을 입력하고 충전 버튼을 눌러 사이트에서 입금을 확인할 때까지 기다렸다가 확인이 완료되면 내가 하고 싶은 게임을 선택해 전환 버튼을 눌러야 했다.

나는 전환이 완료되자마자 주로 게임하던 온라인 사이트를 열고 베팅을 준비했다.

몇 개의 테이블에 7개 이상 장줄이 내려온 테이블이 보였다.

나는 카지노의 줄은 절대로 타지도, 끊지도 않는다. 그저 내가 못 먹은 떡이겠거니 하며 다른 테이블을 찾았다. 적당히 진행되었고 깊은 줄도 기다란 깔롱도 없는 무난한 테이블을 찾아 접속하면 기계 환영음이 나를 맞았다.

'바카라 테이블에 오신 것을 환영합니다'

나는 가만히 다음 베팅을 보며 이전 게임에서 뱅커와 플레이어가 몇 점으로 이겼는지를 확인한다. 8이나 9처럼 내추럴이 뜨면 나는 그 반대로 가지 않는다. 그림이 맞지 않으면 쉬면서 다음 테이블을 찾았고, 뱅커가 내추럴로 먹고 다음에도 뱅커 그림이 보이면 나는 첫 입금액의 20% 정도만 베팅했다.

첫판을 승리하면 여러모로 판이 쉽게 흘러간다.

크게 복구할 금액이 없고 평탄하게 200정도 먹고 게임을 끌 작정이라면 20%에서 30%되는 금액을 적절히 섞어 베팅한다. 승률로 대결하겠단 거다.

그림이 오르락내리락하지도 않고 연패가 나오지만 않는다면, 그리고 이미 쌓아 올린 시드와 승률과 가장 중요한 자신감까지 탑재된 상태라면, 대부분 1시간 정도에서 게임은 끝난다. 시드는 웬만해선 줄지 않고 조금씩 조금씩 올라가다 보면 승리로 기록되는 날 중 하루가 된다.

그런데 이날은 어쩐지 달랐다.

나는 유난히 수요일 게임이 힘들었는데, 이날은 아침에 확인한 운수도 좋았고 어젯밤엔 악몽도 없이 잠도 달게 자서인지 컨디션도 좋았다.

첫 베팅에서 20%가 죽고, 다시 15% 정도 되는 금액을 베팅하려다, 오늘은 평소보다 짧게 승부를 보고 조금 더 큰 금액을 따고 싶어졌다. 그것은 나의 전략이나 계획도 아니었고 의지도 아니었으며 무리를 해야 할 이유도 없었다. 어느새 나는 한 주만 더 잘 보낸다면 내 목표에 다다라 있을 것을 확인한 상태였다.

자주 찾아오는 연승과 늘 평이하던 승리에 지루함을 느꼈던 탓일까, 다른 사람의 한 달 치 월급을 단 1시간 만에 따고 나오는 것인데도 그것이 반복되니 멋지게 느껴지지 않았던 탓일까.

다른 이유 없이 그날 기분이 그랬고, 불어오는 바람에 습기가 가득 차 금방이라도 비를 퍼부을 것같이 눅눅한 날씨여서 그랬고, 그냥 노름쟁이가 돈 따다 잃기 좋은 그런 이유로 그랬다.

나는 곧 적지 않은 첫 베팅에 이어 마틴을 시도했다.

다행히 플레이어 뱅커가 셋, 하나, 셋, 하나, 나오는 패턴을 만나 베팅을 했고 곧 적중했다.

시드는 다시 불었다. 평소에는 먹은 이후엔 다시 베팅을 줄였으나 이번만큼은 그렇게 하지 않았다. 다시 쩜오 배를 세 번째 뱅커 턴에 베팅했다. 내추럴의 기운을 받고 한 번 더 줄을 내리고자 했다.

그 자리에서 뱅커는 8이라는 훌륭한 숫자를 깠지만, 플레이어 자리엔 이미 내추럴 9에 찍힌 상태였다. 죽고 먹고 죽고. 단 세 판만에 나는 이 게임에서 올인이 날 것이 분명함을 느꼈다. 스스로 세운 루틴을 깨고 팔랑거리던 나의 머릿속이 어지러워졌다.

그렇게 단 10분도 버티지 못하고 나의 첫 번째 입금액은 바닥이 났다. 그렇지만 아직은 괜찮았다.

나는 다시 마음을 가다듬고 첫 입금 금액보다 조금 높게 두 번째 입금을 하였다.

결과는?

이번 입금에도, 그리고 다음 입금에도 모두 올인이 나버렸고 베팅에 쏟아부은 돈은 이미 1,000만 원을 넘어서고 있었다.

나는 조금씩 흐트러지기 시작했다.

입금 간격은 계속해서 짧아지고 베팅의 속도도 가빠졌다.

왜 처음부터 욕심을 냈을까. 천천히 차분하게 시작하면 됐을 것을. 또다시 수많은 후회와 번뇌가 머릿속을 차지하고 판단력은 흐려져 갔다.

나는 모바일 뱅킹으로 네 번째 입금액을 충전하며 머릿속으로 가상의 베팅을 해 보았다. 세 번이나 올인이 난 이후에는 적은 금액으로 쪼개어 베팅했기 때문에, 오랜 시간 복구가 잘되지 않았다. 이번에도 올인이 난다면 내 전 재산 중 절반이 날아가게 되는 꼴이지만, 그래도 분명히 뭔가가 달라야 했다. 작게 쪼개서 무너지는 것보다 한 방을 노려보는 것도 나쁘지 않은 선택인 것만 같왔다.

　3~4분 남짓의 짧지만 애타던 시간이 지나자 게임머니 금액이 충전되었다. 바로 멀티로 돌릴까 하다가 이번 입금의 절반이라는 큰 금액을 베팅하기 위하여 한 테이블만 고정으로 켜 놓았다.

　게임에서 지고 있을 땐 조바심이 극도로 치닫기 때문에 기다릴 여유가 없어진다. 오랜 시간 기다리고 때를 맞추는 것이 불가능한 상황이다.

　깔롱도 장줄도 없이 무난하게 투쓰리 내려오며 마무리되는 그림판에 가상의 파란 동그라미를 그리며 나는 플레이어에 입금액의 절반을 베팅했다. 가슴은 쿵쿵 뛰고 귀가 먹먹해졌다. 심장과 손바닥엔 뜨거운 열기가 더해지고 있었다.

　이제부터 나에게 베팅은 즐거움이 아니라 고통 그 자체다. 줄어드는 초시계는 더디게 느껴지고 등줄기에서 식은땀이 흘러내렸다. 나는 매 순간을 후회하고 있지만 멈출 생각은 전혀 없었다.

　플레이어 카드는 5점에 뱅커는 스탠드 6.

　여기서 뱅커 6점은 거의 무적이다. 플레이어가 2에서 4까지만 깔아야 역전이 가능한 이 스코어에서 결코 반전은 잘 일어나지 않는다.

　나는 졌다는 불길한 예감을 강하게 받았지만, 화면에서 눈을 떼지 못했다.

　딜러가 플레이어 측에 까는 세 번째 히든카드.

　딜러의 손이 카드를 뒤집었고, 나는 깊은숨을 몰아쉬고 있었다.

제발 뾰족이(♠)! 제발 뾰족이 나와라.

정말 간절히 바랐지만 딜링을 마친 플레이어의 세 번째 카드는 7점이었고, 점수는 2점으로 되려 까먹어버리자 머릿속이 텅비어버린 것 같았다.

이내 딜러는 뱅커의 히든을 뽑았다.

뱅커 히든 4, 플레이어 1점.

구원이었다.

이번 베팅에서 패한다면 다음 베팅은 올인이었다. 구사일생이다. 캄캄했던 시야가 조금씩 다시 밝아지는 것을 느낄 수 있었다.

장장 한 달 하고도 일주일이 넘도록 매일 접속하며 쌓아 올린 태산 같은 시드가 한순간의 감정 컨트롤의 실패로 산산이 무너져 내릴뻔했다.

고액 베팅을 첫 승으로 시작한 나의 다섯 번째 복구 게임은 장장 7시간에 걸쳐 마무리됐다. 앉아서 마우스나 딸각거리는 행위라고 하기엔 에너지 손실과 체력 고갈이 엄청난 싸움이었다.

나는 복구에 성공했고 보유 머니는 어제보다 500만 원쯤 더 올라가 있었다.

환전을 기다리며 나는 오늘 나의 베팅과 멘탈을 깊이 반성해야만 했다. 이대로 게임을 지속하다간 내일, 아니면 그다음 날, 정말 오래지 않아 전 재산 탕진으로 끝나버릴 것이 불을 보듯 자명한 일이었다. 수없이 반복했던 나의 컴컴한 과거가 분명히 그렇게 말하고 있었다.

나는 다이어리를 뒤져 몇 달간의 카지노 입출금 상황을 한 번 더 훑어보았다. 이기고, 이기고, 이기고. 그렇게 십수 번을 더 이기다 단 하루 만에 모든 것이 끝났다.

그 단 한 번의 패배로 나는 수일간의 혈투 끝에 쌓은 보상금들을 모두 날렸고, 추가로 대출이나 쌈짓돈까지도 손대고 말았다.

그러나 아직은 괜찮았다. 오늘은 '패'가 아니라 '승'을 거뒀으니.

나는 그 단 한 번의 패배를 맛보기 전에 프로젝트를 성공시켜 게임에서 손을 떼어야만 한다고 생각했다. 매일 이기는 게임이란 세상에 없다. 나의 멘탈은 언제든 터질 준비를 하고 있었고, 수중에 있는 전 재산을 날리고 나서 후회한다면 아무 소용이 없었다.

목표액을 달성하면 내가 게임에서 완전히 손을 뗄 수 있을 거라고 자신하는 것은 아니었다. 다만, 더는 돈을 끌어 올 데도 없고 빌릴 데도 없어 손가락만 쪽쪽 빨고 있는 상황보단 낫지 않은가.

오늘도 온라인 카지노에서 돈을 딴 이 위험한 부자는 겨우 하루를 넘겼다.

보통 노름꾼들이 '단도'를 결심하는 순간은 올인을 당했을 때다. 돈을 실컷 따고 있거나 딴 돈으로 흥청망청 기분을 내고 있을 때 누가 이 좋은 것을 끊겠다고 결심하겠는가?

단도의 결심은 다음 네 단계를 거쳐야 온다.

1. 올인이 나고, 전 재산을 탕진한다.

2. 대출을 내거나 주위 사람에게 돈을 빌린다.

3. 이마저도 노름에 다 털리고 빚더미에 앉는다.

4. 그제야 도박은 잘못된 것이라고 판단한다.

게임할 자금이 다 떨어지고 빚더미에 앉아서야 모든 순간을 후회한다는 말이다. 돈을 따던 도중에 '이제 내가 가진 돈이면 충분해.'라며 도박장을 등지고 떠날 사람은 과연 몇이나 있을까?

내가 1억 따기 프로젝트에 성공하게 된다면, 과연 노름을 끊을 수 있을까?

나는 아직은 그 답을 알 수 없었다. 왜냐하면 단 한 번도 이긴 게임에서 뒤돌아선 적이 없었기 때문이다.

물론 나도 이렇게 오랜 시간 게임을 지속하기 전에 수중에 빚을 다 갚고서, 다만 1,000~2,000만 원이라도 건질 수 있다면 다시는 게임하지 않겠다고 맹세했던 적이 있었다.

이 위험한 부자는 하루하루 반복되는 승리가 묘했고 어색했으며 겁이 났다.

그렇지만 아직까지 나는 승자였다.

그렇게 나의 생활 바카라가 무르익어 갈 때 즈음, 내 인생에도 카지노 사이트 졸업이라는 작은 이벤트가 찾아왔다.

이전부터 사용하던 사이트에서 내가 며칠째 꽤 높은 금액으로 환전을 시도하자 국제전화 발신 번호로 나에게 전화 한 통이 걸려왔다. 나는 환전을 누르고 이 국제전화가 걸려오는 것이 영 달갑지 않았다.

혹시 환전에 문제가 생긴 것일까?

꽤 오랜 시간 이용한 사이트였음에도 나는 환전을 기다릴 때면 늘 불안한 마음에 발을 동동 굴렀다.

전화는 사이트 관계자였다.

"고객님. 죄송하지만. 이번 출금 이후에 다른 사이트를 이용해주셨으면 합니다."

"왜요?"

"고객님의 승률이 너무 높아서 저희 사이트는 이제 졸업하실 때가 온 겁니다."

사실 1년이 넘도록 워낙 진 금액이 많아, 따지고 보면 말로만 듣던 졸업을 당할 만큼 큰 금액을 딴 것은 아니었는데 한동안을 먹죽 구간 없이 매일 이기기만 하니 나를 뱉어낸 것이다.

나는 다시금 내가 승리자라는 사실에 몸이 떨렸다. 그리고 나는 곧 깨달았다. 내가 1억을 거머쥔다고 하더라도 나는 절대로 이것을 멈추지 않을 것임을.

욕심은 자꾸만 몸집을 키워나갔고, 나는 하루하루 이 욕심을 먹고 꿈을 키웠다. 다시, 나에게 실패란 먼 나라 이야기처럼 느껴졌고 옹기종기 돌아가는 바깥 세상의 전부가 우습게 느껴졌다. 이제 내가 곧 내려올 차례가 된 것이다.

그다음 주, 유난히도 장마가 길어지던 어느 날.

단 하루라는 고지를 두고 나의 모든 재산을 전부 날렸다.

지난번 겨우 올인을 면하고 살아남았던 기억이 떠올랐다. 몇 번의 고액 찬스 베팅에서 부러지며 나의 멘탈도 고스란히 나가버린 탓이다.

기분이 멍했다.

내가 그날 진 금액이 9,000만 원을 넘어섰다.

멍하니 앉아 있다가 갑자기 구역질이 나와 화장실로 달려갔다. 점심으로 먹은 것들을 모두 토했다. 갑자기 픽, 웃음이 났다.

단 500만 원이 부족해서 무리해서 채우려다가 하루 만에 전부를 날려버리고 만 것이다. 결론적으로 500만 원을 따기 위하여 9,500만 원을 건 게임을 했다는 얘기다.

분명히 중간에 게임을 멈출 기회가 있었다. 나는 번번이 1억 원의 고지에서 깨져버린 금액에 실망했고, 다시 완전히 복구하겠다는 욕심에 또 큰돈을 베팅했다. 하향세에서 계속 승부를 본 결과였다.

그 이후로 일주일간, 나는 혹시나 해서 다른 통장에 옮겨둔 잔고까지 모두 긁어내어 게임을 지속했다. 이제는 몇백만 원 정도 승리해서는 간에 기별조차 가지 않았다.

내가 할 수 있는 것은 무엇일까.

당장이라도 박차고 나가 홀로 어딘가에 꼭꼭 숨어 술이나 미친 듯이 퍼마시고 싶은 심정이었다. 나는 어디로든 가고 싶지 않았고 누구도 보고 싶지 않았다. 그저 모든 것을 잃었으니 전부 내려놓고 망가지고 말았다.

나는 다시 처음 그 자리로 돌아갔다. 그것도 성공이라는, 천국이라는 고지 바로 앞에서 말이다.

성공의 문 앞에서 단 한 순간에 바로 지옥으로 떨어져 버리자 나에게 가장 중요하고 소중하던 것들이 아무 의미 없이 느껴졌다. 오늘만큼은, 내가 세상에 처음부터 존재하지 않았던 것처럼 사라지고 싶었다.

벼랑 끝에서 간신히 천국과 지옥을 오가는 외줄을 타던 노름꾼은 자신을 지탱하던 그 줄이 이미 썩은 동아줄이었다는 것을 깨닫는 데에는 오래 걸리지 않았다.

나는 어쩌면 영원히 바카라에서 벗어나지 못할지도 모른다고 생각했다. 돈이 없는 것도 게임에서 진 것도 참을 수 있었지만, 더 게임을 하지 못하는 일상은 참아낼 자신이 없었다.

강제 단도.

단 한 번도 멈추지 않았던 나는 결국 파산에 이르고서야 강제로 멈춰지고 말았다.

◇

뜨거운 여름은 다시 찾아왔다.

따놓은 돈으로 풍족하게 휴가를 보내고자 했던 생각은 이미 물거품이 된 지 오래다. 나는 또 빚만 지고 통장 잔고는 텅텅 빈 채로 혼자 방구석에 처박혀 시간을 보내야만 했다.

내가 집안일이 서툴다 보니 엄마가 가끔 도와주러 오곤 했는데, 이제는 그것도 귀찮았다. 한번 물은 걸 자꾸 되묻는 엄마의 목소리에 신경질이 났다. 엄마는 내 눈치만 살피며 집안 곳곳 어지럽혀진 쓰레기들과 빨래를 정리했다.

나는 그냥 엄마가 그만 돌아가 주었으면 좋겠다는 생각뿐이었다. 엄마는 안방에 처박혀 문까지 잠그고 숨죽이고 있는 나를 신경 쓰는 듯, 청소하면서 큰 소리를 내지 않았다. 나는 그런 엄마가 마음에 쓰여 화가 났고, 엄마에게 이토록 큰 비밀을 가지고 있는 내게도 화가 났다. 세상에 화가 났고, 그러다 다시 내게 화가 났다. '젊으니까 벌면 돼. 좋은 경험이었어.'라고 다독이다가 속에서 끓어오르는 뜨거운 감정에 다시 화들짝 놀라곤 했다.

나는 어제 1억 원이 있었고 오늘은 그 1억 원이 사라졌다.

사기를 당한 것도, 그 돈을 다 써버린 것도 아니라 도박으로 날려 먹었다. 만지거나 느낄 수 있는 것이 아니라 그저 아무런 형체가 없는 게임에 내 전부가 소리소문없이 사라져버렸다. 언제 가졌던 것인지도 모를 정도로.

내 생활도 달라졌다. 내 삶에 원래 없던 것을 따서 챙겨둔 것뿐이었고 다시 그것을 잃어버린 것뿐인데 내 생활 안에 자리 잡았던 나의 중심이 통째로 흔들렸다.

처음부터 무의미한 것을 좇았고, 다시 아무런 의미 없는 상태로 되돌아온 것뿐인데, 나는 완전히 바뀌어버렸다.

나는 안다. 어떤 기회고 나에게 적은 돈이라도 생긴다면 나는 여지없이 다시 도박장의 문을 열어버릴 것을. 그리고 그것이 다시 나에게 끝나지 않는 지옥으로 답례할 것을.

이 순환의 과정을 모두 알고 있지만, 지금 나를 멈출 수 있는 것은 단지 '0'에 수렴하는 통장 잔액뿐이었다.

이런 도박쟁이에게 내일이 있을 리 없었다. 돈을 벌어도 휴짓조각보다 못한 것이었고, 맛있는 것을 먹기엔 그마저도 너무 아까웠다. 다시 도박으로 형체도 없이 날리기 위하여 나는 맛있는 것을 먹지 못했고, 해야 할 도리를 하지 못했다.

하지만 도박을 능가하는 쾌감을 선사할 그 무엇도 찾을 수는 없었다. 사랑도, 가정도, 나를 지탱하고 있는 커다란 중심까지도 나는 노름 앞에 내어줬던 것이다.

이렇게 또 무너지는가.

나는 선명하게 남아있는 손목의 흉터를 보며 기억했다.

난 결국 패배자였다.

행복이라는 땅에 나 같은 도박 중독자가 설 자리는 없었다. 자꾸만 어둠의 목소리가 들려왔다. 세상이 나를 밀어내는 것 같았고, 모두가 나를 경멸하는 것 같았다. 나는 보지 않고도 듣지 않고도 그런 것들을 알 수 있을 것 같았다.

이 무거운 짐을 어디에라도 좀 덜고 싶었지만, 이 추악하고 은밀한 비밀을 털어놓을 곳은 어디에도 없었다. 다시 희망이란 두 글자에 함축된 인생을 찾아보려 미친 듯이 애썼지만 사실 내가 이때 찾은 것은 쾌락이란 두 글자에 함축된 '오늘'일 뿐이었다. 쾌락이 절정을 내닫는 섹스 따위와는 비교할 수 없는 수준의 것이었기에 나를 만족시킬 수 있는 것은 어디에도 없었다.

술을 마시면 시야가 흐릿해진다. 고통도 기억도 같이 흐릿해져서, 마치 내가 꿈을 꾼 듯 쾌감까지 생기니 조금은 견딜 만했다.

눈을 감으니 어둥둥 좋은 것이 떠올랐다. 그것들로 할 수 있는 것들. 누릴 수 있는 것들. 많은 것이 내 것이었던 것들. 그렇게 꿈 같은 것들로 밤새 꿈을 꾸었다.

노름이라는 게 그런 것이다.

그저 하룻밤 진탕 나게 꿈을 꾸는 것. 좋은 것도 많고 즐길 것도 많아 이 좋은 것. 그러나 내일을 꿈꾸면 안 된다.

희망을 품는 순간, 모든 것을 앗아가는 것이 바로 이것, 이 죽일 것, '이 죽일 놈의 바카라'다.

내가 만약 100만 원을 가진 상태에서 노름을 하지 않았다면, 나는 그대로 100만 원의 희망을 품는 사람이었을 것이다. 나는 100만 원으로 1억을 땄고, 나의 희망은 1억 원의 한도를 가지게 되었다. 그리고 그 1억 원이 없어지는 순간, 100만 원으로 키운 희망이 1억 만큼의 덩치를 가지고 엄습하는 것을 알았다. 나는 노름으로 희망을 키운 것이 아니라 1억 원의 욕망을 키운 것이다.

커다란 희망이 좌절되었을 때, 내가 잃은 것은 상상할 수 없을 만큼 그 덩치가 컸다. 나는 비단 1억 원의 희망을 잃은 것이 아니라 인생의 내일을 잃은 것이다.

그리고 중요한 것은 지금 이 상태에서 나를 도와줄 수 있는 사람이 없다는 것이다. 누군가 도와줄 사람이 있다면, 혹시 이런 최악의 상황에서도 내밀어 줄 손이 있다면, 이 단계까지는 내려오지 않았을 것이다.

세상에 철저히 혼자라는 생각, 아주 까마득한 사막에 홀로 떨어져 물 한 방울 구할 수 없다는 생각이 든다면, 누구든 내 자리에 있는 사람일 것이다.

나는 바카라를 시작하고 단 한 번도 그것으로부터 자유로워진 적이 없었다. 나는 늘 그것의 노예였고, 그것을 따르기 위하여 인생의 많은 부분을 희생해야 했다. 그것은 내 두 발목을 엮은 쇠사슬처럼 나를 옥죄였고, 나는 그 쇠사슬을 끊어야 한다는 것조차 잊은 채 살아왔다. 모든 것을 다 잃어버리고 나서야, 나는 바카라의 감옥에서 벗어나야겠다는 생각이 들었다.

잊자, 잊어버리자. 그리고 자유로워지자.

만약 너무도 간절히 누군가의 도움이 필요하다면, 그리고 그 손길이 정말 누구여도 상관없다면, 그렇게 지옥이라면, 이제야 진정한 때가 된 것이다.

제대로 승부를 봤으면, 이제 수긍하고 인정하고 내가 승자가 아니라 패자일 수밖에 없는 모든 이유를 이해했다면, 이제 정말 제대로 된 나의 인생을 걸어야 한다.

도박이 없는 삶.

그건 바로 내가 없는 삶이지만 인정해야 했다.

내가 없는 나의 삶.

내가 몇 년을 도박 중독자로 살았든 나를 없애야 했다. 내 존재 자체를 부정하며 살아온 게 얼마나 오래되었나. 내가 도박만 하지 않았어도, 내가 이런 루트를 알지만 않았어도, 하며 후회한 세월이 얼마이던가.

잊자, 잊어버리자. 그리고 자유로워지자.

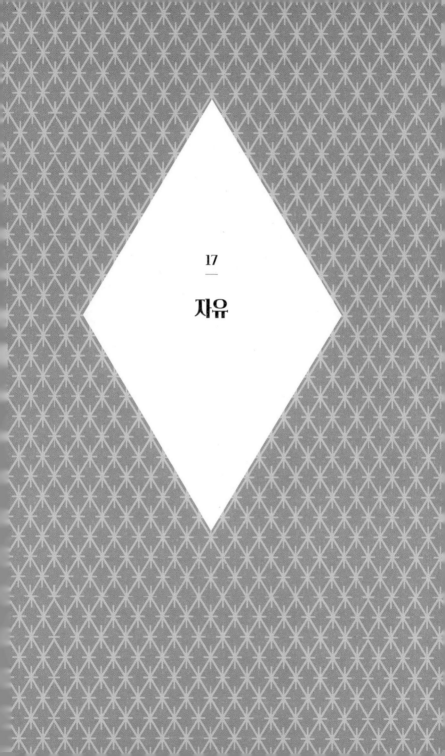

17
—

자유

♠

나는 복에게 고백을 해야만 했다.

나는 이미 이전에 세 번의 오픈을 겪어냈다.

처음 고백을 했을 때 나는 진탕 술을 마셨고, 복은 다시는 술을 마시지 않겠다는 약속을 받아 내고 돈을 보태주었다. 두 번째 고백을 했을 때 나는 술을 마시지 않았고 복은 긴 한숨을 쉬었다. 그리고 내 머스탱을 가지고 갔다. 내가 동의한 부분이었지만, 나는 내 차를 산 지 1년 만에 주행 거리 3,000km를 채 찍지 못하고 사라지는 걸 씁쓸하게 지켜봐야만 했다.

이렇게 내가 두 번 오픈하면서 복에게 받은 돈은 2,500만 원 정도다. 일단 가진 게 빚보다 조금 더 컸던 상태라 나는 내 여윳돈과 모았어야 할 돈을 날린 셈이지 크게 빚이 늘지는 않았다.

오픈을 한 이유는 금전적인 것보다 중독된 내 정신적인 부분 때문이었다. 이후에 나는 또 몰래 손을 댔고 공교롭게도 돈을 따서 수개월 뒤 몰래 모은 돈이라는 거짓말을 하며 복에게 3,500만 원을 돌려주었다.

나의 오픈과 복의 실망은 돈의 문제는 아니었다.

누구에게도 2,000~3,000만 원은 큰돈이겠지만, 복은 그 돈의 문제보다는 계속되는 나의 게임을 겁내고 있었다. 그런 이유로 두 번째 오픈을 했을 때 내 차를 팔아버렸으며 또다시 게임을 해서 이런 일이 반복된다면 우리가 평생을 함께할 수는 없을 거라는 말도 했다.

나는 그 말이 참 두려웠다.

내가 이 도박판에서 요절하고 말 거란 내 생각들이 점점 모습을 구체화하고 있었다.

복을 잃은 나의 모습.

두 번이나 이혼을 한 젊은 여자.

그럼에도 계속되는 도박.

그땐 정말로 삶을 포기해야 하겠지.

그런 이유로 나는 이번엔 복에게 오픈하지 않기로 했다.

그리고 나는 내가 해야 할 일이 무엇인가에 대해서 곰곰이 생각해보기로 했다.

노름에 빠져 허우적대며 보낸 세월만큼, 내게도 다른 무언가에 열중할 것이 필요했다.

며칠을 곰곰이 생각해 본 결과, 내가 해야 할 일은 아무것도 없다는 판단에 섰다. 즉, 나는 아무것도 하지 않는 것을 해내야 했다. 밀려드는 대출 이자, 카드 대금, 원금 상환의 압박에서도 나는 '아무것도 하지 않는 것'을 해야만 했다.

도박쟁이가 현재의 문제를 해결하기 위해서 선택하는 것은 다시 도박일 뿐이다.

나는 강렬한 도파민의 분비를 다른 곳에 쏟아붓는 것보다, 현재의 재정 문제와 스트레스를 해소하는 방법을 찾는 것보다, 그런 것들에 '노력'을 하는 것보다, 그저 아무것도 하지 않는 방법을 택해야 함을 깨달았다.

지금 아무것도 하지 않는 것이 밀려드는 이자와 생활비를 충당하는 것보다 더 필요한 일이라고 판단했다. 적어도 이것을 해결하기 위하여 다시 도박에 손대는 것보단 싸게 먹히는 방법일 테니까.

도박을 대신할 수 있는 것은 세상에 아무것도 없다.

그저 그것의 부재를 그대로 둔 채 나는 나에게 주어진 벌을 있는 그대로 직면해야 했다.

그렇게, 아무것도 하지 않는 삶이 몇 달간 지속되었다.

나는 그동안 복에게서 받은 생활비를 정말로 생활하는 데에 대부분 사용했다. 갚아야 할 빚이 몇천이었지만, 먼저 우리의 의식주를 전과 다름없이 유지했고 엄마에게 적게나마 용돈도 드렸다. 공과금을 연체 없이 납부했고 특별한 날이면 외식을 하며 소소하게 여유도 누렸다. 다만, 조금은 '절약'을 했다.

그렇게 절약한 돈이 10만 원이든, 20만 원이든 나는 그것으로 대출 이자를 부지런히 납부했다. 빚은 너무도 느린 속도로 줄고 있었지만, 나는 그래도 조금 살 것 같았다.

생활비는 한 달에 한 번 목돈으로 들어왔다. '이 돈으로 두 배를 만들면.', '이 돈으로 100만 원만 딴다면.' 하는 욕구가 치솟았지만 나는 그런 허망한 짓을 10년이나 해봤기에 이미 알고 있었다. 어려운 확률로 이기게 된다면, 나는 내일 질 것이고, 또 희박한 확률로 내일도 이긴다면 바로 그다음 날 지게 될 것이다. 어차피 결론은 다시 '0'으로 수렴할 것임을 너무도 잘 알고 있었다.

나는 가끔 대출이 연체될 뻔하면서도 겨우겨우 숨을 붙인 채 아무것도 하지 않는 것을 버텨냈다. 매일 도박을 생각했고 매시간 그것이 떠오를 때마다 눈을 질끈 감고 머리를 가로저었다.

몇 달이 지났지만, 그것이 완전히 머릿속에서 지워지는 날은 오지 않았다.

이 시간들이 그나마 견딜 수 있는 상태에 다다랐을 때, 나는 변화를 꾀했다. 다시 직업을 갖는 것이다.

공부하다가 중간에 포기해 버린 나에게 복은 실망했었다. 그런데도 그는 내가 다시 사회에 나가는 것을 여전히 꺼렸다. 그저 노름만 하지 말고, 집에서 자기계발을 하며 좋아하는 책이나 실컷 보고 운동 같은 취미를 갖고 살기를 바랐다. 행복한 자신의 아내로만 살아주기를.

이런 복의 마음도 함께 고려해야 하므로 나는 취업 준비 시간도 서두르지 않았다.

그렇게 또다시 몇 달간의 시간이 흘렀고 나는 집에서 약 10km 떨어진 작은 회사에 취직하게 되었다. 급여는 만족스럽지 못한 수준이었지만, 업무의 강도가 세지 않고 상사의 눈치 없이 편하게 일할 수 있는 분위기가 마음에 들었다.

일을 시작하자마자 많은 것들이 의외로 쉽게 제자리를 찾아갔다. 나는 복보다 20분쯤 늦게 출근했으며 30분쯤 일찍 퇴근할 수 있었다. 그래서 퇴근을 하면 다시 주부로의 일상을 시작했다. 장을 봐서 들어가 음식을 만들고 저녁을 차린다. 아직 여물지 않은 솜씨였지만 나는 이런 일상이 남들과 참 닮은 점이 많아서 좋았다.

이제 나는 보통 사람들처럼 막히는 출근길을 운전해서 출근하고, 회사의 일과가 끝나면 퇴근해 저녁을 차린다. 복은 식사를 마치고 그릇을 설거지통에 담아두는 것으로 나를 도와주려 했지만, 주방에 남자가 들어오면 사실 일이 더 많아진다.

"남자가 주방 들어오면 고추 떨어진데이."

복은 내가 한 번씩 하는 이 농담을 좋아했다. 덕분에 복은 편안하게 집에서 휴식만 취할 수 있었고, 나는 집안일까지 끝난 9시가 되어서야 내 모든 일과에서 퇴근할 수 있었다. 나는 자주 피곤했지만, 우울증약도 끊고 수면제도 없이 잠드는 날이 많아졌다.

눈을 떠서 커튼이 반쯤 열린 창가 사이로 제법 따뜻해진 아침 햇살이 비집고 들어오면 기분은 곧 맑아졌다. 햇살에 반밖에 뜨지 않은 눈마저 부셔서 한껏 찡그렸다가 나도 모르게 미소가 새어 나왔다. 그럴 때면 일어나다 말고 푹신한 베개에 다시 푹 기대어 햇살에 찡그린 눈을 하고서 한참을 누워 있다. 그 잠깐, 막 꿈 속에서 헤어나온 나는 다른 생각이 차마 들어오지 못한 채 아침 햇살을 그대로 맡고 누워 한참을 아무것도 하지 않았다. 어서 일 어나 처리해야 할 하루의 일과가 빠듯하게 느껴졌지만, 지금의 이 여유로움을 뺏기고 싶지는 않았다. 그렇게 조금만 더, 조금만 나중에 하며 미뤄온 아침의 짧은 여유는 쏜살같이 사라지고, 나 는 어기적거리며 겨우 자리를 털고 일어났다.

오늘은, 날이 좋을 모양이다.

일어나서 대강 출근 준비를 마치고 엊저녁에 퇴근하면서 벗어 둔 옷을 그대로 걸쳐 입었다. 저 멀리 벽시계가 출근 시간 40분 전을 가리키는 탓에 서둘러 이 계절 내내 신었던 낡아버린 슬리 퍼를 발에 걸고 집을 나선다. 늘 그렇듯 아직 아무도 오지 않아 닫 혀 있는 사무실 문을 가장 먼저 열고, 자리에 앉아 PC 전원을 켜 고 창문을 연다. 탕비실에서 얼음이 가득 담긴 아메리카노 한잔 을 타서 자리에 앉아 기계처럼 메일함을 열고 순서대로 메일을 분류하고 관계없는 메일은 삭제하며 그날의 일과를 정리한다.

그렇게 나는 이 시간에 와 있다. 그렇게 나는, 이 삶에 와 있다.

그리고 이 삶이. 도박 없이 살아가는 내 세상의 전부다.

도박을 시작하고 죽는 게 나을 만큼 힘든 시간을 보냈고, 죽을 용기보다 더 지독하게 짜낸 독기로 그것을 멈추는 데 성공했다. 그렇게 눈물 없이는 듣지 못할 지독한 사연들을 가슴속에 품고 나는 겨우내. 그저 그런 사람 중 하나가 되었다.

이렇게 힘든 것들을 겪어내며 도박을 멈췄으나, 그 결과가 당장 달콤하거나 아름답기만 한 것은 아니었다. 더 이상 나의 일상에서는 기쁨의 환호가 들리지 않았고, 손끝까지 전해오는 두근거림은 몇 달이 지나도 접하기 힘든 감정의 선이었다.

고생한 만큼, 힘들었던 만큼. 단도박의 성공은 꽃밭이진 않았다.

내 통장의 잔고는 여전히 볼품없었지만, 이른 아침, 시끄럽게 울리는 알람 소리에 잠에서 깨어도 마음을 졸이지 않았다. 한밤중에 가슴이 쿵 내려앉는 그 어떤 문제도 없었고, 나는 어제와 같은 오늘을 살고, 오늘과 같을 내일을 예상할 수 있었다.

일과 중에 찾아오는 소소한 것들에 기분이 상하기도 했고, 새삼스레 설레거나 기대하기도 했다. 잠자리는 늘 편안했으며 하루는 매일 지루했다. 행복이란 것은 형체가 있지도 않고, 반짝이며 내게 툭 떨어지고 마는 것도 아니었다. 나는 그냥 아무 소리도 느낌도 없이 행복일지도 모르는 것들에 조금씩 젖어 들고 있었다.

나는 더이상 음량을 9에 맞추지도 않았고 보이는 숫자의 합을 계산하지도 않았다. 이런 일상이 꽤 마음에 들었고 어느덧 1년이라는 시간이 흘렀다.

이제 나에겐 안정된 직장과 사랑하는 남편, 건강한 부모님이 있다. 사실 거의 가진 셈이다. 이보다 더한 것들을 바란 적이 없다.

그저 이렇게 어제 같은 오늘을 살고, 또 오늘 같은 내일을 기다리는 것. 그 평범하고도 지루한 일상 속에서 내 인생이 이렇게 별

볼 일이 없구나 싶은 마음이 들면, 그땐 내가 단도했음에 조금씩 마음을 놓이지 않을까 싶다.

사실 나는 완전히 도박을 끊어냈다고 확신할 수 없다. 그것은 사실이 아니니까.

나는 여전히 자주 도박이 생각났다. 여전히 머릿속에는 바카라가 떠올랐으며, 그것이 생생하게 그려질 때가 있다.

그럴 때면 눈을 지그시 감고 내가 해야 할 아주 작은 일들에 집중하려 애썼다. 그러면 그 꿈틀거리는 것들이 조용히 사라지는 것 같기도 했다.

비록 한 번도 그것을 잊은 적은 없지만 말이다.

노름쟁이 친구 한 놈은 귀농을 결정했다.

부모님이 차려준 막창 가게를 정리하고 고향으로 떠났다. 그놈은 가게를 정리하고 귀농 준비를 하며 이런저런 이유로 부모님께 손을 벌렸는데, 그 돈으로 꽤 많은 빚을 한번에 정리했다. 그 친구는 자신이 노름하는 것은 빚 때문이라며 늘 투정을 부렸었다.

빚이 없어진 후, 귀농한 지 1년이 채 되지 않아 그 녀석의 빚은 그전보다 훨씬 더 늘어나 있었다.

도박에 빠져 있던 메이저 제약회사 팀장은 물건을 뒤로 빼돌리던 게 들통이 나서 연봉 8,000만 원을 거뜬히 찍던 회사에서 쫓겨났고 회사는 팀장에게 2억 원의 합의금을 제시했다. 그는 집도 팔고 차도 팔고 남아 있는 신용대출을 되는대로 받아 그 돈을 치렀지만, 아직도 1억 원 이라는 합의금을 더 갚아야 한다.

사람은 여간해서 잘 변하지 않는다.

언제나처럼 우리는 인터넷 창에 더블 클릭 한 방이면 마음의 안식처를 찾을 수 있다. 그리고 그것들은 언제나 어디서나 우리에게 손을 내민다.

어제 꾼 꿈이 좋았던가.

왠지 오늘은 이길 것 같은 마음에 놀이터를 찾는다.

띠링.

'입금 신청하시겠습니까?'

패는 언제나 돈다.

－《이 죽일 놈의 바카라》끝

나는 도박이 좋았다.

몹시도 이것을 끊어내고 싶어 했으면서도 아직 '단도박'이란 확신이 없다. 도박에 손대고부터 늘 엄청난 손해를 보며 살아왔지만, 지금도 '오늘만', '이번만'이라는 유혹의 속삭임에 마음이 흔들린다.

도박하는 사람들에게는 누구나 승리의 그 날이 있다. 순조롭게도 돈이 슬슬 불어나 어디까지라도 올라만 갈 줄 알았던 순간들. 누구보다 자신감이 넘치고 어느 때보다도 여유로운 사람이 되곤 했던 그 좋았던 기억들. 분명히 '그날'은 있다.

그리고 불행하게도, 우리는 '그날'에 살고 있지 않다.

나는 늘 승리의 그 순간에서 멈추지 못하였으며 시간이 그리 오래 지나지 않아, 나는 그 행복의 가장 위에서 절망의 가장 끝까지 끊임없이 걸어 내려왔다.

내가 멈추지 못한 이유는, 내가 내려오고 나서야 그때가 내가 올라갈 수 있는 가장 높은 곳이었음을 알게 되기 때문이다.

거칠 것 없이 올라가고, 올라갈 땐 내가 어디까지 높이 올라갈 수 있을지를 모른다. 마치 이것이 영원할 것 같이 그저 오르는 것만 생각했다.

노름을 시작하고 나의 행복의 지수는 돌아오는 2장의 패에, 혹은 3장의 패에 적혀 있는 숫자에만 달려 있었다.

나는 지금도 언제든지 놀이터를 찾을 수 있으며 약간의 수익 정도는 문제없이 따낼지도 모른다. 하지만 그러지 않는다.

나는 아주 오랜 시간 '도박'의 족쇄에서 벗어나지 못했다. 나는 나와는 다른 사람들이 세상을 사는 방법을 보지 않았고 듣지 않았다. 그러다 게임이 끝나면 달라진 세상에 나만 던져져 혹독하게도 외로운 것이었다.

도박의 승리와 그렇게 얻어진 돈의 여유로움 속에서 나는 절대로 주변을 둘러보지 않았다. 나는 작은 것들은 돌보지 않았고, 소중한 것은 아끼지 않았으며 당연한 것들은 무시하며 살아왔다.

도박을 시작하고 얻은 쾌락과 희열은 그만큼의 고통도 함께 얻어졌다. 비정상적인 크기의 희열을 누린 만큼 나는 가시밭길을 걸어야 했고 마음은 불안하고 조급해졌다. 내가 모든 것을 잃고 패배를 받아들여야 할 때가 돼서야 내가 베팅에 걸고 도박을 한 것이 오로지 '돈'뿐만은 아니었음을 깨닫게 되었다.

물론 내가 따내고자 했던 승리가 오로지 나만을 위한 것은 아니었으리라. 사랑하는 이들에게 호사도 누리게 해주고 싶고, 말 그대로 호강에 겨운 삶을 선물해주고 싶은 이타적인 마음이었을 것이다. 하지만 우리는 그들이 원치 않던 고통까지 함께 건네야 했다.

우리가 한순간의 걷잡을 수 없는 욕망에 휩싸여 손댄 것이 그저 돈뿐이었겠는가. 거짓말을 하며 우정을 팔았고 아끼는 사람들을 기만했으며 사랑하는 가족을 외면했다.

물론, 정말로 잘 잘돼서 모두 해주고 싶은 마음에서였다. 하지만 내가 망가지는 만큼 주변도 함께 무너졌다.

나는 도박 중독으로 정신과 상담을 몇 차례 받은 적이 있다. 그 순간 마음이 누그러지고 가족들이 떠오르며 죄책감이 더해진다. 하지만 아직도 나는 그러한 치료들이 도박 중독의 늪에서 빠져나오는 방법이 되는가에 대해서는 회의적이다. 의지가 약해서 그런 것이 아니냐 하는 물음엔 나는 '아니요'라고 대답하겠다. 너무도 깊게 젖어 들면 많은 것이 나의 '의지'와는 별개가 되어버린다. 사실, 나도 이렇다 할 뾰족한 방법은 잘 모르겠다.

나는 별것이 없는 사람이다. 내가 별것이 없는 사람인지라, 다른 것에나마 '별 것' 있는 사람이 되고 싶었는지도 모른다. 도박은 늘 쉬웠고 빨랐으며 나를 대단한 사람으로 만들어주는 것 같았다. 즐거웠고 재밌었고 짜릿했다. 아마도 내가 수십 년을 더 살아간다 해도, 이것만큼 좋은 것은 또 없을 것이다. 그래서 일상이 좀 덜 재밌고, 늘 느렸으며 답답하기만 했다.

단도박은 그런 것이 아닐까 싶다. 느리고 답답하고 재미도 없지만, 그래서 별 게 아닌 내가 별 것 아닌 것들을 사랑하고 아끼고 지켜가는, 지루하지만 아주 긴 여정.

나는 너무도 오랜 시간 '그것'에 얽매여 살았다. 심지어 나는 내가 누구인지 어디에 있는지, 왜 사는 건지도 잊어버릴 때가 종종 있었다. 나는 단 한 순간도 그것에서 자유로웠던 적이 없었다. 이제는, 정말로 자유롭게 떠나고 싶다.

욕심에게서. 욕망에게서. 바카라에게서.

도박을 멈춘 이후로 내가 행복을 찾았나 생각해본다면, 곧바로 그렇지는 않다고 이야기 할 수 있다. 다만, 바카라를 즐기던 그때보다 더는 불행하지 않다. 그것은 확실하다.

이것이 단도박이 어려운 이유다.

오랫동안 젖어 있던 습관과 세월에서, 그리고 짧은 시간 동안 강렬하게 찾아오는 도박의 쾌감에서 벗어나는 어려운 것들을 하고 난 대가가 생각보다 그리 대단한 것은 아니기 때문이다.

우리가 도박을 끊어내는 것에 성공한다고 해서, 우리는 대단한 사람이 되는 것은 아니다. 그저 사회적으로 아주 평범한 사람 중 하나가 된다. 도박에 빠져 있던 시간만큼은 뒤로 후퇴한 채로 말이다. 노력한 것에 비해 그리 달콤하지 않은 대가인 셈이다. 그래서 실패하고, 또 재발을 겪는다. 그리고 얼마 지나지 않아 또 다시 '단도박'을 결심한다.

누군가 99번째 실패와 재발을 겪었다고 해도, 나는 그(그녀)의 100번째 결심을 응원한다. 도박에 깊이 젖어 들어 돌이킬 수 없을 순간을 마주한 중독자들에게 꿈이란, 대단한 인생을 사는 것이 아니기 때문이다. 그저 이것이 없어도 살아갔던 예전의 나였고, 또 열심히 살아갈 미래의 나일 뿐이다. 중독에 휩싸였던 시간들이 그만 끝났으면 하는 것이다.

이제 나는 주머니에 있는 1,000원만큼의 소비를 하고, 내가 오늘 벌어들이는 만 원만큼의 계획을 세우며, 도박에 빠져나가지 않는 시간만큼 꿈을 꿀 수 있다. 그것은 멋진 일이다.

도박을 멈추면 진짜 내가 보인다. 허황되지 않은 솔직한 내 모습.

그렇다고, 단 한 번도 도박하지 않는 사람과 비교하지 말길 바란다. 나에게 중독이라는 불운은 이미 닥쳤고, 모든 것의 첫 시작은 분명히 나의 '선택'이었다. 단 한 번의 잘못된 선택이었는데 그것으로 인생 전부를 망치기엔 너무도 안타깝지 않은가.

나에겐 그리고 우리에겐 도박에 젖어 든 세월보다 더 많은 시간이 남아 있다.

겨우 한 해만 겨우내 넘긴 내가 '단도박'에 대해서 이렇게 이야기하는 것이 우스울지도 모른다. 그래도 나는 한 발짝쯤은 그것에서 멀어진 것은 느낄 수 있다.

아직 도박에 빠져 지게 된 채무는 전부 다 갚지 못했지만, 나는 겨우 이 몇 발자국 멀어진 지금이 감사하다. 이것에서 한 발자국 떨어져나온 나의 용기를 칭찬하고, 머릿속에서 그림장이 그려질 때마다 사랑하는 가족의 얼굴을 떠올려 이겨낸 것에 칭찬한다. 그렇게 하루를 또 살아낸 것에 감사하고, 아무일 없이 찾아올 내일의 태양에 감사한다.

나는 지금, 이 '단도박'의 느낌을 간직하고 의지를 유지하기 위하여 이 글을 썼고, 커뮤니티의 수많은 분의 응원 덕에 이 글을 출판하게 되었다. 나의 미천한 글로 인하여 누군가가 조금이나마 위로받고, 도박의 위험성을 다시 한번 깨달으며, 함께 '단도박'의 결심을 이어나가기를 바란다.

다시 한번 외쳐보자.

잊자, 잊어버리자. 그리고 자유로워지자.

2021. 봄.

이 죽일 놈의 바카라

2021년 5월 31일 초판 1쇄 발행

지은이 오현지
펴낸이 김상현, 최세현 **경영고문** 박시형

책임편집 김명래 **디자인** 임동렬
마케팅 이주형, 양근모, 권금숙, 양봉호, 임지윤, 신하은, 유미정
디지털콘텐츠 김명래 **경영지원** 김현우, 문경국
해외기획 우정민, 배혜림
펴낸곳 팩토리나인 **출판신고** 2006년 9월 25일 제406-2006-000210호
주소 서울시 마포구 월드컵북로 396 누리꿈스퀘어 비즈니스타워 18층
전화 02-6712-9800 **팩스** 02-6712-9810 **이메일** info@smpk.kr

ⓒ 오현지 (저작권자와 맺은 특약에 따라 검인을 생략합니다)
ISBN 979-11-6534-353-8 (03810)

쌤앤파커스(Sam&Parkers)는 독자 여러분의 책에 관한 아이디어와 원고 투고를 설레는 마음으로 기다리고 있습니다. 책으로 엮기를 원하는 아이디어가 있으신 분은 이메일 book@smpk.kr로 간단한 개요와 취지, 연락처 등을 보내주세요. 머뭇거리지 말고 문을 두드리세요. 길이 열립니다.